JOUEUSE

Né en 1976, Benoît Philippon est auteur, scénariste et réalisateur. Il a grandi en Côte d'Ivoire, aux Antilles, au Canada et en France. Le succès de *Mamie Luger*, son deuxième roman, l'a propulsé comme l'un des meilleurs auteurs du polar français.

*Paru au Livre de Poche :*

MAMIE LUGER

BENOÎT PHILIPPON

# *Joueuse*

LES ARÈNES

Ce livre a été publié dans la collection EquinoX.

© Les Arènes, Paris, 2020.
Tous droits réservés pour tous pays.
ISBN : 978-2-253-24149-2 – 1ʳᵉ publication LGF

Le père ne voulait pas que son fils trime comme un con. Faire les trois-huit, compter les mois avant la retraite, compter les semaines avant les vacances, compter les heures avant la fin de la journée. «Tant qu'à compter, compte les cartes», il lui disait. Tout ce qui se joue avec de l'argent au bout, son père l'a enseigné à Zack quand il était gamin. Dès que ça nécessitait réflexe, stratégie, veine, arnaque, il lui expliquait les rouages. Son vieux lui a tout appris, de l'appât du gain à la méfiance de l'adversaire. Il lui rabâchait que la société est fondée sur le mensonge : «L'État t'arnaque, les impôts te volent, ton patron te ment, ta femme te trompe, y a pas de raison de rentrer dans le rang. T'es pas un mouton. Sauf si t'as un penchant pour les abattoirs. Tu veux finir à l'abattoir, toi ?»

«Non», répondait le petit Zack décontenancé par la logorrhée paternelle.

«Le système, t'es forcé d'y participer, que tu le veuilles ou non. Par contre, y a des moyens de tirer ton épingle du jeu et d'en sortir gagnant. Faut pas hésiter à la jouer tordue. Eux se privent pas, toi non plus. On appelle ça la manipulation. Faut bien connaître les règles, pour mieux les contourner. Tout est question de mensonge. Tu leur fais croire que t'es un agneau, un p'tit bestiau naïf et inoffensif, et dès qu'ils baissent la garde, c'est toi qui les plantes. Le miracle de l'illusion, mon p'tit gars. Avec ça, tu pourras faire de vieux os, comme ton père. »

Ils ont commencé tout doux, ils jouaient le repas à la bataille. Si Zack perdait, il bouffait pas. Résultat, le gamin a perdu quatre kilos entre cinq et six ans. Le message est bien passé. Après c'est son père qui a appris le régime, c'était une question de survie pour l'enfant en pleine croissance.

Pourquoi la mère ne s'érigeait-elle pas contre cette dérive vers la maltraitance ? Parce qu'un cancer du sein trop tardivement détecté l'avait emportée et qu'elle n'avait, de ce fait, plus son mot à dire. Le père dévasté par cet abandon, aussi fulgurant qu'injuste, a reporté son attention sur son alcoolisme et sur l'éducation de son fils.

Plus Zack grandissait, plus la leçon se durcissait : « Y a pas d'états d'âme à avoir quand tu baises les plus faibles. Ceux qui signent pour un tour de table, y sont au courant du risque qu'ils prennent. Quand tu montes sur un ring, tu sais que tu vas te prendre des coups dans la gueule, qu'tu vas saigner, t'as même notion que tu peux finir K.-O. À la fin du match, y doit en rester qu'un debout. Et ça doit être toi. Coûte que coûte. »

Quand Zack a eu quinze ans, le père a organisé une partie de poker avec trois autres sales types. « Ton dépucelage », il lui a dit. Il y avait rarement des verbes dans ses phrases, et il y avait rarement des phrases dans sa bouche, sauf quand il parlait poker. Il a demandé à son fils de prendre toutes ses économies, l'argent de ses différents boulots minables, la thune que ses grands-parents lui donnaient pour Noël, tout ce que l'ado avait mis de côté pour le grand saut dans sa vie d'adulte. Ils ont joué toute la nuit. Premier whisky, premier cigare, première partie avec des pros. Et avec des escrocs. Trop de whisky, trop de cigares, Zack puait le vomi. Il a fini par se retrouver face à face avec son père. Tout le monde s'était couché. Le daron avait une paire, Zack le savait. Lui avait un brelan, il pouvait pas perdre. Sauf que son paternel, c'était le meilleur des pires, et sa paire s'est transformée en full. Parce qu'il était comme ça, le pater, une sorte de magicien.

« Coûte que coûte ! » Les mots prenaient tout leur sens.

Le père a empoché les économies de son fils et lui a déclaré : « Voilà, t'as plus que la chemise que tu portes sur le dos, va falloir te refaire si tu veux t'en sortir. » La phrase la plus chaleureuse que son père lui ait jamais dite de sa vie. Il lui a interdit de rentrer avec lui. Zack était dépucelé.

Certaines batailles tracent leur histoire sur la peau, d'autres sous les chairs. Ces blessures, on peut choisir de les appréhender de deux façons radicalement différentes : geindre dans la boue en espérant susciter la compassion d'une âme miséricordieuse, ou en arborer les cicatrices comme des trophées, témoignages de combats menés dont on est ressorti, abîmé certes, mais victorieux. Zack a choisi la seconde attitude.

Grâce à cet enseignement à la dure, l'élève a fini par dépasser le maître. Pas le choix, quand on sait qu'on ne peut avoir confiance en personne, pas même en son père, on n'a plus peur quand on a les cartes en main, face à qui que ce soit. Ce qui ne l'a pas empêché de se forger une armure pour se protéger. La combativité, oui, la vulnérabilité, non.

Le bluff. Afin de survivre dans ce milieu sans pitié, Zack l'a érigé en art.

Pour devenir un bluffeur de haut vol, il faut savoir manipuler la perception de l'adversaire, lui faire perdre ses repères et l'amener à commettre l'erreur qui aboutit à sa défaite. Cet art de la manipulation exige un savant mélange de dextérité et d'illusion. D'un côté la technique du jeu, de l'autre celle du mensonge. Zack a poursuivi son entraînement dans le but d'exceller dans les deux. Il a atteint une telle maîtrise du poker qu'il aurait pu participer à des tournois internationaux. Mais il se moque de la gloire, le titre de champion ne l'a jamais fait fantasmer. C'est juste un titre. Aussi triste et terne qu'un CDD.

Son art, il en a fait son gagne-pain. Des arnaques, propres, à des tables, sales. Grand défenseur de la noblesse du bluff, Zack se refuse à la bassesse de la triche. Il se targue de détrousser en douceur ceux assez dupes pour se laisser berner. Il gagne avec une élégance morale, sans cacher de carte dans sa manche, et c'est là sa fierté. Blanc comme neige. Plutôt que de se mesurer aux rois du ring, Zack se farcit les poids pigeons et les cloue au pilori, même avec des jeux pourris. Dans son genre, c'est un sniper. Quand les minables ne demandent qu'à se faire plumer, pourquoi se priver ? Son père avait raison, il faut jouer avec le système, baiser les plus faibles et gagner.

Coûte que coûte.

Être un roi parmi les losers plutôt qu'un prince parmi les winners. L'ambition n'a rien de noble, mais ça paie bien. Et quand on a été élevé par un clou rouillé en guise de père, on s'accroche aux rêves qu'on peut.

Zack s'est taillé une belle réputation de joueur d'exception qui lui vaut l'intérêt de gros poissons. Mais il sait rester prudent, tenter sa chance juste ce qu'il faut pour ne pas finir la soirée éventré entre deux poubelles.

Pour l'instant.

— J.T.S. Brown, *on the rocks*.

Le verre de bourbon annoncé atterrit sur le comptoir en acajou entre les doigts avides de Zack. L'avantage des rendez-vous mensuels : pas besoin de passer commande pour se voir servir sa marque de prédilection par un barman attentif et professionnel. Alcool de qualité, service premium, les soirées poker chez Milan Kraković ont ça d'appréciable. Le mafieux serbe a beau sortir de dix ans de mitard, tremper dans des trafics qui lui offrent les attentions cumulées de la brigade des mœurs, des stups et des gangs rivaux, il faut reconnaître qu'il sait recevoir.

Avant de pénétrer dans la cave insonorisée qui sert de tripot, les invités, triés sur le volet – bien crasseux, le volet –, se réunissent autour d'un verre convivial afin de prendre des nouvelles ou de faire les présentations, selon qu'il s'agit d'habitués ou de nouveaux venus. Si Milan Kraković convie, tous les premiers jeudis du mois, sept profils peu recommandables, ce n'est pas uniquement pour chauffer les cartes mais aussi pour faire tourner le business.

Zack, lui, appartient aux habitués. Il fréquente cette table avec assiduité pour y glaner des infos. Ce rendez-vous social est l'occasion de fricoter avec bookmakers, parieurs et arnaqueurs en tout genre qui, tel Huggy, se refilent leurs bons tuyaux. Après avoir œuvré à une table d'amateurs et autres seconds couteaux, dans tel qu[...] tel bar ou tel lieu tenu secret, l'un vire persona non g[rata] et refourgue le filon au suivant qui s'en donne à cœur j[oie] pour en reprendre l'exploitation, moyennant pourlich[es] et commissions sur la recette. Certains perdants-nés ne demandent qu'à alléger leurs poches bien remplies. C'est la loi de la chaîne alimentaire, le plus balèze bouffe le plus faible. Seule contrepartie : ne jamais taper deux fois à la même table. À revenir sur les lieux du crime, on risque la rebiffe du plus faible et la perte du filon. D'où la valeur ajoutée de fonctionner en bande organisée.

Cette association de malfaiteurs se réunit chez Kraković, afin d'y troquer les petites annonces du mois : tournoi au club du troisième âge de La Bourboule, galas de charité au Rotary, parties encanaillées de la jeunesse dorée côté Passy, jour de paie au PMU de Saint-Ouen, avant-première d'un film sur le *gambling* sur les Champs – personne n'y connaît rien mais le distributeur a trouvé amusant d'organiser un tournoi de poker bon enfant pour le lancement du film –, du pain bénit pour Zack et sa clique de détrousseurs. La liste de baltringues prêts à se faire siphonner le réservoir semble aussi infinie que le désert où ces bandits de grand chemin les laissent en cale sèche après leur passage.

Pour ce qui est de Kraković, la donne est différente. À moins d'être maqué avec une mafia concurrente pour ta protection, pas d'arnaque avec ce genre de mec sinon tu risques de te retrouver dans une décharge publique, les membres concassés au burin. Ce Serbe-là a la défaite susceptible, mais comme il se vexerait de ne pas avoir de répondant à sa table – et tu veux pas vexer

— tu joues la partie à fond, en serrant [...] ur seules consignes de survie : ni [...]

[...] a ces tours de passe-passe, Zack alterne [...] mboyantes et dons de son pécule. Le talent [...] écié à cette table, l'allègement des bourses, [...] ore plus. Cette deuxième option n'a pourtant rien d'une perte financière, bien au contraire, il s'agit d'un investissement. Pour se faire accepter par la confrérie et obtenir ses entrées à des tables bien plus juteuses et bien moins dangereuses. Une mise de départ si l'on peut dire. Sous ce pacte tacite, se retrouve ainsi, mois après mois, cette joyeuse bande de malfrats prêts à se poignarder dans le dos à la moindre entourloupe.

Ce soir, hormis cette fille au chemisier violet, il n'y a que des habitués. « Ça va être une partie tranquille », se dit Zack, venu avec cinq mille balles en poche. Prise de risque raisonnable sachant qu'à la fin d'une nuit comme celle-ci il a en général marchandé une demi-douzaine de tuyaux, dont le premier rentabilise les deniers investis.

— Salut, Zack, ça roule ?
— Salut, Dédé.

Serrage de pince rouillée. Dédé se siffle sa Suze sans prendre la peine de remercier le barman habitué qui lui en ressert une aussitôt. Issu d'une autre époque, avec sa face de Krasucki, son mégot rivé aux chicots, son béret en tweed et sa diction que des décennies de Suze ont rendue aléatoire, on croirait Dédé tout droit sorti d'un syndicat de cheminots, et c'est exactement ce qu'il a été toute sa vie. En parallèle, il arrondissait ses fins de mois difficiles grâce à ses doigts de fée et à son aptitude à la filouterie aux cartes. Il poursuit cette carrière durant sa retraite, aussi miséreuse que son salaire d'ouvrier du rail. Dédé ne paie pas de mine, et c'est là son meilleur atout. Sous son camouflage de pilier de bar de Roubaix, il est plus affûté qu'un opinel, il te taillade du joueur imprudent façon jambon, et ne laisse pas un gramme de bidoche autour de l'os. En tant que syndicaliste, il a perdu plus d'un combat face au rouleau compresseur capitaliste, la faute à la picole et à l'injustice sociale, par contre en tant que joueur, il en a essaimé derrière lui du rupin dépouillé. Modeste vengeance du peuple.

— Dis-moi, je vois pas Jean-Michel, demande Zack en scrutant la salle.

— Non, c'est la greluche en violet qui le remplace, l'informe Dédé, un voile gris dans la voix qui interpelle son interlocuteur.

— Ah ? Pourquoi ? Il cède sa place ?

— T'es pas au courant ?

— De ?

Dédé sort un journal plié de la poche arrière de son bleu de travail et étale l'édition du jour de *L'Huma* sur le bar. « Faut bien un ancien cheminot pour se pointer chez un mafieux avec un canard communiste sous le coude », se dit Zack. Cinquième page, en gros titre, une histoire de fusion-acquisition, il y est question de multinationale, de groupe industriel qui officie dans le béton et d'un politique, forcément véreux. Le genre de nouvelles dont Zack, que ce monde corrompu ne surprend plus, se fout royalement.

— Quoi, t'es en train de me dire que Jean-Michel

s'est lancé dans le business du béton à l'échelle internationale ?

— C'est ça, fais l'malin, gamin.

Dédé plaque son doigt de travailleur dont les articulations ressemblent aux nœuds d'une gare de triage sur la photo du politicien aux airs suffisants de maître du monde.

— Tu vois ce suppôt du grand capital, là ? Çui qu'a encore plus une tronche d'enflure qu'les autres ?

— Alexandre Colbert ? lit Zack en légende sous la photo. J'avais jamais vu sa gueule mais oui, j'en ai entendu parler. C'est quoi le rapport avec Jean-Michel ?

Zack parcourt l'article à la recherche du nom de leur partenaire de jeu.

— Rien qu'tu liras dans la presse officielle, mais moi j't'informe, Jean-Mich', y reviendra plus.

— Dédé, arrête de parler en rébus et explique-toi, t'es chiant avec tes énigmes.

Zack referme le journal et commande au serveur, d'un claquement de doigts, une resucée des mêmes poisons.

— Il a voulu se frotter au gars et s'est fait piéger, baragouine Dédé en biberonnant sa Suze.

— Quoi, Jean-Michel ? Il a tenté d'arnaquer Colbert ? s'inquiète Zack. Il est dingue, il a pas les épaules.

— Il a pas tenté, il l'a fait. Mais comme tu dis, il avait pas les épaules. Alors tu l'connais donc, le Colbert, hein ?

— Y a des légendes qui courent. Je sais juste que c'est un joueur solide, pas un arnaqueur en carton comme Jean-Michel…

Difficile de faire le tri entre fables et faits. Zack a

entendu parler d'un joueur connu dans le milieu qui a été accepté pour une partie au manoir du politicien. Le gars a perdu. Plus qu'il n'aurait dû. Et là, le ciel lui est tombé dessus. Ils ont saisi ses comptes, en toute légalité. Même son assurance retraite y est passée. Mais ça n'a pas suffi à couvrir sa dette. Le type a disparu en forêt, il a refait surface avec deux trous de chevrotine dans le dos. Au rayon crapule, ces salauds de politiciens n'ont rien à envier aux truands que Zack côtoie. Seulement, eux ont la loi de leur côté. Ces mecs, c'est l'État. Ils ont maquillé ça en accident de chasse, mascarade propre, histoire que la police ne fouine pas trop – cynisme de l'immunité politique –, mais ostensiblement voyante pour envoyer un signal clair à ceux qui voudraient y revenir : « On est la Loi, on est intouchables. » Plus pour le principe que pour le solde de tout compte. Ces fils de putes ne cherchent pas la discrétion, ils utilisent les mêmes codes que la mafia – normal, c'en est une – et font savoir haut et fort qu'ils sont dangereux.

Ce que confirme Dédé :

— Ça faisait un moment qu'il voulait s'farcir un gros bonnet. Il est comme moi, Jean-Mich', c't'un indécrottable coco, et ces salauds d'politiciens, surtout de droite, y peut pas les blairer, y veut s'les faire… Enfin il voulait.

— Comment il a réussi à avoir son ticket d'entrée chez Colbert ? Des types comme lui, c'est pas dans nos tarifs.

— Il a gagné aux courses. Gros. De quoi prendre sa retraite. Mais vu qu'il avait les fonds, il a préféré les miser contre un rupin. Pis il était cautionné par un politicien qu'avait une dette de jeu envers lui et qui s'était porté garant. Et…

— Et il s'est fait essorer, conclut Zack avant ce pauvre Dédé, bien triste de raconter les derniers jours de son pote de manifs.

— Ils lui ont laissé trois jours pour rembourser. Lundi, il est passé chez moi quémander d'l'oseille pour l'aider. J'planque pas ce genre de grisbi sous mon matelas, moi. Pis même si, j'ui aurais pas donné. Pas fou, j'en aurais jamais revu la couleur.

— Ils ont retrouvé le corps ? s'enquiert Zack qui devine la fin de l'histoire.

— Ce matin. Sur un chantier à La Courneuve. Accident de grue, soi-disant. Jean-Mich', l'était autant ouvrier que j'suis danseuse étoile, mais au regard de la Loi, c'est passé. La Loi, mon gars… C'te fumisterie d'aristocrates.

Zack se replonge dans la photo du politicien bien sous tous rapports avec un pincement au cœur. Il l'aimait bien, Jean-Michel. C'était un joueur médiocre mais un bon bougre. À tout prendre, est-ce que ça n'a pas plus de valeur ?

— Bon, messieurs ! clame Kraković avec un accent slave à couper à la scie sauteuse, avant de poursuivre d'un ton galant à l'adresse de la fille en violet : Mademoiselle… Prêts à foutre le feu au tapis ?

Chœur d'acquiescements exaltés à l'invitation du Serbe. Zack suit la troupe de truands, repris de justice et mafieux dans la cave.

Fin de l'oraison funèbre du pauvre Jean-Mich', retour aux priorités.

Zack commence à ne plus y voir très clair, c'est le moment de retirer ses billes. La nuit a été longue mais fructueuse. Pour lui. Contrairement à la demoiselle au chemisier violet qui n'a pas su s'arrêter avant de s'enfoncer dans les sables mouvants des dettes de jeu. Ne jamais miser quand on n'a pas les fonds, règle numéro un, surtout à une table de pros au potentiel dangereux avéré. Règle numéro deux : ne jamais accepter l'appui financier d'un autre participant pour se renflouer via un emprunt prétendument amical. Tout autre joueur étant, par définition, un adversaire, s'il te fait crédit c'est pour mieux te baiser la gueule. Règle numéro trois, la plus vitale à retenir : on ne gracie pas un ennemi à terre, on l'achève en le suçant jusqu'à la moelle.

La sanction peut prendre bien des formes. Milan a un faible pour l'épargne, aide factice en forme de rémission provisoire aussi impitoyable aux jeux qu'à la banque : le débiteur avili perd tout d'abord sa dignité, puis sa liberté.

Violette – probablement un pseudonyme, s'est dit Zack lors des présentations, au vu de son chemisier – connaissait les règles aussi bien que les autres, mais, l'esprit embrumé par la fièvre du jeu, elle-même attisée par la détresse à la perte de sommes de plus en plus impensables, l'affolée s'est obstinée en s'accrochant aux ronces, bien qu'elles soient empoisonnées. Contre-productif instinct de survie des perdants en sortie de route qui prient pour la délivrance d'un tour de table miraculeux, et commettent l'erreur, fatale, de la mise de trop. La balance bascule alors sous le poids d'un débit qu'ils ne peuvent éponger, et actionne la spirale de tentatives désespérées pour s'en sortir qui ne font qu'accélérer la descente aux enfers. À coup de prises de risque qu'ils pensent mesurées, les pauvres hères imaginent se rattraper, alourdissant leurs dettes et étirant le pont qui les sépare du solde positif jusqu'à le faire péter comme un élastique. S'ensuit la chute tant redoutée. Fin de partie, il faut payer.

L'économie mondiale repose sur le même principe de la carotte pour mener les petites gens au surendettement. Violette est bien placée pour le savoir, elle a quatre crédits sur le dos, une voiture en leasing, un logement qui ne devrait plus tarder à être saisi, et trois lettres d'huissier qui l'attendent sur son guéridon. Quelle solution rationnelle a-t-elle trouvée pour se tirer de cette mouise persistante? L'argent facile, bien entendu. L'Euromillions étant un attrape-couillon, c'est bien connu, elle a jeté son dévolu sur une option plus fiable : le poker.

Depuis le temps qu'elle s'adonne à ce vice, elle a perdu plus souvent qu'à son tour, a emprunté à sa famille, à son mec, devenu par ricochet son ex, a pleuré aux Assedic, puis au RSA, bon an mal an, elle est toujours parvenue à grappiller le nécessaire pour rattraper ses conneries. Seulement, à force de les pomper, elle a tari toutes les sources, et ce soir, elle est seule, aux abois, et à la merci de ses créanciers.

— Tu dois beaucoup d'argent, Violette, paraphrase Kraković.

— Je sais.

Ne pas révéler sa perdition, dernier effort vain pour garder contenance face à l'ennemi. Ne pas céder à l'hystérie, ni réclamer grâce en exhibant les photos de ses deux enfants à charge. Autant pisser dans un Beretta.

— Cinq mille euros, c'est une grosse somme, poursuit le Serbe.

Tout est relatif, le chiffre énoncé en ferait rire plus d'un. Mais quand on gagne moins que le SMIC et qu'on est criblé de dettes, cinq mille euros avoisinent la banqueroute grecque. La sienne ne mettant pas en danger l'économie européenne, aucun pays ne fera coalition pour équilibrer son déficit. Durant toute la partie, Violette a évité de faire face à cette question pourtant brandie devant son nez comme le mur contre lequel elle vient de s'écraser. Ayant épuisé toutes les combinaisons, son esprit logique part en toupie, l'émotionnel et le rationnel entrent en conflit. Burn-out garanti. Si le suicide ne lui grille pas la priorité.

— Milan, je vais te payer. Donne-moi une semaine. Même trois jours, je trouverai.

Violette ne fait plus illusion, elle n'a plus rien en main si ce n'est son destin brisé.

— Je t'ai déjà fait crédit le mois dernier, dit Kraković, et t'as pas fini de régler cette précédente ardoise. J'en déduis que les comptoirs auprès desquels tu prévois d'emprunter sont aussi vides que nos verres.

Le barman entend l'allusion sous forme d'ordre frôlant le reproche et s'empresse d'apporter sur un plateau une bouteille de whisky pour la tournée de la condamnée.

— Mais j'ai l'idée d'un bon moyen de résoudre notre contentieux afin d'étancher ma soif.

Kraković remplit les verres des spectateurs et de la suppliciée.

« On y est. » Zack, seul témoin de la scène à se soucier encore de son issue, ramasse ses jetons au ralenti, yeux sur le tapis, esgourdes grandes ouvertes. Violette connaissait le diable avec lequel elle signait quand elle a accepté le crédit : une âme corrompue tout droit sortie, non des enfers, mais de la mafia serbe, ce qui ne la rend pas plus sympathique. Zack a voulu objecter, s'est retenu d'intervenir à plusieurs reprises, mais là n'est pas son rôle. Lui joue pour le sport de la manipulation et l'enivrement de l'argent remporté par la magie de l'illusion. Les à-côtés, surtout quand ils virent glauques, il s'en passerait volontiers. Mais il n'exerce pas son art dans des tournois proprets à Las Vegas, lui se frotte à l'illégal. Son terrain de jeu ne ressemble pas au *Bellagio* mais à une cave aux murs suintants, avec du patibulaire au casier judiciaire lesté qui joue de l'argent sale et ne plaisante pas avec les dettes d'honneur.

— J'ai pas cinq mille euros, Milan, tu le sais bien.

À quoi bon mentir ? Ne pas aggraver son cas avec de l'insubordination. C'est bien, elle est docile, ce qui satisfait son nouveau maître.

— Oui, je le sais. Ça ne t'a pourtant pas empêchée de monter sur la mise.

— J'espérais gagner.

— Tu « espérais »… ?

Tranchant cynisme du Serbe.

— Il y avait pourtant de gros risques que tu perdes puisque c'est ce que tu faisais depuis le début de la partie. Depuis que je te connais d'ailleurs.

Petit tacle au passage, histoire d'humilier l'adversaire à terre. Manière, rustre mais efficace, d'attendrir la viande.

Violette ne moufte pas. Pour quoi faire ? Il n'y a pas débat, elle a perdu, point. À part se jeter par la fenêtre, elle ne voit pas d'échappatoire à court ni à moyen terme, et vu qu'ils se trouvent dans une cave…

— Tu as un plan B ?

Le rapace continue de s'amuser avec sa proie.

— Non.

La résignation se met en place, la victime accepte son destin.

— Voilà qui est fâcheux.

Silence à feu doux. Laisser macérer la viande avant de la retourner sur le gril.

Violette se souvient d'avoir assisté à une négociation similaire au début de sa carrière de joueuse amatrice et de perdante confirmée. Un pauvre type avait pris crédit auprès de Kraković. Il se déplace aujourd'hui en fauteuil roulant, la colonne vertébrale en miettes. Ces gens-là ne plaisantent pas en matière de comptabilité. N'ayant aucune envie de finir sa vie sur roulettes, Violette – qui n'a même plus la force de se dégoûter – déboutonne son chemisier violet, dévoilant son soutien-gorge.

— Tut tut tut, pas ici, ma chérie…

Violette a compris, elle se lève et se dirige vers une pièce attenante.

— Où tu vas comme ça ?

Violette sent la question piège.

— Dans la chambre ?… Je croyais…

Elle ne bouge plus, de peur de péter sur une mine.

— Cinq mille euros, c'est beaucoup d'argent et, sans vouloir te vexer, ma jolie, une passe avec toi n'en vaut pas autant.

— Je… je comprends pas, Milan. Je t'ai dit, j'ai… j'ai pas d'autre moyen de te rembourser. Tu… tu pourras me faire ce que tu veux.

Déglutition laborieuse. Nausée. Renvoi. Envie d'en finir. Avec cette situation. Avec elle-même.

— J'espère bien qu'avec une dette pareille, tu vas pas faire ta mijaurée. Si je veux t'enculer, je vais pas me gêner, mais là n'est pas la question.

Zack grince des dents, contrairement aux autres spectateurs qui auraient tendance à ricaner dans une connivence graveleuse, question de curseur des valeurs morales. Zack a beau fréquenter ce milieu qui en est dépourvu, lui a ses limites, et Kraković est en train de les piétiner allègrement.

Évidemment que l'industrie du cul et celle du jeu sont accolées. Le sexe se monnaie, et, comme par hasard, toujours à sens unique. Côté dette masculine, ça se règle plutôt à coups de marteau dans les rotules. Loi universelle qu'on retrouve jusque dans les tripots : les hommes profitent de leur ascendant pour prendre à la gent féminine ce qu'ils n'arrivent pas à obtenir par le respect. Et sous la caution des règles du jeu, qui parle de prostitution ? C'est une dette comme une autre. Qui peut se régler comptant ou en nature.

Le mafieux claque des doigts en direction d'un de ses sbires resté planté dans l'entrée en attendant qu'on le siffle.

— Allez, ma chérie, tu vas suivre Stan bien gentiment. Il va t'accompagner sur ton nouveau lieu de travail.

— Quoi, mais... ?

Confusion et déroute entraînent la toupie dans un tournis qui lui fait dire des conneries :

— Tu m'embauches ?

Déferlement de dents en or et de chicots jaunis enrobés de rires gras.

— C'est ça. J'ai un club privé où j'aime recevoir. Je te présenterai à quelques amis. T'es à moi pendant une semaine. Et en bonus, si tu veux faire des heures sup, t'auras de quoi te renflouer pour la partie du mois prochain. Elle est pas belle, la vie ?

Du décrochage du monde du travail à l'addiction aux jeux, voilà Violette devenue pute en CDD.

Ce versant déviant, Zack le vomit intérieurement, mais que faire ? Les dénoncer aux flics ? Lui-même fait partie des rouages du système et devient, de fait, une pièce de cette machinerie abjecte. Comment ne plus être confronté au dilemme ? Arrêter de jouer ? Impossible. Non-assistance à personne en danger ? Il plaide coupable, comme la moitié de la société qui préfère porter des œillères pour ne pas voir les clodos crever dans la rue, les migrants squatter sous des tentes, les mineures de l'Est tapiner sur les boulevards, et, une fois au chaud sous son toit douillet, range son ersatz de bonne conscience à côté du balai à chiottes.

Mais ce soir, pour une raison qu'il ignore, Zack n'arrive plus à fermer les yeux. Son seuil de tolérance saturé, il étale ses gains devant le Serbe.

— Tiens, Milan, sers-toi. Y a trois mille cinq cents balles sur la table. Je te fais un chèque pour la différence.

Les pommettes de Violette reprennent des couleurs, ses yeux s'imbibent de larmes de gratitude à cette démonstration d'humanité.

— Je prends pas les chèques.

Le cœur de Kraković, lui, reste sec. Zack se demande bien ce qu'il fout à se confronter à un tel caïd. À ce rythme-là, ils risquent d'être deux à échouer dans la Seine, un Vélib' accroché aux pieds.

— Je passe chez moi et je te dépose le cash demain.
— Tu joues les bons Samaritains ?

Sourire aux chicots. Sarcasme moisi.

— Disons que j'aime pas la tournure que prend cette soirée et que je préférerais pouvoir encore me mater dans la glace demain au réveil.

Volant la vedette aux chicots qui se volatilisent, deux Beretta font leur apparition sur la table.

— Est-ce que, dans ton élan de bonté, tu serais pas en train de m'insulter ?
— Non, Milan, pardon, j'ai pas voulu…

Zack le dit avec déférence, sans pour autant ravaler sa fierté.

— Quoi donc ?
— Te manquer de respect.
— Ouf. J'ai cru, un instant.

Chicots et dents dorées réapparaissent. Les Beretta, eux, ne bougent pas.

— Prends mon argent, Milan. Et qu'on n'en parle plus.

Hagarde, Violette assiste au barguignage de son destin qui se fait bringuebaler de main en main. Les doigts tatoués du Serbe pianotent sur le vernis du rebord de la table entre les deux Beretta. Dans le rapport de force, il faut parfois savoir baisser l'échine pour obtenir ce qu'on cherche. Ce que fait Zack :

— S'il te plaît.

— Bel acte chrétien que voilà…

Les négociations semblent prendre une tournure charitable aux yeux d'une Violette que le désespoir rend bien candide.

— Manque de bol, je ne suis pas croyant mais homme d'affaires. Donc j'apprécierais que t'y foutes pas ton nez. Conseil amical.

Kraković s'adresse à sa nouvelle recrue :

— Avoue, Violette, cinq mille euros de salaire pour une semaine de travail, c'est mieux que caissière au Franprix.

— Tu peux pas refuser que je rachète sa dette, insiste Zack.

— Je peux pas ? Vraiment ? Tu sais à qui tu t'adresses ?

Hélas, oui, Zack ne le sait que trop bien. « Cette conne… Pourquoi elle s'est foutue dans une merde pareille ? » Zack ravale son ego bafoué et fait marche arrière, abandonnant Violette à son triste destin.

— Allez, ma belle, va te laver, ordonne Kraković, le temps de dire au revoir à nos amis, et je te rejoins.

Le sbire entraîne la pauvre fille qui le suit, épaules voûtées. À quoi bon lutter ?

27

Zack a fait ce qu'il a pu. Milan, aussi infâme soit-il, a raison : tout ça ne le regarde pas. Une fois engagé dans la partie, chacun doit prendre ses responsabilités. Violette est adulte et vaccinée, elle savait dans quoi elle fourrait les pieds. À elle d'assumer. Tomber dans la prostitution occasionnelle, c'est pas plus compliqué que ça. Cruelle constatation. Ça n'empêche pas Zack d'être écœuré en empochant ses jetons avant de refermer la porte derrière lui sur cette réalité nauséabonde face à laquelle il est impuissant.

Ça fait aussi partie du jeu.

Les Grands Boulevards. Au troisième étage d'un immeuble haussmannien retenu prisonnier dans la toile d'araignée d'un échafaudage en acier, tapie derrière la porte entrouverte au fond du couloir d'un appartement noyé dans l'obscurité de son ravalement, une jeune femme aux boucles dorées se prélasse dans un bain chaud. Belle et coquette, comme l'atteste le revolver chromé négligemment posé entre parfums et produits de beauté. Cigarette slim aux lèvres, Maxine saupoudre de sels l'eau bouillante qui fait perler des gouttes de sueur sur sa peau. Elle aspire une bouffée de nicotine mentholée qu'elle rejette dans l'air déjà embué de la salle de bains, et fixe le plafond, songeuse. Son bras alangui pend le long de la baignoire. À son bout, elle tient un jeu de cartes qu'elle bat d'une seule main avec une habileté experte et en tire une au hasard.

Roi de pique.

Maxine souffle sa fumée mentholée par les narines, déchire la carte en pestant et s'en débarrasse dans la poubelle en métal sous le lavabo. Un morceau rebondit sur le rebord en acier rouillé et échoue sur le carrelage mouillé. Le bout corné s'imbibe d'eau savonneuse, senteur vanille, faisant boursoufler le *R* royal.

Suite des préparatifs. Un trait de khôl épais pour souligner son œil couleur cendre, un brossage au mascara pour rendre tout leur volume à ses longs cils, Maxine s'empare de son calibre .45, vérifie qu'il est chargé. Fin du maquillage, début de la mascarade.

Entrée des artistes.

Soir après soir, Maxine écume bars, arrière-salles, casinos, salons privés, tous les lieux qui hébergent des jeux, tant que ça joue au poker. Elle s'invite à des tables peuplées de mâles aux incisives aiguisées qui l'accueillent avec sourires grivois et mésestime génétique pour le sexe faible. Elle ne rechigne pas à se mêler à une faune peu fréquentable. Au contraire, le plus vicieux, le mieux. Elle joue les ingénues venues se dévergonder dans un monde viril et dangereusement excitant. Elle excelle dans sa composition. Crédibilité avant tout, cabotinage interdit. Sa prestation doit faire illusion au point d'embobiner son public pour mieux le piéger. Souvent, ces représentants du sexe dit fort se mettent à baver à son apparition. Nourris aux clichés du porno, ils se font des films dans leur tête, et même si la majorité, plus blasée, la considère comme un simple adversaire de plus, aucun ne la prend véritablement au sérieux. Les jeux d'argent, c'est une affaire d'hommes, voyons.

Pauvres ignorants.

Maxine subit avances ou railleries, tête basse, minauderie naïve au visage, elle laisse les mâles dominants s'adonner au machisme d'usage pour mieux redresser le menton, au moment opportun, et se régale à leur infliger une raclée. Fauchés par la stupeur, les mâles condescendants se cassent la gueule de leur piédestal. Castration nette et sans bavure. Si Maxine ne présente aucune menace apparente, elle s'avère, les cartes en main, plus mortelle qu'une flèche à l'arsenic plantée dans la gorge. C'est du moins le ressenti de ces messieurs qui s'étranglent lorsqu'elle retourne le jeu en sa faveur avant de les crucifier sur place.

Maxine a un don pour le poker. Elle l'a développé très tôt dans le but particulier d'en faire une arme de soumission de la gent masculine. Elle a appris des plus grands, ou plutôt des pires. Elle s'est façonné l'attirail nécessaire pour se mesurer aux tordus et aux dangereux. Sang-froid, nerfs d'acier, reins solides, une assise financière qui lui permet de risquer gros et de rafler en conséquence, et par-dessus tout une résistance inaltérable à la pression. Normal, elle n'a rien à perdre. Rien de ce que ces branleurs ont sous la manche, ou dans le pantalon, ne l'impressionne. Maxine n'a pas sa langue dans sa poche et obtient toujours le respect qui lui est dû, avec civilité ou par la manière forte. Au moment de récolter la cagnotte, il n'est pas rare qu'un de ces messieurs au portefeuille récalcitrant face à une pisseuse qui vient de lui coller une fessée se laisse déborder par son excès de testostérone. Pour parer à cette éventualité – assez récurrente, il faut le dire –, Maxine rétorque avec un vocabulaire universel. Il arrive qu'elle oublie son rouge à lèvres mais jamais elle ne sort sans son .45 au fond de son sac.

L'argent est un bénéfice collatéral de sa croisade. Elle inflige en réalité ses punitions dans un but cathartique. Elle humilie ces hommes pour se purifier. Par cette vengeance, elle cautérise ses plaies. Certaines blessures ne se voient pas, elles n'en sont pas moins douloureuses. Et profondes. Bien au contraire. Maxine soigne son mal par le jeu. C'est sa thérapie à elle. Qu'elle suit assidûment depuis des années. Pas très lacanien, mais à chacun sa façon de gérer ses traumatismes.

Son tableau de chasse lui a permis d'accumuler un trésor de guerre qu'elle planque dans sa bagnole. Des dizaines de liasses de billets scellées dans des sachets en plastique noir y sont entassées dans le double fond du coffre, avant d'être mises à l'abri dans son dressing à la fin de chaque tournée. Elle ne remplit pas son bas de laine pour la retraite, elle échafaude un coup. De Paris à la Normandie, de Lille à Marseille, elle tisse sa toile.

La traque.

Elle analyse la personnalité de ses adversaires, teste leurs techniques, elle arpente les routes de France en quête d'un profil qui sortirait du lot. Elle recrute. Pour une partie. Plus ambitieuse que les autres. Définitive.

La semaine a été intense. Une rencontre de l'Amicale du poker à Tourcoing, un colloque de dentistes à Genève, un séminaire Google à Deauville, une partie improvisée avec des routiers à l'arrière d'un camion sur une aire de l'A13, avant d'enchaîner sur un enterrement de vie de garçon dans le 16$^e$. Ceux-là n'ont particulièrement pas apprécié la correction, mais quand ils se sont vantés, en toute jovialité, de leur rapport potache à la prostitution, Maxine a vu rouge. Elle les a déculottés et est repartie, avec en poche le budget de leur voyage culturel à Budapest.

Événement notable pour couronner son périple hebdomadaire d'une note plus positive, cette partie clandestine organisée par la mafia chinoise dans les sous-sols d'une tour du 13$^e$ arrondissement. Beaucoup d'invités dispatchés dans des box réquisitionnés à cet effet. Maxine y a entrevu un candidat dont on lui vante les qualités depuis un moment. Solide réputation, beau palmarès et toujours vivant. Le genre de profil qui suscite son intérêt. Le type se fait appeler Zack. Son côté beau gosse lui donne trop d'assurance au goût de Maxine qui ne prospecte pas dans les tripots pour lever du minet, mais il est vrai que le garçon dégage un charisme certain et une assurance qui lui ont fait forte impression. Le hasard de la répartition des équipes ne l'a pas amenée à se retrouver à la même table que lui. Ce n'est que partie remise. Elle va tout mettre en œuvre pour s'en assurer.

Pour une raison qui lui échappe, elle boucle son emploi du temps chargé à Bures-sur-Yvette. Son agenda recèle parfois des rendez-vous incongrus dont elle ne se rappelle plus l'origine. Sa semaine finit donc mollement dans un hangar où un grossiste en textile organise des parties entre stocks de contrefaçons Lacoste et cravates au rabais.

Fatiguée, elle prend moins de précautions et torche ces joueurs à la petite semaine de manière trop expéditive. Elle ne leur a pas laissé le temps de s'habituer à la branlée, infligée d'habitude plus progressivement. Ça leur a coûté pas loin d'un mois de salaire à chacun. Les moins prévoyants ont tapé dans leurs réserves, et ce sont les vacances au Cap-d'Agde qui viennent de se dissoudre avec leur défaite. L'agressivité virile s'est amplifiée de façon palpable. Maxine regrette d'avoir précipité le châtiment mais il est tard, et elle aimerait se coucher. La semaine a été longue.

Ce départ hâtif ne semble pas du goût de tous, malgré leur mutisme. Maxine se méfie de la vexation rampante. Elle sait flairer les intentions des hommes qui l'entourent, et le rouquin qu'elle vient d'essorer, elle s'en méfie. Avec sa tête de comptable, père de famille idéal, propre jusque dans sa déclaration d'impôts bien réglo, il n'a l'air de rien, et c'est justement ce qui le rend imprévisible. Une eau qui dort. Il est temps qu'elle se casse.

Sans faire de vagues.

Maxine presse le pas. Il est grand, ce parking. Et désert. Pas une âme à la ronde. Aucun témoin potentiel. Mauvaise nouvelle. Elle a laissé une brochette d'amateurs émasculés derrière elle, mieux vaut ne pas traîner. La récolte a été bonne, côté butin. Côté prospection, par contre, elle repart bredouille.

Elle s'installe dans sa BX sans flâner. Clefs sur le contact, vérification dans le rétroviseur, pas le temps d'appuyer sur l'accélérateur, tout se précipite. La portière s'ouvre, une main la chope à la gorge, une autre lui agrippe l'avant-bras, une pression à lui couper la circulation et, plus emmerdant, la respiration. Elle ne l'a pas vu surgir. Coup d'épaule, rotation de la nuque, elle se dégage, une vivacité d'anguille, pas le genre de femme à se faire coincer docilement. L'agresseur durcit le ton, Maxine se prend un poing dans la tempe, «OK, il est pas là pour rigoler», les préliminaires ne prêtaient déjà pas à confusion. Maxine s'essaie à une contre-attaque, ses mouvements contraints lui font maudire sa ceinture de sécurité qui porte dans le cas présent bien mal son nom, elle tente de griffer le rouquin à mèche sage – les apparences sont plus trompeuses qu'une femme au foyer délaissée par son mari volage –, le volant lui bloque la trajectoire. Deuxième mandale, Maxine encaisse. Du sang dans la bouche, pas d'alarme, elle a l'habitude de ce goût de rouille, priorité au loquet de la ceinture. Libérée, enfin. Coup d'ongles finement limés, elle vise les yeux, si elle peut en sortir un de son orbite, elle ne se privera pas, elle plaidera la légitime défense. Le rouquin esquive. Son recul fournit le temps à sa proie de se dégager et de se jeter sur son sac à main. Élan contré par une poussée inverse. L'agresseur la cramponne par la taille. À peser cinquante kilos, la silhouette est harmonieuse, mais on se fait balader pire qu'une poupée de chiffon. La voilà debout, un choc, le souffle coupé, la brute l'a plaquée contre la voiture, poitrine écrasée contre le rebord du toit, pas le temps de geindre, le violeur improvisé se colle derrière elle, une main s'invite sur son sein droit, une autre palpe son sexe. Pas malin ça, à vouloir satisfaire ses pulsions libidineuses, le violeur en oublie d'immobiliser sa victime. Coup de boule arrière, Maxine fracture l'arête du nez du rouquin qui lui asperge la nuque d'un liquide chaud et gluant. Volte-face, frappe du tranchant de la main, elle lui enfonce la glotte, asphyxie immédiate. Le troisième point vulnérable est pulvérisé à la quinzième seconde du retournement de situation : un bon coup de genou dans les testicules – classicisme et efficacité éprouvés – finit de mettre à terre le rouquin qui y réfléchira à deux fois avant de s'en prendre à une jeune demoiselle sans défense sur un parking désert, *middle of nowhere*, Bures-sur-Yvette. Il se trouve que la belle n'a de la biche que les yeux, a suivi de longues heures de cours de self-defense, hostilité de l'époque oblige, et n'aime pas, mais alors pas du tout, les mains baladeuses.

Le rouquin n'avait jamais montré de propension au

viol auparavant – même s'il lui arrive d'avoir envie de se servir à la vue d'un charmant fessier rebondi, pulsion que sa bonne éducation a toujours su réprimer –, seulement ce soir, l'alcool et l'humiliation aidant, lui est venue l'idée regrettable de croquer un bout de celui de la chanceuse insolente qui lui a coulé son budget vacances familiales. Le colt .45 dressé face à son nez en compote lui démontre sa grande erreur. La demoiselle aux yeux rouge sang qui le braque n'a plus rien d'innocent et encore moins de vulnérable.

— Tu serais pas du genre mauvais perdant ?

Le rouquin tente d'articuler des excuses intelligibles malgré sa pomme d'Adam écrasée.

— Pardon, je… je voulais pas…
— Va falloir que tu trouves une meilleure excuse.

Maxine pointe son flingue contre le front piqueté de taches de rousseur. Blam ! Elle a dévié et tiré à un cheveu de l'oreille de son agresseur en larmes.

— T'entends ce larsen dans ton tympan ? Ça s'appelle un acouphène. Mauvaise nouvelle, ça se guérit pas. Dorénavant, ce bruit lancinant qui t'empêchera de dormir aux côtés de ta douce te rappellera notre petite sauterie sur ce parking.

Le rouquin plaque sa main sur son oreille en feu.

— Je… Excuse-moi, je suis un minable.
— Tu m'apprends rien. Comme je voudrais pas que tu réitères avec une fille qui serait moins prévoyante que moi, je devrais peut-être te laisser un souvenir plus marquant. Genre là ?

Blam ! Elle tire au-dessus du front. Une mèche roussit de quelques tons plus sombres que ses voisines. Cri du porc en route pour l'abattoir. Perte de contenance. Début d'incontinence.

— Ou là ?

Blam ! Blessure superficielle à l'épaule. L'homme régurgite ses huit whiskies d'un jet franc et ambré. Maxine, toujours sur le qui-vive, esquive avec dédain.

— C'est pas bien malin d'attendre qu'on soit sur un parking loin de toute forme de civilisation pour m'agresser. Si t'avais réussi ta tentative de viol, j'aurais pu m'époumoner, personne serait intervenu, le problème, c'est quand les rôles s'inversent.

— Pitié… Je… J'ai une femme… des enfants…

— Je vois pas ce que ton livret de famille vient foutre dans la conversation.

Aucune note de compassion dans la voix de la flingueuse. Le rouquin commence à se demander si son existence pourrait s'achever sur ce parking gris. L'auréole au pantalon, la fierté dans les chaussettes, malgré la proximité de son exécution, la pensée qui lui martèle le cerveau est le jugement de sa femme quand elle viendra identifier son corps. Il ne s'est jamais imaginé une vie exceptionnelle mais tout de même, une fin aussi pathétique ? Il espérait mieux. Il est déçu.

— Pitié… s'il te plaît… pitié…

— Je t'aurais dit ça pendant que tu me violais, ça t'aurait arrêté ?

Piteux sanglots pour preuve de culpabilité.

— Réponds.

— Je…

Elle arme le chien.

— Sois honnête : ça t'aurait arrêté ?

— Non…

L'accusé plaide coupable en espérant la clémence du jury. Maxine dévie la visée de son .45 sur le pantalon auréolé du violeur qui se déconfit à vue d'œil.

— Faut prendre le problème à la racine.

— Pitié… s'il te plaît.

Une complainte entre filets de bave et hoquets.

— Un dernier cadeau. Pour que tu te souviennes de moi. Avec celui-là au moins, je suis sûre que tu m'oublieras pas.

Le jury se montre impartial. La dignité du rouquin s'est dévidée en même temps que sa vessie, il n'a plus la force de supplier, il n'a plus la foi d'espérer, il attend l'exécution de la sentence. Il aura au moins appris une leçon ce soir : la vie peut basculer en un claquement de doigts. Surtout si proche de la gâchette.

Blam !

Cri de goret. Larmes. Bave. Morve. Mais le porc ne finira pas en pâté. À sa grande stupéfaction, Maxine a tiré en l'air.

— Tu te souviendras de moi ?

Il acquiesce, sans force ni conviction.

— J'ai rien entendu.

— Oui.

À peine plus perceptible mais sincère.

— Moi aussi, je me souviendrai de toi. File-moi ta carte d'identité.

Le rouquin relève des yeux rouges implorants vers son bourreau.

— Qu'est-ce que tu comptes faire ?

— T'arrêtes de poser des questions et tu t'exécutes.

Ce qu'il fait en lui tendant son portefeuille en croco synthétique. En toc, jusque dans le détail.

— Sympa, la petite famille, dit Maxine, la photo d'une smala à la tignasse couleur carotte entre les doigts. Je l'embarque avec ton permis. Maintenant, rentre chez toi, prends une douche, je te laisse raconter un bobard à ta pauvre épouse que je plains de tant d'aveuglement. Par contre, dis-toi bien que t'es dans mes fichiers.

— Ça veut dire quoi ?

— Que pour l'instant je me montre clémente, mais je pourrais changer d'avis et me repointer avec lui.

Elle agite son colt puis sort son portable, tend la main en l'air et prend son trophée en photo.

— Sinon je pourrais aussi partager notre selfie avec ta chère et tendre. À moins que je le mette direct sur Instagram ? T'as déjà été hashtaggé ou c'est moi qui ouvre le bal ?

Le rouquin, agacé à la longue, ose un :

— Connasse.

Maxine lui plante son colt dans l'œil. Le froid du métal le remet d'équerre.

— Tu dis ?

— Rien... je dis rien.

On apprend vite la politesse avec une bonne maîtresse.

— On est raccord.

Avant de tourner ses talons hauts et de l'abandonner sur le parking fantomatique, elle lui remue le couteau dans l'ego :

— Merci pour la soirée, c'était très sympa. Faudra remettre ça.

La BX démarre. Maxine jette un dernier regard dans le rétroviseur. S'assurer que la menace reste bien à terre et qu'aucune autre ne surgit dans la nuit.

Elle inspire par les narines. Un geyser de fraîcheur lui ventile le cerveau en ébullition. Tenter de réguler son souffle. Ce n'est pas sa première agression et, ironique état de fait, loin d'être sa dernière. La faute à son activité. Mais aussi à son passé. Pourtant, même si elle en est coutumière, Maxine est secouée. On ne prend pas l'habitude de se faire malmener, peloter, molester, abuser… Non, on ne peut pas parler d'habitude, ni de lassitude d'ailleurs, ce serait trop cynique, mais la surprise, elle, a disparu. Maxine passe sa vie en constante vigilance, c'en est devenu une seconde nature. Reste que l'accalmie après l'altercation, malgré la pratique, se fait longue à atteindre. La violence, Maxine parvient à l'encaisser, mais l'impact émotionnel la démonte à chaque fois. Et il lui faut du temps pour reprendre un souffle apaisé.

Putain de prédateurs… Avec leurs crocs voraces et leurs sales mains visqueuses… Elle voudrait les faire payer, tous…

Elle allume son autoradio. Se purger la tête. Cherche une musique appropriée. Tombe sur France Info. Voudrait changer de fréquence, pas le moral pour les nouvelles, forcément mauvaises, mais son doigt se fige sur la molette. La journaliste déblatère sur un cas qui défraie la chronique. Une grand-mère armée d'une pelle et d'un Luger. Cent deux ans. Elle fait les gros titres et enflamme les réseaux sociaux depuis la veille.

«Combien elle en a enterré dans sa cave finalement?»

— Le bilan définitif serait de dix meurtres au total, l'informe la journaliste, comme si elle avait entendu sa question, dont ses cinq maris, un nazi, un percepteur des impôts et trois villageois qu'elle accuse d'avoir lynché son compagnon.

«Eh ben, en voilà une qui se laisse pas faire», se dit Maxine. Après le sang, cette histoire va faire couler des litres d'encre.

— Selon la déposition de la Veuve Noire, comme la surnommaient ses voisins, son compagnon, Luther Williams, ancien GI afro-américain, aurait été victime de menaces racistes avant d'être pendu. Les faits n'ont pas été prouvés mais...

— La Veuve Noire, ils ont rien trouvé de plus racoleur? se scandalise Maxine à haute voix toute seule dans sa BX, puis elle braille sur son autoradio: Cette femme mériterait la Légion d'honneur, bande de cons!

— Suite à sa garde à vue, Berthe Gavignol serait parvenue à entraîner jusque chez elle l'inspecteur qui menait l'enquête. Elle l'aurait ensuite assommé, puis tracté à l'abri dans son jardin, avant de mettre fin à ses jours en s'immolant dans sa maison. L'inspecteur Ventura est actuellement entendu...

«Oh non... Elle est morte...»

Pas une grande surprise, vu l'âge canonique de la grand-mère. Maxine verse une larme à l'évocation de cette petite vieille, déterminée au point de se laisser flamber dans sa chaumière, seule et condamnée par la morale.

La surmédiatisation de ce témoignage lui met néanmoins du baume au cœur. Certaines victimes d'abus

– plus communément appelés maltraitances, voire viols purs et simples – pourraient prendre exemple. Risque d'y avoir recrudescence d'achats de pelles. Maxine esquisse un sourire à cette idée. « M'étonnerait pas qu'il y ait rupture de stock d'ici peu. »

Le cri vient de la ruelle isolée, dans le coude après le bar à putes. Original. Toujours le même modus operandi. En maraudant un samedi soir à Pigalle, Baloo sait qu'il va y récolter des fruits pourris. Du sous-tension éméché qui s'est fait sortir de boîte, ou qu'a même pas réussi à y rentrer, délit de sale gueule et de mauvaises intentions, physionomistes et videurs font pas dans la dentelle, pas plus que dans le survêt, et savent reconnaître le chien en rut, pas looké mais énervé du calbut.

Le plus souvent, l'éconduit rentre chez lui la queue entre les jambes. Et puis il y a celui qui a sombré dans le dur. Le récidiviste de la connerie. Il a tellement touché le fond qu'il n'a plus de limites. Il s'est fait jeter de tous les clubs, peep-shows et sex-shops du quartier, il s'est enfilé un pack de 8.6 et une barrette de shit coupé au pneu, sa méthode de séduction s'est radicalisée, il se sert direct sans passer par la case «Vous êtes bien charmante», et c'est exactement ce qui est en train de se dérouler dans la contre-allée.

Baloo a besoin de se défouler. Plutôt que de s'en prendre à lui-même, ou pis, à des victimes innocentes que sa perte de contrôle risquerait de blesser, il se cherche un client qui ne demande que ça.

Personne aux fenêtres. «Dormez braves gens, on se fait violer sur le pas de votre porte, mais restez bien au chaud chez vous.» Du coin de l'œil, Baloo en voit un caché derrière son rideau, la lâcheté détourée en ombre chinoise sur le tissu éclairé par sa lampe de chevet. Lui qui se pensait discret.

Baloo est un bonhomme massif, large et noir, et il a tous les potards dans le rouge. Tant mieux. Plus il sera en colère, plus l'autre en prendra plein la tronche. Réjouissante perspective de se sentir utile.

Il accélère le pas et fait craquer ses doigts.

Le soutien-gorge lui lacère l'épaule. Les boutons du chemisier en soie ont sauté, mais l'élastique du soutif ne veut pas lâcher et lui entaille les chairs. À la première baffe, la fille a été choquée. C'est au coup de poing dans le ventre qu'elle a commencé à avoir vraiment peur. Elle n'aurait pas dû prendre ce passage. À 4 heures du matin à Pigalle, vaut mieux rester sur les grandes artères. Ses copines et elle le savent. Son mec ne la laissait pas rentrer à cette heure-ci. Pas seule du moins. «Même pour faire cinq cents mètres, tu prends un Uber», il lui serinait. Habituellement, elle n'avait pas besoin de taxi, il la raccompagnait. Il n'était pas imposant, son mec, mais sa présence la rassurait. Illusion psychologique, aux côtés de son homme, si gringalet soit-il, elle se sentait en sécurité. Mais voilà, ce soir, pas de Uber, pas d'homme rassurant, son mec l'a larguée le mois dernier, il n'aura pas fallu longtemps pour qu'elle en paie les dégâts. Dire qu'elle croyait avoir passé une soirée de merde. Ses copines ont été chiantes, elles ont pas décroché de Happn à chercher un profil qui matchait, le bar passait de la musique naze, et elle avait mal au bide

– l'approche de ses règles –, mais elle n'a pas voulu être la relou de service et elle les a accompagnées au Folie's.

Des bribes stroboscopiques de la soirée.

Puis retour à la réalité.

Le type qui lui a demandé une clope lui a arraché son chemisier et une partie de son balconnet. Ses doigts ont déjà fait irruption dans sa culotte, pourtant elle continue à se prendre des baffes. « Mais combien ils sont ? Il avait l'air seul… » Claques et interrogations à répétition. Tout va trop vite.

Sa vie a basculé. Le moment tant redouté. On se dit que ça n'arrive qu'aux autres, mais ce soir, mauvaise pioche, c'est pour sa gueule. Elle a mal. Merde, qu'est-ce qu'il lui fait mal ! Avec ses doigts rugueux, son haleine rance de mauvaise bière et de tabac froid, ses insultes immondes, ses claques et ses coups de genou…

Elle voudrait s'endormir. Ne plus rien sentir.

Ou juste mourir.

Oui, mourir, ce serait peut-être le plus simple.

Soudain un souffle l'aspire. Comme si le programme essorage se terminait. La tempête se lève aussi brusquement qu'elle a frappé. Les coups ont cessé. La rugosité a disparu. L'haleine s'est évaporée.

Elle se sent légère.

Miraculée.

« Qu'est-ce qu'il s'est passé ? »

Quand elle rouvre les yeux, elle ne voit plus son agresseur. Elle l'entend. Il hurle. Comme elle hurlait avant lui cinq secondes plus tôt.

Une masse vêtue d'un sweat à capuche XXL lui

masque la vue. Et des poings énormes – elle n'en a jamais vu d'aussi impressionnants – s'abattent sur son violeur. Un cliquetis sur les pavés. Une molaire déchaussée se fait la malle, direction le caniveau.

Baloo sent un soulagement se propager dans ses veines. Le meilleur antidépresseur qui soit. Plus efficace qu'un fix d'héroïne. La came, très peu pour lui, il déteste perdre le contrôle. Plutôt que de se défoncer, il défonce des crevures qui polluent les trottoirs. Procédé un rien barbare, certes, mais il l'a préservé de se foutre en l'air plus d'un soir de déprime. On est en droit d'en contester la moralité, mais le résultat joue en faveur de sa démarche. Il a sauvé la mise de dizaines de demoiselles en détresse, évitant par la même occasion de succomber à ses velléités suicidaires. C'est gagnant-gagnant.

Enfin sauf pour l'autre enculé qui égrène ses dents sur le trottoir. Mais lui, il va faire quoi? Porter plainte pour obstruction à tentative de viol?

La fille reprend ses esprits, sa respiration se régule. D'un geste non réfléchi, elle remonte la soie déchirée sur sa poitrine, automatisme vain pour cacher ses formes dévoilées, fugace besoin de recouvrer un semblant de dignité. Et ses yeux rivés sur la scène. Qui est ce type? Pourquoi l'a-t-il sauvée? L'homme à la capuche tient son violeur par le col du t-shirt, et le passe à tabac. La fille s'en veut, elle ne sait pas pourquoi, mais ce spectacle effroyable lui fait du bien. Le châtiment la nettoie de ce qu'elle vient de subir.

Elle s'avance.

Pour mieux voir.

Son sauveur se tourne. Elle aperçoit son profil sous sa capuche. Pas un signe de colère sur ses traits noirs et fins. Pas plus que dans sa voix grave. D'une douceur incroyable. À l'opposé de sa brutalité affichée.

— Ça va, mademoiselle ?
— Je… Non… Enfin, si, ça va… Grâce à vous…
— Alors restez pas là.
— Je… Merci… de m'avoir secourue.
— Faut pas se promener dans les ruelles isolées à cette heure-ci.
— Oui, je sais. Mes copines m'avaient prévenue, mon mec aussi mais… il m'a plaquée…

Baloo ne voit pas le rapport mais il a l'habitude de ces incohérences lors de ses interventions. Il extirpe un sifflet de sa poche et le lance à la fille qui le rattrape au vol.

— J'vous le souhaite pas mais si jamais vous vous retrouvez confrontée à ce genre de situations, vous sifflez là-dedans. Fort. Le mec détalera et les connards autour feront pas semblant d'avoir rien entendu.
— Ah… ? Bon… je… Merci, balbutie la fille ballottée dans l'incompréhension.

À croire que son sauveur impromptu a tout préparé.

— Vous sortez plus jamais sans ça dans votre sac, vous me promettez ?
— Promis.

Rasséréné, Baloo achève d'un coup de pied les couilles de l'agresseur, tout en se disant qu'il doit refaire le plein de sifflets au bazar chinois en bas de chez lui. Il en distribue à la pelle ces derniers temps.

— Rentrez chez vous maintenant, ou passez à l'hôpital si vous avez besoin, mais restez pas là.

— Bien… D'accord…

La fille ne se fait pas prier et se commande un Uber.

— Eh, mademoiselle ?

— Oui ? dit-elle en se tournant vers le mystérieux justicier alors qu'une Mercedes noire conduite par Mohammed devrait être au point de rencontre d'ici deux minutes.

— Si les flics demandent, vous m'avez pas vu. Y a un gars qu'est intervenu, vous pouvez confirmer, mais vous étiez en état de choc, donc vous vous souvenez de rien. OK ?

La fille acquiesce puis parvient à dessiner quelque chose qui ressemble à un sourire cassé sur son visage couvert de coulures de rimmel et de contusions. Elle claudique – tiens, elle n'avait pas vu qu'elle avait perdu une chaussure dans la bataille. Une Mercedes l'attend au virage de la grande artère.

— Ça va, mademoiselle ? demande le chauffeur prévenant.

— Ça va, répond-elle d'une voix blanche.

— Vous êtes sûre ? Vous voulez que j'appelle la police ?

La fille tourne la tête vers le passage sombre.

— Non, merci. Ramenez-moi juste à la maison, s'il vous plaît.

Dans un son ouaté rassurant, le chauffeur referme la portière de sa berline sur sa passagère au chemisier arraché et aux lèvres tuméfiées. À travers la vitre fumée, la fille regarde la ruelle en apparence déserte.

Elle serre le sifflet contre son cœur.

Fort.

Le périph. Assis à l'arrière d'un taxi, Zack laisse vagabonder ses pensées sur la ville grise qui défile. La conscience préoccupée par l'histoire de Violette, il joue avec un paquet de cartes d'une main distraite. Tels des danseurs aériens, ses doigts battent et manipulent les cartes avec une dextérité de pro. Une chorégraphie cartonnée de rois, de reines et de valets, une valse étourdissante de royautés et de leurs laquais aux couleurs rouge et noire, sur le rythme syncopé du ronron du moteur.

Barbe de trois jours, costard froissé, col de chemise ouvert et cravate défaite, Zack est passé roupiller quelques heures chez lui, le temps de se rendre compte qu'il n'avait plus de fringues propres, ni de rasoir. Il ne se résout pas à embaucher une femme de ménage et n'a pas le genre de vie à s'occuper de sa liste de courses. À force, ça lui joue des tours.

Il s'allume une clope, le chauffeur l'avise d'un œil mauvais :

— Hé, on fume pas dans mon tacot.

Zack glisse entre ses cartes deux billets de cinquante pliés et bat son jeu. Le chauffeur n'en perd pas une miette dans son rétroviseur. Zack ralentit la cadence afin de dévoiler, entre deux battements, les billets insérés.

— Dis-moi stop.
— Stop.

Zack fige son mouvement : du paquet coupé émerge un des billets de cinquante qu'il tend au bougon. Le chauffeur vire ravi et, d'une moue des babines, autorise son insolite passager à allumer sa roulée. Zack hoche la tête en signe de reconnaissance, et mâchonne son filtre.

Pantin. Le Grand Paris en plein essor. La mairie essaie de faire oublier la zone industrielle à grand renfort de concept stores et d'explosion des loyers. En amont de la gentrification en marche, des barres d'immeubles, derniers bastions d'une ère révolue, se dressent en représailles. Au dernier étage de l'une d'elles, un studio spacieux s'élève au-dessus des usines à perte de vue. Allongé sur les draps défaits de son futon, Baloo broie du noir en chantonnant :

— *Il en faut peu pour être heureux*
*Vraiment très peu pour être heureux*
*Il faut se satisfaire du nécessaire…*

*Le Livre de la jungle*, la chanson de l'ours débonnaire chantée dans les graves, une expression sinistre aux bajoues. Tout à sa berceuse morbide, Baloo triture entre ses énormes doigts un morceau de métal déchiré qu'il porte au cou, au bout d'un pendentif. Il n'entend pas le bruit de clef dans la serrure.

— Je vois que le moral est bon.

Pas un tressaut à l'irruption de Zack. Son ami a un double des clefs et une propension à jouer les infirmières malgré ses sarcasmes. À raison. Baloo, enfoncé dans sa dépression chronique, est obnubilé par l'idée de se foutre en l'air. Il suffirait de sauter par la fenêtre, ressasse-t-il en boucle, ou de croquer dans une grenade à pleines dents et se faire exploser le caisson. Son obsession, depuis la mort de ses parents et de ses deux frères, tous fauchés dans un accident de la route.

Il s'est réveillé en état de choc après une longue opération. Le chirurgien venait de lui extraire un fragment de tôle enfoncé près du cœur. Une opération à risque dont Baloo est ressorti sain et sauf. Suite à l'intervention, le chirurgien lui a apporté l'objet qui a failli causer sa mort, avant de lui annoncer qu'il était le seul survivant.

La tragédie a laissé l'enfant sur le carreau. Constat sans appel qui tient en une poignée de mots : « Ils ne sont plus là. » Baloo s'est retrouvé sans famille, plus personne pour l'aimer de façon inconditionnelle. Il s'est fait percuter de plein fouet par cet état de fait : « Tu es seul au monde. »

Le silence, assourdissant. Dans sa tête. Dans son âme.

Depuis, Baloo porte le fragment de tôle autour de son cou, non pas comme un porte-bonheur mais pour se rappeler que lui a survécu. Et ne pas se pardonner. La culpabilité le tue à petit feu. Et toutes les nuits, il brûle d'accélérer le processus.

Seul le jeu le sort de ce marasme noir.

C'est Zack qui l'a initié. Quand Baloo l'a rencontré, le petit Blanc format crevette se prenait des dérouillées à la récré par les mini-caïds. Déjà massif, Baloo, que l'injustice a toujours révolté, s'est interposé. En échange de cette protection bienvenue, et histoire de faire de son ange gardien son partenaire, Zack lui a appris le poker. Il lui a enseigné les ficelles de la manipulation par le bluff qu'il tenait lui-même de son filou de père.

Baloo s'est révélé être un élève attentif et doué. Il a développé un talent aiguisé pour les cartes. De cette alliance est née une solide amitié, en sus d'une équipe d'arnaqueurs redoutable. Ils ont initié des jeux monnayés en billes, puis en argent de poche, avant de faire leurs armes dans le domaine professionnel où ils ont élaboré des numéros de comédie très au point. Ils débarquent en tout anonymat à une table juteuse, se font passer pour d'inoffensifs joueurs du dimanche – surtout ne pas montrer d'emblée qu'ils sont des machines de guerre, sinon la cible se tire avec sa thune –, à deux, l'arnaque marche encore mieux : l'un fait semblant de perdre, l'autre d'avoir une chance fortuite, puis ils inversent les rôles au cours de la partie, insinuant qu'ils n'en maîtrisent aucunement le déroulé. Devant leur numéro de pieds nickelés, les autres joueurs se disent qu'ils peuvent profiter de l'amateurisme de ces deux bozos et tourner la situation en leur faveur. La crédulité installée, les bernés baissent la garde et se délestent de leurs économies sans se méfier. Ne reste plus qu'à monter la mise avant de raser gratis. Un jeu d'enfants.

À eux deux, ils ont écumé les salles de poker du nord au sud de la France.

L'acteur, lorsqu'il monte sur scène, s'oublie lui-même. Entre le lever et le tomber du rideau, il devient le personnage qu'il incarne. Baloo effectue cette transformation autour d'une table. Cette schizophrénie le maintient dans l'instant présent, il en oublie son mal existentiel et ne pense plus à son envie de se foutre en l'air.

Le jeu est devenu sa drogue et Zack, son dealer.

— Encore une sale nuit ? demande Zack.
— Ouaip.
— T'as pris tes médocs ?

— Y m'font rien, ces médocs.

— C'est sûr que si tu les prends pas, ils risquent pas d'agir.

En garde-malade blasé mais autoritaire, Zack va chercher les antidépresseurs qu'il tend à Baloo avec un verre d'eau.

— J'veux même pas t'entendre te plaindre.

Zack a conscience de la bombe à retardement qu'est son ami. Depuis leur adolescence, il l'empêche de sauter. À grandes doses d'attentions sincères et de bâches pour dédramatiser, il a réussi à le préserver du suicide. Il allume la machine à café et ravive l'attention de son pote en lui prodiguant le meilleur remède qu'on puisse prescrire à un dépressif : un but.

— Il est 17 heures. Dépieute-toi, on a une partie qui nous attend.

Baloo se dessouche de son futon et s'installe à son bar, un début d'étincelle dans les yeux. Il enclenche la fonction pro :

— Combien ?

— Jusqu'à cinq mille euros chacun. Des blaireaux qu'ont appris à jouer avec leur grand-mère. Mais armés.

— Bon. Je mets ma veste bleue.

— Non, la rouge. Ça marche mieux, la rouge, en général.

— OK.

Zack enfourne deux tranches de pain dans le toasteur et ouvre le frigo en quête de confiture. La tête au frais dans le rayon légumes, il demande :

— T'as faim ?

— Comme ça…

Zack ne se laisse pas démonter par la morosité ambiante, il a l'habitude, il ne relève pas, si ce n'est le nez pour attraper le sucre sur les étagères graisseuses.

— Le café est chaud.

— Cool, répond Baloo sans passion.

Zack lui tend sa tasse.

— Le taxi nous attend en bas.

Toujours somnolent, Baloo s'élance d'un pas nonchalant vers son dressing, et dit en bâillant :

— J'ai fait un drôle de rêve cette nuit. J'étais enceint et j'accouchais d'un bébé. Il était blanc. Il avait ta tête. Alors je l'appelais Zack.

— Bois ton café, Baloo, ça va refroidir.

Ragaillardis, l'un par l'effet bénéfique d'une douche réparatrice, l'autre par un bon litre de caféine, les arnaqueurs sont parés. Zack fume une clope, l'air dégagé, à l'arrière du même taxi qui l'a conduit là. À ses côtés, Baloo, affublé d'une veste rouge vif, lunettes de soleil sur le nez, respiration posée, assurance de roc, se tient droit dans son fauteuil, doigts croisés.

Le taxi se fraie un chemin dans l'enchevêtrement des lignes de bus derrière la gare du Nord et se rabat face à un grand hôtel. Si son nom pourrait induire en erreur – Le Majestueux –, sa façade vétuste remet les pendules cassées à l'heure et atteste que le palace a connu des jours meilleurs.

Le chauffeur pointe le compteur :

— Quarante-deux euros cinquante-trois, tout rond.

Zack extrait de sa poche portefeuille un jeu de cartes qu'il secoue au nez du chauffeur d'un air entendu. Il glisse cinq billets de cinquante dans son paquet et bat le carton. Le chauffeur tente de suivre la valse des biftons, sourire en coin maintenant qu'il connaît les règles. Il annonce, sûr de son coup :

— Stop.

Suspension de la valse. L'espace entre les cartes est aussi vide que le regard du perdant. Le chauffeur ne se laisse pas démonter pour autant, remballe le sourire du joueur pour le remplacer par le rictus du besogneux qu'aimerait bien encaisser sa course et passer au client suivant.

— Ça fait quand même quarante-deux euros cinquante-trois.

Zack, la main sur la poignée, est déjà parti, du moins dans son énergie, mais comme il reste un garçon poli, il met fin aux négociations le plus civilement possible.

— T'aurais gagné, t'aurais pris l'argent, non ?
— Oui, admet le chauffeur.
— Alors.

Zack ouvre la portière. Le chauffeur, qui n'a pas suivi le raisonnement dans toutes ses subtilités, lui agrippe l'épaule. Baloo glisse son visage, qu'il a imposant, entre les deux hommes en arrêt et baisse ses lunettes de soleil. Le regard menaçant transperce le chauffeur pire qu'un marteau-piqueur. Simple sommation. L'armoire à glace en ébène fait «non» de la tête, d'un calme mortel. Le chauffeur, la virilité coulée à pic au fond du trou creusé par le marteau-piqueur, préfère miser sur son espérance de vie et lâche sa prise. Zack et Baloo s'extirpent du taxi en sifflotant.

Il en faut peu pour être heureux, ils ont raison chez Disney.

6B48A. Le code d'accès délocke l'alarme. Zack suit à la lettre les instructions collectées chez Kraković. La porte de service coulisse, il pénètre avec son complice dans l'antre du Majestueux. Circonvolutions d'escaliers en béton, dédales de couloirs à la peinture cloquée, labyrinthes entrecoupés de portes coupe-feu aux freins vandalisés – en cas d'incendie, les festivités sont condamnées à finir en barbecue –, Zack et Baloo descendent les neuf cercles de l'enfer et parviennent aux cuisines où se démènent de pauvres diables. Derrière les fourneaux suent des Pakistanais sans papiers à la plonge, des réfugiés afghans ou syriens grappillent quelques euros au black en priant pour un feu vert imminent de leur passeur. Zack et Baloo poursuivent leur chemin vers d'autres paradis, artificiels ceux-là, et s'abîment dans des couloirs qui les mènent au point de rencontre : une chambre froide.

Scellée.

Zack frappe à la porte. On ouvre. Un molosse, pas commode, malgré sa carrure, les scanne derrière ses lunettes noires. Sa moue en dit long, sa main posée sur le flingue niché dans son holster achève de rendre le message explicite. Pas intimidé pour un sou, Baloo gonfle la poitrine. Le vigile est massif, mais en comparaison, il fait figure d'intermittent du spectacle qui cachetonne en cosplay Avengers au rayon paella chez Atac. Plus dandy que super-héros de blockbuster, Zack préfère répondre à l'interrogatoire muet en sortant de son portefeuille au cuir élimé un morceau déchiré d'une carte à jouer : le roi de cœur.

Le vigile les laisse entrer.

À l'intérieur de la chambre froide, cinq hommes, entre la soixantaine et le pied dans la tombe, poireautent en silence autour d'une table éclairée par un unique plafonnier.

Il n'y a qu'une sortie, pourtant un panneau *Issue de secours* clignote au-dessus.

Zack et Baloo opinent du chef en se dirigeant vers deux chaises libres. Les cinq hommes, malgré leur propension au délit de faciès, hochent les trognes en retour. Salutations aussi chaleureuses que le lieu.

Sur la table manquent trois morceaux au roi de cœur pour que la carte soit reconstituée. Zack y accole le sien et s'assoit. Baloo l'imite. Mimétisme en noir et blanc sur fond de veste rouge.

Agissant comme si tout était normal, Zack s'amuse avec son jeu de cartes en toute décontraction. À défaut de détendre l'atmosphère, l'esbroufe a le mérite de légitimer la présence des nouveaux venus.

Ernest, le plus anguleux des sexagénaires, jette un œil de travers sur la veste de Baloo. Son visage taillé à la serpe affiche un dédain glacial. De sous sa fine moustache élaguée aux ciseaux de barbier chuintent ses premiers mots peu avenants :

— Chouette couleur.

— Je sais pas, je suis daltonien.

Doigts croisés, mains posées sur la table, Baloo fixe

le vide devant lui de ses yeux vert émeraude que fait ressortir sa peau noire. Sa veste rend l'ensemble plus flashy qu'une pochette de Grace Jones. Pas vraiment du goût d'Ernest, plus porté sur Wagner.

— Ben je t'informe alors : chouette couleur.

— Tant mieux. J'avais peur qu'elle soit rouge. Je déteste le rouge.

Le panneau *Issue de secours* s'éteint, apnée électrique, puis repart en tachycardie.

Ernest pivote vers son voisin d'une poignée de décennies son aîné, le visage sculpté au burin celui-là, et un sonotone à l'oreille. Échange de regards suspicieux. On pourrait entendre une mouche voler, mais la dernière à s'être aventurée dans le local gît au sol, gelée.

— La chambre froide, c'est pour qu'on poireaute sans s'avarier ? plaisante Zack en vérifiant l'heure à sa montre.

— Elle arrive.

— Elle ?

— Elle, confirme Ernest.

— Alors si c'est une elle, j'ai le temps d'aller pisser.

Zack se lève lorsqu'une main bouffée d'arthrite se fiche dans son avant-bras avec une robustesse inattendue au vu de l'âge de son propriétaire.

— Non. Tu restes assis.

— On se détend. La partie a pas encore commencé. Et « elle » est pas près d'arriver puisqu'elle n'a qu'un quart d'heure de retard et qu'on peut en espérer un quart de plus, vu que c'est une « elle ».

Le vieux au sonotone balaie l'air du bout des doigts, signalant à Ernest qu'il peut le laisser sortir. L'arthrite se dégrippe et libère Zack qui intime au molosse de lui ouvrir. Après validation auprès des seniors, le chien de garde obéit et cède le passage.

Le silence retombe dans la salle comme la mouche gelée la veille. Puis, sans raison apparente, Baloo éclate d'un rire tonitruant. La voix de baryton-basse rebondit contre l'isolation thermique des murs dans un écho assourdissant. Baloo se marre à gorge déployée, sa large mâchoire ouverte à s'en décrocher, le coffre de sa poitrine fait des soubresauts au rythme de ses éclats de rire. L'hilarité diminue. Baloo reprend son souffle et son calme. Derniers rires épars.

— Non rien, je pensais à un truc.

Les vieux se figent en statues d'indignation. Baloo essuie ses larmes sans plus d'explications.

L'écho de ses éclats de rire rebondit dans les grilles d'aération et parvient aux oreilles de Zack qui déambule dans les sous-sols en faisant danser une pièce de monnaie entre ses phalanges. Il ondule de la tête, amusé par la partition de son acolyte. Mise en place de l'opération déstabilisation. Les gars en face ne comprennent plus rien à ce qui se trame. L'hurluberlu à veste rouge manifeste un comportement imprévisible. Tout stratège cherche à décrypter les trucs et astuces de son adversaire, mais si la personne en face s'avère bonne pour la camisole de force, la faculté d'analyse, aussi acérée soit-elle, se brouille. Conséquence, l'inquiétude s'installe, la confiance s'érode et l'attaquant perd ses moyens.

Zack percute par mégarde l'épaule d'un aide-cuistot pakistanais surgi des cuisines. L'occasion de demander son chemin.

— Excusez-moi. Auriez-vous l'amabilité de m'indiquer les toilettes, je vous prie ?

— Troisième à droite après le virage.

— Je vous remercie.

Zack s'enfonce dans le labyrinthe lorsqu'une extravagante créature déboule sur sa route alors qu'elle sort des WC pour femmes. Cheveux en pétard et fringues de friperie sur le dos, manteau imitation gazelle sous foulard léopard, comment un ensemble de motifs aussi mal assortis peut-il paraître sexy ? Zack n'en a aucune idée, mais le résultat est incontestable. Maxine, les lèvres ornées d'une slim menthol et les yeux de biche cernés de khôl, file à vive allure devant lui, sans un regard ni un sourire. Zack s'en retrouve plaqué au mur.

Un tintement métallique le ramène à la réalité. La pièce avec laquelle il jonglait rebondit sur le béton à ses pieds. Zack examine la silhouette de Maxine qui disparaît. Mi-méfiant, mi-séduit.

Dans la chambre froide, les membres du comité glacial n'ont pas bougé. Seul Baloo, toujours dans son délire, respire la bonne humeur. Une main de femme complète le puzzle en accolant le dernier morceau qui manquait au roi de cœur. Le regard de la nouvelle venue parcourt la table et s'arrête sur la chaise vide de Zack.

— Il en manque pas un ?

— Si, vous.

Maxine se tourne vers la voix du plaisantin derrière elle puis à nouveau vers la table. Zack a pris place sur sa chaise et lui joue du sourcil.

— J'espère pour vos économies que vous dévoilez

moins votre jeu que votre charme, mademoiselle…? dit Zack d'un ton qu'il sait charmeur.

— Maxine. Et j'espère que vous êtes plus subtil en bluff qu'en flatterie, sans quoi nous allons nous enrichir à vos dépens, monsieur…?

Retour à la volée de la parade du joli cœur qui achève les présentations avec moins de baratin:

— Zack. Juste Zack.

Les vieux ricanent entre leurs bridges et leurs dents manquantes. Zack ravale les siennes. Maxine s'assoit et le transperce d'une dernière pique.

— Alors distribuez, «Juste Zack», que je paie mon loyer avec vos économies.

Zack reste coi, puis d'un sourire vaincu:

— OK.

Beau joueur, il distribue.

L'ambiance s'échauffe dans la chambre froide. Baloo rafle la mise. Pour la cinquième fois. Un tas d'argent s'amasse face à lui. Les autres sont quasiment à sec et ça leur picote l'ulcère. Surtout Ernest qui le fait savoir:

— C'est pas normal. Je touche rien et lui il ramasse tout. Les probabilités que ça arrive…

— Le poker n'a rien de mathématique, monsieur Ernest, répond Baloo sans broncher à ces allégations.

— Vous pouvez avoir une excellente technique, monsieur «Baloo», dit Ernest avec une mine de dégoût, mais que les cartes se refusent à moi aussi systématiquement, y a quelque chose qui cloche.

Baloo s'enferre dans la candeur.

— Vous croyez pas à la magie de la chance ?

— C'est pour ça, la veste verte ? ironise Maxine qui s'incruste dans la joute sans relever les yeux de ses cartes.

Zack et Baloo, interloqués par l'espièglerie de l'unique joueuse à table, se connectent du regard. Ernest opte pour l'énervement :

— Ouais, qu'est-ce que c'est que cette veste ? Ça pue la triche !

L'accusé se lève, ôte sa veste, la jette sur le tas d'argent, poursuit avec sa chemise, son pantalon et enfin son caleçon. Il laisse tomber le tout sur la table, se rassoit et ressaisit ses cartes.

— Je garde mes chaussures, j'attrape froid facilement.

En attisant les soupçons, la veste tape-à-l'œil devient un prétexte au déshabillage. Le joueur suspect avait tout du coupable, en se retrouvant nu comme un ver, il claironne une innocence indéniable. Rien dans les mains, rien dans les poches. C'est ce qu'on appelle le détournement d'intérêt. Plus vous vous concentrez sur un point précis – dans ce cas spécifique, un grand Noir nu en souliers vernis et chaussettes blanches, ils sont servis en termes de diversion –, moins votre attention sera disposée à traiter d'autres informations. Tel un projecteur dont le faisceau lumineux guide votre regard dans l'obscurité, l'arnaqueur utilise ce subterfuge pour dérouler en toute sérénité sa mécanique dans les coins restés sombres. Ce procédé est utilisé par tous les prestidigitateurs pour créer l'illusion de magie. Dans ce contexte particulier, les spectateurs leurrés préfèrent le terme « chance ».

C'est un coup un peu grossier que Zack et Baloo ne tenteraient pas sur des adversaires dangereux, mais avec ce genre de vieux briscards, racistes par essence, forcément dérangés par la compagnie d'un Noir – par la proximité de sa nudité n'en parlons pas –, l'arnaque est particulièrement jubilatoire à déployer.

Et payante.

Maintenant que tout le monde est focalisé sur l'inconfort provoqué par cette impudeur assumée, Zack, de connivence, n'a plus qu'à servir la soupe à son complice officiellement insoupçonnable.

Alors que les croûtons rassis étudient la tête de l'exhibitionniste avec méfiance, tout en évitant soigneusement de dévier vers son anatomie, bien qu'un élan irrépressible les y pousse, Maxine, insensible au tour de magie en cours, se replonge dans son jeu comme si de rien n'était et tend trois cartes :

— Trois.

La partie peut reprendre.

Deux heures plus tard, la chambre bout. Le tapis brûle. Le cadavre de la mouche a rôti.

Baloo pose ses cartes : jeu, set et match. Les vieux envoient valdinguer les leurs, l'exaspération au bord de leur griller le pacemaker. Maxine, elle, n'a pas besoin de défibrillateur, et range les siennes dans la pile, un plissement satisfait aux lèvres.

— Au moins, y avait du spectacle.

Les vieux ne partagent pas son allégresse. L'assemblée se serre la main sans dissimuler quelques grognements. Baloo sifflote son air préféré en se rhabillant. Les perdants le fouillent de sous leur cataracte, avides d'une preuve de sa tricherie. Dès lors qu'il a couvert son cul nu d'un caleçon orné de magnolias, les soupçons se déplacent vers son acolyte qui reboutonne sa veste, sobre, elle.

— Merci de nous avoir invités, monsieur Ernest, dit Zack en escroc bien élevé.

— Je regrette un peu, je dois dire.

— Y aura une revanche ?

Ernest n'apprécie pas la mascarade d'innocence de ce convive équivoque, et entend bien apprendre à ces jeunes punks le respect des aînés lors d'une prochaine manche. Il accepte en crucifiant Baloo des yeux.

— Dites-lui de porter une veste plus sobre, la prochaine fois.

Zack s'incline vers son compagnon :

— Faut que tu portes une veste plus sobre, la prochaine fois.

— Et qu'il arrête de jouer à poil.

— Et tu joues plus à poil.

— Et qu'il perde de temps en temps.

— Ça, c'est à vous de le faire perdre.

Ernest écrase son mégot sur le dossier de sa chaise. Le vernis du bois calciné exhale une odeur rance.

— Oui, je sais.

Et sur ces au revoir frisquets, le panneau *Issue de secours*, à l'agonie lui aussi, rend l'âme pour de bon.

Le duo d'arnaqueurs avance côte à côte d'une même démarche dégagée, dans le dédale des sous-sols, en se parlant du bout des lèvres.

— Combien ?

— Neuf mille huit cents euros.

— J'ai des remords pour la petite, confesse Zack.

— Faut pas.

Les deux hommes se retournent au son de la voix cristalline venue apaiser la mauvaise conscience d'un seul d'entre eux. Maxine trottine à leur rencontre.

— Joli travail, messieurs.

Zack réendosse son costume de bonimenteur.

— Les cartes étaient pour Baloo, ce soir.

— Oui, j'imagine qu'avec ce genre de veste, elles sont souvent pour lui.

— Qu'est-ce que vous sous-entendez ? dit Zack, sur la défensive.

— Vous êtes très doués en arnaque.

— Vous vous trompez. J'ai perdu comme vous, et Baloo a joué à la régulière. Il était même à poil. Où vous vouliez qu'il cache ses cartes ?

Maxine continue de gambader avec désinvolture.

— Non, non, très bien, la veste rouge. Vraiment. Sur ce coup-là, je vous ai pas vus venir.

Maxine ment, bien entendu qu'elle les a vus venir, avec leur veste rouge et leurs effets de manche. Elle les a laissés gagner afin d'observer le déroulé de leur technique dont la mécanique huilée s'est révélée bien au-dessus de ses attentes.

— Je vois pas de quoi vous parlez.

Malgré le stoïcisme de Zack, au fond de son ego, ça le chatouille. Baloo, lui, reste de marbre. Un colosse de Rhodes muet.

— Tu peux me tutoyer, Zack. On va se revoir, autant

devenir familier tout de suite, dit Maxine en les dépassant.

— On va se revoir ?

— Vous me devez trois mille deux cent cinquante euros et…

Zack se sent baladé et il n'aime pas ça.

Quoique.

— Et quoi ?

Elle s'appuie de tout son poids contre la porte de secours pour pousser ses gonds grippés. L'air frais de la nuit s'engouffre dans l'atmosphère surannée des couloirs du Majestueux. Maxine bondit dans la nature, prenant un facétieux plaisir à provoquer Zack avant de déguerpir.

— Et tu frottais nerveusement ton annulaire à ton auriculaire quand je posais mon regard sur toi. Je pense qu'on va se revoir.

Elle se dérobe dans un recoin d'obscurité, plantant là les deux arnaqueurs hébétés.

Baloo expire par ses larges narines.

— Zack…

— Hein ?

— Je croyais que tu l'avais maîtrisé, ce tic. Tu flanches ?

— Non… non, non… du tout… C'est juste que… elle a un sourire qui…

Zack ne cherche plus à se justifier. Le jeu est terminé, la nuit a été longue, ils ont gagné, la demoiselle était charmante, fin du *poker face*. Moins sensible que lui aux attraits de la gazelle, Baloo ne lâche pas le morceau.

— Tu flanches.

— Non ! Non, bien sûr, non ! On a gagné, non ? Alors ! C'est en dehors du jeu, ça compte pas.
— Ça compte.
— Non, ça compte pas.
— Si, ça compte.
— Non ! Ça compte pas !

Zack et Baloo se connaissent depuis l'école, il arrive que ça se ressente dans la teneur de leurs échanges.

— On s'arrête pas de bluffer quand le jeu est fini. Sinon, on sait que tu bluffais. Ça compte.
— Tu fais chier, Baloo.

Zack campe au milieu du carrefour, espérant trouver un taxi, un Uber ou n'importe quel chauffeur privé qui pourrait le sortir de cette engueulade pour laquelle il n'a ni la force ni l'acuité intellectuelle. Il fait la girouette au-dessus du bitume mouillé sur lequel se reflètent le vert et le rouge des feux de signalisation bien inutiles, vu qu'il y a zéro circulation. Pas un taxi. Pas même un Vélib'.

Baloo le rejoint, sans changer sa cadence nonchalante, et persiste dans l'invective.

— Ça compte, c'est tout.
— Avoue qu'elle a un joli sourire.

Zack ne peut pas s'empêcher d'en craquer un en se remémorant celui de Maxine. Un vrai gamin à la recherche de la complicité de son meilleur pote, mais qui, sur ce coup-là, a du mal à l'obtenir.

— Avoue que t'as flanché.

Des feux à l'horizon. Une lumière verte sur le toit.

— Taxi !

Zack hèle le véhicule à sa rescousse, qui s'arrête en pilant. Baloo s'engouffre dans le taxi à la suite de son camarade de bac à sable avant de réitérer son argument, sans plus de développement.

— N'empêche, t'as flanché.

Baloo claque la portière derrière lui, les pneus patinent en un bref aquaplaning, et la voiture s'enfonce dans la nuit, emportant avec elle la dispute des deux joueurs, épuisés mais aux poches pleines de billets.

Suite au crochet pour déposer Baloo, Zack modifie l'adresse de destination auprès du chauffeur. Il n'avait aucune envie d'être sermonné par son pote. Pas la force. Détour habituel. Les nerfs sursollicités après une soirée à jouer, se retrouver dans la monotonie de son salon vide, ça lui flingue le moral d'avance. Il a besoin d'un sas de décompression. Il allume son téléphone et appelle. Messagerie. Il jette un œil à sa montre : 3 h 30. « Merde, elle dort déjà ? » Il ose se poser la question, culpabilise à peine, trop pressé d'assouvir son besoin qui monte. Parfois, son égoïsme l'écœure. C'est bien, se rassure-t-il avec cynisme, ça veut dire qu'il est quand même capable de ressentir quelque chose. Du mépris pour lui-même, c'est déjà un début.

*Bip*.

— Allô, Laurie, je suis dans le taxi. J'arrive chez toi dans vingt minutes. Et je…

Il hésite, cherche ses mots, comment il se rattrape sans la vexer ?

— Désolé, il est tard, je voulais t'appeler plus tôt. T'as dû éteindre ton téléphone… Je…

Il vérifie à nouveau l'heure, soupire, il sent que ce ne sera pas pour ce soir. Il a les boules. Et l'excitation qui le taraude.

— J'essaierai l'interphone en arrivant chez toi… Sinon tant pis…

Il raccroche sans mots doux. Il en est incapable. On ne peut pas passer ses soirées à bluffer et enchaîner sur des nuits à exprimer ses sentiments. Encore faudrait-il en avoir. À force de les cacher aux autres, et à lui-même, Zack finit par se demander s'il n'est pas mort à l'intérieur.

Un texto interrompt ses questions existentielles suscitées par sa frustration sexuelle : *BIEN SÛR QUE JE DORS, TU CROIS QUOI, CONNARD ? JE SUIS PAS À TA DISPOSITION.*

En majuscules. Elle gueule. Mais pas une faute d'orthographe. Laurie est un de ses rares plans cul à y rester attentive quand elle texte. C'est con, mais à une époque où la communication doit aller toujours plus vite, où tout le monde se fout de tout, l'orthographe soignée d'un texto, même d'insultes, Zack apprécie l'effort. On peut être vexé et rester correct.

N'empêche qu'il a grillé une cartouche. Il ne sait pas pourquoi il persiste à se comporter en mufle. Baloo passe son temps à lui faire la morale. Un des rares sujets d'engueulade sérieuse entre eux.

Il n'y a pas d'ambiguïté avec Laurie. Il lui arrive de la faire souffrir, il le sait, mais pas par perversion narcissique. Le contrat entre eux est clair. Zack, très pointilleux sur les règles en général, les a établies dès le départ : pas d'attente, pas d'engagement. Juste du sexe. De qualité, certes – c'est d'ailleurs la raison pour laquelle Laurie s'accroche –, mais pas de sentiments. La notion d'engagement lui est étrangère. Sa mère morte quand il avait cinq ans, élevé à la dure par son père à coups de poker et de ceinturon, il a grandi dans la sensation d'abandon, a forgé sa vie professionnelle sur le mensonge, toutes ses fondations sont branlantes, trop pour y bâtir la base saine d'une quelconque relation amoureuse.

Alors pourquoi il a la tête retournée depuis la rencontre avec cette fille ? Qui débarque, comme ça, de façon inopportune, et fout le bordel dans son jeu. Et dans sa tête. Un truc en lui s'est déclenché dans la chambre froide. Quand Maxine s'est assise face à lui, c'est pas son cerveau qui a réagi en premier. Plus étonnant, c'est pas sa queue non plus. C'est ses tripes. Une secousse à l'intérieur, qu'il ne s'explique pas. Normal, ressentir une émotion, surtout de l'ordre du trouble, il n'est pas coutumier du fait. Ça l'a désarmé. Au point d'en perdre son self-control. Baloo l'a senti. Il a raison, Zack a failli compromettre leur bluff. Il n'arrivait plus à se concentrer sur le jeu. À force de décortiquer ses adversaires, il a développé des dons, il les devine. Un vrai mentaliste. Et cette Maxine, sous ses airs de guerrière badass, cache une fêlure abyssale, Zack en mettrait sa main gagnante à couper. Ça ne s'explique pas, c'est une intuition. Et jusqu'à ce jour, son intuition ne l'a jamais trompé. Il en a fait son métier. Elle lui a même sauvé la vie plus d'une fois.

Lui qui se vante d'être hermétique aux émotions, cette vulnérabilité l'a transpercé. Parce qu'au fond de lui il cache la même ? Merde, il va quand même pas verser dans la sensiblerie ? Zack embraie sur le déni et sonde son portable. « Bon, pour Laurie, c'est mort. » C'est con, ils passent du bon temps ensemble. Elle ne pose pas de questions, elle n'est pas en demande, enfin pas trop, leurs corps cliquent de folie, y a un truc chimique quand ils se touchent, leur peau passe au rouge. Zack ne se l'explique pas, la peau moite de Laurie, dès qu'il étend sa main sur ses reins, il y est accro.

À trop y penser, il s'excite tout seul. La frustration lui colle des impatiences aux jambes. Il a la tremblote. Un camé en manque. Il peut pas rentrer comme ça, jamais il pourra dormir.

« Putain, t'es vraiment un détraqué. »

Flagellation du mental balayée par un ordre au chauffeur :

— Déposez-moi au croisement avec Sébasto.

La nuit est bien entamée, la plupart des rades sont fermés. Zack se rabat sur un club. Il n'y va pas pour danser, il n'a pas le déhanché, la musique ne passe pas par son corps. Un billet dans la pogne du videur. À cette heure-ci, ils sont moins regardants sur la clientèle qui se pointe non accompagnée. Puis Zack présente bien, donc le cerbère le laisse rentrer. Il n'a même pas ralenti son pas. Avec un talisman à cinquante euros, il savait qu'il n'allait pas rencontrer de résistance.

État des lieux rapide. La boîte déjà à moitié vide, ne restent que quelques âmes errantes. Parfait, le sexe à portée de main ne demande qu'à être cueilli. Une femme esseulée dans un club à 4 heures du mat' en pleine semaine ne s'inflige cette punition que dans la même expectative que lui. Zack flirte avec le déviant mais malgré son rapport tordu à la sexualité, jamais il ne monnaierait pour du cul. Contre ses principes. La chair est son exutoire, le corps d'une femme, en aucun cas sa marchandise. La séduction est un jeu. Comme au poker, il faut en maîtriser les règles pour se donner des chances de conclure. La première : choisir le lieu propice et le bon timing qui rendra l'adversaire moins combatif.

Bingo, à sa droite, une femme consulte sa montre, soupire, avale sa coupe de champagne et se dirige vers le vestiaire. Seule. Sa soirée ne s'est pas déroulée comme elle l'entendait. Son rendez-vous amoureux lui a posé un lapin, ses copines trop bourrées sont rentrées plus tôt que prévu, ou son envie saugrenue de se changer les idées en boîte pour oublier son divorce tout juste prononcé lui paraît soudain complètement conne, qu'importe la raison, le résultat est là : plus de velléité à masquer les apparences, sa soirée a été merdique, ses talons hauts la torturent, cette robe ne lui va décidément pas, pense-t-elle en jetant un œil intransigeant dans la glace, elle rentre chez elle.

Cocktail d'amertume et de frustrations, à Zack de voir s'il peut changer la donne. Il s'est faufilé derrière elle et l'aide à placer son manteau sur ses épaules. Elle se retourne d'un bond. Le sourire charmant de Zack désamorce sa tension. Pas besoin de baratin. Il y a des moments dans la nuit où, loin des jugements de la ville endormie, un simple regard, s'il est explicite, peut en dire assez pour que deux inconnus acceptent de se suivre le temps d'une parenthèse.

Ou d'une partie de baise.

Il a écarté les mains au-dessus des épaules pour signifier qu'il n'empiétera pas. Son regard pénétrant développe d'un sous-entendu « Sauf si tu m'y autorises ».

La fille sur laquelle il a jeté son dévolu dégage une belle sensualité et, malgré la déconfiture de sa soirée, une prestance certaine. Zack n'a aucune intention malveillante et ça transparaît dans son attitude. Les temps font que la fille reste vigilante, mais cet imprévu a éveillé son attention. Certaines écument la piste de danse jusqu'à la fermeture tant qu'elles n'ont pas trouvé un mâle, alpha ou de seconde zone selon l'heure et le degré d'exigence, pour s'envoyer en l'air. C'était la cible initiale de Zack. Celle-ci, plus sophistiquée, ne se contentera pas d'une séduction muette, il doit verbaliser.

— Je te raccompagne.

Direct, sans détour, ni point d'interrogation. Il ne pose pas la question, il ne doute pas. Elle aime son assurance. Il a gardé la bonne distance, il s'affirme sans s'imposer, elle aime la nuance. Et ça l'excite. Elle se prête au fantasme. Puis refoule l'image de sa tête qu'elle baisse pour passer outre l'intrus.

— Je crois pas, non. Merci.

Zack ne tente pas de la retenir.

— Tu ne crois pas ?

Elle s'arrête d'elle-même. Le tutoiement aide. Il les a rendus intimes. Déjà. Zack parle d'une voix douce, affirmée, malgré la techno qui hurle autour d'eux. Ça tangue dans la tête de la demoiselle. À cause de l'alcool – elle se rend compte qu'elle a bu plus que de raison – et à cause de son mec qui l'a larguée là une heure plus tôt.

— Non, elle dit sans se retourner.

Sa tête lui suggère de poursuivre vers la sortie, son corps, lui, se meut au ralenti. Signal pour Zack de s'approcher sans risquer de la heurter. Ses yeux ne la lâchent plus. Explicites à un point impudique. Le temps se diffracte. Les infrabasses les enrobent.

Elle voudrait partir… Mais ce regard…

— J'ai… j'ai un mec.
— Et… ?

Zack s'en contrefout.

— On s'est disputés.

Il ne rebondit pas plus sur cette information. Pas d'états d'âme, si le connard s'est cassé en plantant sa meuf en boîte, c'est que l'un comme l'autre étaient prêts à jouer avec le feu.

Zack entretient le désir en restant à une distance proche pour qu'elle ressente la tension sexuelle qui émane de lui, mais toujours respectueuse pour qu'elle ne parte pas en courant. S'ils sont amenés à conclure, il veut que l'attraction soit réciproque. Avant que le silence ne s'étire jusqu'à l'inconfort, il tend la main, paume en l'air. Une invitation à s'en saisir. Lui ne prendra rien qui ne lui soit offert. Alors qu'elle… Si le cœur lui en dit…

La fille se sent basculer… Elle vérifie par-dessus son épaule, la porte de sortie, revient à cette main, à sa disposition, innocemment tendue. En toute culpabilité.

« Et puis merde ! », elle pose sa main dans celle offerte, s'en mord les lèvres, elle s'en veut déjà. Zack referme ses doigts. Elle tremble, elle a les mains moites, elle n'a pas l'habitude, mais elle a envie. Le jeu les excite. Tous les deux.

Il se penche sur sa nuque et l'embrasse sous l'oreille, à l'intersection du cou, dans un coin de peau très intime. La fille halète. Elle aime ça. Les lèvres de Zack lui parcourent le lobe avant de murmurer :

— Viens.

— Non !

Prise de conscience électrique. Si elle ne veut pas tromper son mec, elle ferait bien de se casser.

— Désolée, mais non…

Lèvres crispées dans ce qui se voudrait un sourire de consolation, la fille abandonne Zack à ses préliminaires foireux.

Seul dans son slip dans cette boîte à l'ambiance de fin du monde, le séducteur échoué observe les trois poivrots au bar qui espèrent encore lever une des dernières rombières à se trémousser mollement sur la piste en lui payant un gin tonic. Pathétique.

Zack tombe sur son reflet dans la glace. Il ne se sent pas plus glorieux que ces trois losers. « Quatre », pense-t-il en se rajoutant dans le lot. Ça va finir sur YouPorn, cette histoire. « Dieu, que ma vie est triste », se dit-il.

Il contourne le videur en pestant et cherche un taxi alentour.

— Alors, la pêche a été bonne ?

Zack ne relève pas la moquerie. Le cerbère se doute bien qu'un mec qui débarque avant l'aube et avec un bifton, c'est pour lever de la meuf facile. Zack n'a pas besoin qu'on lui rappelle le pitoyable de sa démarche, doublé du lamentable de son échec, et s'échappe dans la ruelle voisine.

— Pssst.

« Il insiste, ce con. » Zack se retourne poing fermé, prêt à en décoller une au videur. Pas vraiment le dénouement de soirée escompté mais quitte à ne pas avoir son plein de sensations fortes, autant se défouler dans une bonne baston.

Il desserre son poing à la vision de la fille tapie dans l'obscurité à l'entrée d'un immeuble.

Ils baisent, sauvages, sous un réverbère. Y a pas d'amour, pas même de sensualité, c'est que la chair qui parle, le besoin de sentir la peau d'un autre, de s'accrocher à quelque chose d'humain. Deux âmes esseulées qui s'emboîtent et se fracassent. Pour se donner l'illusion d'être vivantes.

C'est intense. Et désespéré. Elle ne s'imaginait pas capable de ça. Lui, c'est son quotidien. Du cul bestial. Pas de romantisme. Pas de draps de soie. Coups de reins et morsures. Le sexe brut, sauvage, sans fioritures. Sur le capot d'une voiture. Elle lui mord l'épaule, il lui bouffe la nuque. Ils râlent, grognent, bavent. S'arrachent du plaisir l'un à l'autre.

Il la retourne, sans brutalité, ses doigts sur son clitoris. La fille jouit. Elle ne s'y attendait pas. Pas comme ça. Pas si vite. Est-ce que c'est l'interdit qui l'a excitée plus que de coutume ? C'est tellement laborieux avec son mec. Remise en question de son couple en pleine levrette avec un inconnu.

Zack jouit à son tour. Il prend plus de plaisir quand il en a donné. Générosité ou besoin de se rassurer dans sa masculinité ?

S'ensuit la gêne. Il remonte caleçon et pantalon sur son sexe mouillé, fait un nœud à sa capote en se demandant à quand remonte la dernière fois où il a eu une relation sexuelle sans se sentir morose après. Il creuse, mais ne trouve pas.

Elle ne prend pas la peine de remettre sa culotte, elle

l'enfouit dans son sac et rabat sa jupe. Elle revient à des problématiques triviales : devra-t-elle prendre une douche en rentrant ? Comment ne pas éveiller les soupçons ? Le sexe était bon, mais l'arrière-goût tourne au malaise. Le désir assouvi, ses pensées se cristallisent sur la gestion des conséquences.

Zack sent que le bordel s'installe dans l'esprit de la demoiselle à qui son cocu ne donne pas l'attention qu'elle mérite, et n'a pas l'énergie de s'en préoccuper. Ils ont passé du bon temps ensemble, fin de l'interaction.

— Je t'appelle un taxi ?

On n'abandonne pas une fille seule dans la rue en pleine nuit. Même après l'avoir tringlée sur un capot crade.

— C'est bon, je suis garée pas loin, répond-elle.

Comme lui, elle n'a aucune envie de s'éterniser.

— Bon… à plus.

Sur ce dialogue insipide, Zack se barre sans un baiser mais avec cette sensation, lancinante, toujours la même : il se sent sale. Pas sur la peau. À l'intérieur. Le genre de saleté qui ne part pas au savon. Pourtant il ne rêve que de ça. Une bonne douche.

Après le stress euphorique d'une arnaque, Baloo ne peut pas plus dormir que son partenaire. À chacun son rituel. Il sait Zack parti retrouver une de ses chaudasses avec qui il nourrit des relations de dépendance sexuelle toxiques dont il a le secret. Le rapport au sexe de son meilleur pote le consterne. Baloo voudrait lui faire entendre raison, mais trêve d'absolution, il a repris sa ronde de nuit en quête d'âmes à sauver de façon plus terre à terre.

La genèse de ces expéditions punitives en forme de mission christique a eu lieu un après-midi à la sortie d'un cours de maths passé à rêvasser à sa camarade de classe dont il s'était amouraché. La grande et intrigante Sophie. Surnommée La Girafe, parce qu'elle souffrait d'une croissance précoce et dépassait tous les garçons d'une tête. Sauf Baloo qui, de ce fait, lui avait tapé dans l'œil. Entre personnalités atypiques, on se reconnaît. Trop timide, Baloo n'avait jamais osé l'aborder. Des œillades volées, par-ci par-là. Rien d'engageant. À cet âge, on est pétri d'angoisses en ce qui concerne le sexe opposé.

Enfin pas tous.

Après que la cloche a sonné, Baloo a galéré à ranger ses cahiers et manuels de maths dans son sac toujours trop rempli. Il traînait les pieds en sortant, comme à son habitude, lorsque des bruits sont survenus des toilettes. Des cris de fille. Il n'a pas reconnu Sophie tout de suite, il n'a pas réfléchi, il a foncé. D'un coup d'épaule, il a dégondé la porte, a agrippé l'assaillant qui avait déjà son froc baissé – c'est dire si Sophie, bâillonnée par la main du violeur en herbe, était en mauvaise posture –, et il l'a défoncé.

Trop choquée, Sophie s'est enfuie en courant sans un merci, sans un je t'aime. Baloo ne lui en a pas tenu rigueur. Il avait gagné bien plus que de la reconnaissance : il se sentait apaisé. Pour la première fois depuis l'accident.

Le lendemain, après avoir remis de l'ordre dans ses esprits, Sophie est revenue au collège comme si de rien n'était. Baloo l'observait dans l'anonymat du fond de la classe, à côté du radiateur. Dans la confusion, elle n'a pas su que c'était lui, son sauveur. Il n'a jamais récolté les lauriers de son acte de bravoure. Qu'importe, il avait secouru sa dulcinée.

Le violeur réfréné n'a pas été viré après son séjour à l'hôpital. Sa victime n'a pas porté plainte, elle avait décidé de ne rien dire afin d'éviter des représailles, et lui a fait profil bas, il ne voulait pas d'histoires. La loi du silence. Tout le monde a mis l'affaire sous le tapis et la vie a pu reprendre son cours tranquille. Chacun avec son petit secret.

La morale de l'histoire, selon le justicier improvisé, c'est que, malgré l'absence de sanctions légales, le garçon n'a plus jamais emmerdé aucune fille. Il savait que Baloo rôdait.

Suite à cette épiphanie, Baloo a peaufiné l'exploitation

de sa violence bienfaitrice en se spécialisant dans les prédateurs sexuels. En tant qu'homme, il ne se sent pas d'arguments pertinents sur la question de la parole libérée chez la femme contre son oppresseur, même s'il applaudit des deux mains à leur combat. Il connaît ses qualités humaines, simplement ce n'est pas un intellectuel. Pas grave, il y a d'autres moyens de participer au débat. En intervenant auprès des connards qui ont le feu au calbut et se servent sans demander la permission. Baloo leur explique, de bonhomme à bonhomme, qu'il y a des façons de faire et que la leur n'est pas la bonne. Il les sermonne jusqu'à ce que ledit feu soit contenu.

Baloo sait son action réprouvée par la loi, mais elle lui paraît d'intérêt public. De son point de vue, si tous les mecs l'imitaient, les prédateurs se mettraient d'eux-mêmes sur le dos, soumis comme tout animal à son tour dominé, de peur de se prendre une raclée collective.

« *Fuck* le pardon, ils savent très bien ce qu'ils font. »

Et porté par cette foi qui lui est propre, Baloo prêche la bonne parole aux âmes en perdition sur son chemin de croix.

Hôtel Iris. Porte de Bagnolet. Jouxtant le périph. Rien de bandant. Discret. Idéal pour ce genre de rendez-vous nocturnes. Toujours le même. L'organisme par lequel elle passe, un service de qualité, discret, lui aussi. Seul l'horaire fluctue. Selon l'humeur. Et selon les heurts. 4 h 12. Horaire inhabituel pour un check-in. Quant au service qui la fournit, il n'est pas regardant sur le cadran, plutôt sur le virement.

Maxine attend, assise en sous-vêtements sur le lit. Le tic-tac du réveil mécanique tiendrait n'importe quel ronfleur éveillé, alors une insomniaque de son acabit… Ce bruit lui rappelle de bien mauvais souvenirs. Heureusement, elle n'a aucune envie de dormir. Elle n'est pas venue pour ça.

Maxine gamberge. La partie dans la chambre froide ne montrait pas de gros enjeux, mais sa cible n'a pas déçu ses espérances. Et son coéquipier avec son drôle de surnom – Baloo ? –, un cas intéressant lui aussi. Numéro rodé, leur duo fonctionne à merveille, depuis des semaines qu'elle piste Zack et collecte des informations sur lui, la découverte en valait la peine. Elle a bien décelé qu'elle l'avait perturbé, quelques furtives secondes avant qu'il ne se ressaisisse. Malgré ça, il s'est montré à la hauteur de sa réputation et a fait preuve de talents exceptionnels.

« Serait-ce le bon ? »

Son reflet dans le miroir dévie son attention. Elle y voit une femme désirable, les courbes mises en valeur par une lingerie élégante qui sait souligner, sans vulgarité mais avec un érotisme raffiné, les formes qu'elle a jolies. Parade bien inutile puisqu'elle n'a pas l'intention de séduire. Pas la peine, pas le temps, pas l'énergie. Elle préfère payer.

L'enveloppe sans vie que lui renvoie le miroir lui donne envie de vomir. La nature a été généreuse avec elle, au début, puis a décidé de lui faire payer ce cadeau empoisonné. Son foie sécrète une bile de rancœur qui lui donne un relent de nausée.

Ce soir encore ce sera compliqué.

Pas le courage, elle décide de partir. Les trois tocs à la porte la retiennent, elle avait pourtant expressément demandé à la réception qu'on donne un double des clefs à son « invité ». Non pas qu'elle ait peur de briser la magie – quelle magie ? – mais le moindre bruit à cette heure-ci la crispe. Déjà qu'elle a envie de balancer ce putain de réveil à travers la baie vitrée.

La serrure magnétique émet un bip, il a pris note de ses indications, même s'il n'a pas respecté le protocole dans le détail, ça doit être un nouveau. Elle espère qu'il sera de qualité, celui-là. De qualité… Voilà qu'elle en parle comme d'un produit. Elle est pire qu'eux. À force. Ils ont créé un monstre. Elle se dégoûte.

La silhouette apparaît dans l'encadrement du couloir. Maxine n'en a qu'un aperçu partiel dans le reflet des portes-miroirs qui font face au lit. Elle incline la tête de quelques degrés et jauge la marchandise. Elle n'a pas la politesse de se tourner entièrement. Plus ça va, plus elle se débecte.

— Bonsoir.

— Pas de mots. Ils t'ont pas donné les consignes ?

— Si. Je vous prie de m'excuser, je voulais juste être poli.

— C'est pas ce qu'on te demande.

Elle est odieuse, elle en a bien conscience. Veiller à ne pas heurter la susceptibilité de l'escort-boy ne la préoccupe pas. Il est son objet, elle monnaie pour qu'il fasse ce qu'on attend de lui.

L'escort n'insiste pas. Il connaît son boulot, il le fait bien, alors il s'y attelle. C'est la cinquième cliente qu'il visite cette nuit. Certaines aiment la tendresse, d'autres affectionnent les fessées, les injures salaces sont de coutume, il a même uriné sur l'une d'elles dès son début de service – un *afterwork* à la sauce *golden shower* –, il ne juge pas. Il offre ses services à une clientèle bigarrée, de la businesswoman à la couguar en passant par la célibataire chronique, la mariée délaissée qui ne parvient plus à susciter l'excitation de son conjoint ou qui se fait baiser comme on répare un moteur. Les mal-baisées, c'est son fonds de commerce. Il assouvit leurs fantasmes les plus fous ou les plus tristement banals, mais la plupart éprouvent seulement le besoin qu'on soit à l'écoute de leur sensibilité et de leurs zones érogènes.

Chaque femme a son mode d'emploi, un nombre incalculable de paramètres à prendre en compte pour que la chair ne soit pas triste. Au risque d'être remplacé par un bon vibro, l'escort bosse dur pour prodiguer au panel le plus large le contentement sexuel qu'elles n'arrivent pas à obtenir ailleurs. D'un coup de baguette magique – une baguette de vingt-deux centimètres qui ne connaît pas la crise, les coups de mou, les soirs de match, les éjaculations précoces, l'érosion du désir –, l'amant parfait exauce leur souhait. Tendre, attentif, grivois, viril, choisissez la fonction, mesdames, c'est le Thermomix du cul.

En ce qui concerne la complexité de cette cliente atypique, son employeur l'a averti. L'escort esquisse un sourire qui se veut séduisant, sans excès d'assurance virile qui, au regard des critères qu'elle a cochés, pourrait être mal perçue.

— Pas de sourire.

Maxine freine l'initiative du garçon qui ne se laisse pas démonter pour autant et entame le déboutonnage de sa chemise. Montrer que la marchandise vaut la somme investie. Visage impassible, il révèle des pectoraux dessinés et une cascade d'abdominaux qu'on croirait photoshopés tant leur plastique paraît artificielle. La beauté de cet éphèbe crypto-gay dont la volonté de perfection est sculptée à outrance la laisse frigide. Maxine s'allonge sur la couette, avec un inconfort apparent. À croire qu'elle s'étend sur la chaise d'un gynécologue prêt à l'ausculter de son spéculum.

L'escort pose ses doigts sur la cheville de la femme en tension, palpe le mollet avec plus de poigne, remonte vers l'intérieur de la cuisse. Le souffle de Maxine se fait irrégulier. Érosion du plaisir, interprète l'escort. D'une claque du revers de la main, la cliente dégage celle de l'étalon et lui montre à quel point il est dans l'erreur. Maxine déglutit, ses yeux montent au ciel.

— Doucement, va doucement.

Sa carapace est solide mais sa voix trahit sa vulnérabilité. L'escort enregistre. Ses doigts caressent l'épiderme frissonnant, sans s'attarder sur les zones sexuées. Maxine se détend. Assez pour que son souffle se régule. Son bas-ventre réagit par spasmes, le plaisir, enfin, mais ses reins semblent triturés par un tison chauffé à blanc.

— Doucement…

L'amant professionnel obéit aux ordres échappés de la gorge asséchée, et, après avoir dégrafé le soutien-gorge, s'attelle aux baisers des tétons tout en respect et en distance appropriés. Pas d'alarme ? Il poursuit. Tel un démineur désamorçant les fils d'une bombe artisanale, il tire l'élastique de la culotte en soie. Maxine laisse faire, respiration retenue. Le démineur découvre à l'intérieur de la cuisse une entaille fraîche, encerclée de dizaines d'autres coupures, certaines cicatrisées de longue date, d'autres en cours. Ne pas créer le malaise en mettant le doigt, ou la bouche, sur les recoins obscurs de ses névroses.

Sa langue sur le clitoris déclenche une violente décharge électrique. L'escort se retrouve la tête prise en étau entre les cuisses de Maxine. La réaction n'a rien à voir avec de l'excitation, il s'agit bien de protection. L'homme parvient à s'extraire avant qu'elle ne lui brise les cervicales, mais n'anticipe pas le talon qui lui percute la mâchoire.

— Pardon… Excuse-moi… j'ai pas voulu. C'est un réflexe.

— Tout va bien, ne vous en faites pas.

L'escort se masse la mâchoire endolorie.

— Je paierai double.

Accord silencieux. Sans cesser de baiser le cou de sa cliente qui semble enfin lâcher prise, il parvient à se débarrasser de son caleçon, l'enjambe et lui caresse le ventre de son membre tendu. Les doigts de Maxine en apprécient la qualité, elle continue à respirer d'un souffle haché, sa tête figée sur le côté, mais l'escort n'y lit pas du plaisir. Elle s'offre, oui, mais comme une victime qui a cessé de résister.

— Ça va ? ose l'escort qui sent le cas d'école et a peur que cet épisode de prostitution ne lui pète à la gueule avec inculpation de viol.

— Ça va, répond-elle un trémolo dans la voix en contradiction avec la dureté affichée depuis le début de la séance.

L'escort, qui s'est couvert d'une capote sans qu'elle ne s'aperçoive de rien, lui écarte les jambes et la pénètre au ralenti. Une main se glisse sous les fesses de Maxine pour optimiser la manœuvre. Lorsque leurs moiteurs se mêlent et que se cognent leurs pubis, son halètement fissuré se métamorphose en râle bestial.

— Sors ! Sors ! Lâche-moi !

L'homme se retire précipitamment. Les pieds de Maxine frappent dans le vide, rejetant tout contact. Il en encaisse une salve, rien que ses abdos d'acier ne sauraient amortir, susurre, « chhhhhhhhhhhut », comme un dresseur chercherait à calmer la ruade d'un cheval en panique. Les pieds battent sans mollir, pluie frénétique de talons, complainte torturée venant du bas-ventre. Brûlée de l'intérieur, l'envie de vomir à la gorge, des braises au bide, et ce putain de tison dans le vagin. À l'aide de ses exercices respiratoires, Maxine retrouve son souffle, puis un semblant de contrôle. Dans un regain de conscience, elle parvient à articuler :

— Tu peux partir. Le virement est déjà effectué.

Le garçon désemparé ne sait comment réagir. Sa cliente est en détresse. Il n'est ni secouriste, ni infirmier, mais prostitué, il n'est pas habilité et personne ne le lui demande, même pas elle. Il pose une main rassurante sur son épaule, rembarrée aussi sec d'un cinglant :

— Va-t'en !

Ne voulant pas non plus se faire virer par son patron – la cliente est reine, dit-on –, il enfile son pantalon, remballe son braquemart de star de porno, et s'éclipse sans réclamer son pourboire.

La porte claque en douceur.

Transie de sanglots contenus, Maxine s'entortille dans ses draps chiffonnés, elle protège ses entrailles comme si elle venait de se faire éventrer, la gueule grande ouverte d'envie de hurler, des filets de bave étirés entre ses lèvres écartelées à s'en déchirer.

Et un cri qui ne sort pas.

Elle se précipite dans la salle de bains et extrait de sa trousse une fine boîte en métal qui renferme un set d'instruments pharmaceutiques ordonnés de façon clinique : gaze, alcool, solution saline, pansements, fil de suture, aiguilles, scalpel.

L'urgence, le souffle court, sur le fil de la tachycardie, le cœur à cent vingt, la douleur au ventre, un tourbillon fiévreux lui suce son énergie, elle faiblit, perte de repères, vertiges, l'environnement autour d'elle bascule, tout tourne, besoin de s'accrocher à du tangible, garrotter l'étourdissement, putain de sensation de vide, la brûlure du froid, ses doigts tremblent, elle a trop tardé, l'urgence la taraude, elle s'empare du scalpel, désinfecte la lame, se passe de l'alcool le long de la cuisse intérieure, son nez coule, elle ne prend pas la peine de l'essuyer, renifle, une gosse la morve au nez, staccato de respiration, ses dents claquent, ses doigts étirent sa peau, elle plaque son dos contre l'émail froid de la baignoire, assurer son équilibre, la délivrance bientôt, la lame sur sa peau, prudence, entailler, oui, mais pas trop profond, l'artère fémorale n'est pas loin, elle se viderait, une question de secondes, la lame perce l'épiderme, un râle de douleur, secondé d'un soupir, l'apaisement ambigu, la vue du sang la lave, elle s'évade d'elle-même, la chair mutilée la ramène à son corps, un simple morceau de viande, des scories sur sa carcasse, la souffrance se répand, la débarrasse de ses émotions, asphyxie le vide, cautérise la plaie, au fond de son bide, la lame trace un sillon vermillon et freine l'aspiration.

Fin du vortex.

Les lumières aveuglantes cessent de valser. La gaze compressée colmate le saignement. Elle a évité l'hémorragie, écartèlement entre freiner l'élan ou se taillader en profondeur, et en finir…

« Respire… »

Elle nettoie les traces de sang sur le scalpel, et le range dans sa boîte argentée, fixe un sparadrap sur la gaze. Sa cuisse la lance, elle se sent revivre, l'espace d'un instant, grâce au picotement lancinant, une incision de plus, pour rester à la surface, ne pas couler.

Elle s'est mordu l'intérieur de la bouche. Derrière

ses lèvres joliment ourlées se cachent des joues bousillées par d'innombrables morsures non contrôlées. Sous le vernis de son attractive apparence s'alignent les cicatrices. Sa faille, elle a choisi de l'enfouir, là où elle a mal.

Une barrière d'épineux entre ses cuisses scarifiées.

La tour de Baloo, bétonnée et triste. Elle n'en reste pas moins vertigineuse et surplombe le canal de l'Ourcq avec une vue qui en jette, contrairement à son architecture extérieure. Le colosse dépressif, englué dans un moral plus noir qu'un baril de goudron, se tient debout au bord du précipice. Il malaxe son pendentif du bout des doigts. Tous les éléments sont réunis pour entraîner sa chute : sa position, le vent dans son dos, son penchant suicidaire.

— Tu fais quoi, là ? demande Zack à une encablure de lui, de l'autre côté de la balustrade.

Ne pas le brusquer sinon il risque de le faire basculer dans le vide. Étant donné le poids du géant, essayer de le rattraper est peine perdue, Zack se ferait entraîner dans sa chute, il penche donc pour la psychologie.

Baloo répond sans se retourner.

— Je vérifie que je suis toujours vivant.

— Ben fais un pas en avant, tu verras la différence.

Ne pas céder au chantage émotionnel. Zack, via l'ironie, tente de désamorcer la propension au pathos de son pote. Jusqu'à aujourd'hui le palliatif a fait ses preuves. À voir son ami ainsi flirter avec le vide, il se dit qu'un jour il ne parviendra pas à l'arrêter. Son cauchemar le plus régulier. Ça hante son sommeil. Déjà qu'il en a peu. Deux fois, Baloo a sauté le pas, et ça a fini à l'hôpital.

Le premier dérapage, ils n'avaient pas seize ans. Baloo avait enjambé la fenêtre. Le saut de l'ange, libérateur, espérait-il. Ado un peu flemmard, il n'avait pas pris la peine de grimper quelques étages au-dessus de son domicile. Il habitait au deuxième. Pas assez haut pour se tuer, a-t-il appris à son corps défendant, mais suffisant pour se coller une hémorragie interne. Ce jour-là, ils étaient en rupture de stock de B négatif à Necker. Zack avait découvert son rhésus lors d'un don de sang à l'école. On l'avait d'ailleurs informé qu'il avait un taux de plaquettes supérieur à la moyenne et qu'en échange d'un sandwich il pouvait s'en faire pomper des litres au bénéfice des enfants leucémiques. Ça contrebalance avec une vie de jeux pas catholiques, non ? Bien connu du service hospitalier, Zack a ainsi pu sauver son ami avec une transfusion compatible. Cette anecdote a alimenté leur légende personnelle. Depuis, ils se targuent d'être frères de sang, au sens le plus littéral.

Au deuxième saut raté, Baloo a fait un séjour en hôpital psychiatrique. Pour un bluffeur, les shoots aux médocs sont contre-indiqués, ça floute le jugement et freine les réflexes. Zack a donc redoublé de vigilance à sa sortie. Il a toujours été là pour lui, n'a jamais songé à l'abandonner, c'est son ami, c'est aussi sa croix, mais en comparaison avec la loyauté ça ne fait pas le poids.

Des péniches chargées de gravier flottent cinquante mètres plus bas. Les deux hommes dominent le monde de leur immense immobilité. Le vent siffle fort à cette altitude.

— On a failli perdre un coup à cause de toi, hier, dit Baloo.

Zack n'aime pas être pris en défaut, surtout quand l'autre a raison.

— Personne a remarqué.

— Moi j'ai remarqué.

Baloo s'est senti trahi et compte le lui faire savoir. Quitte à le blesser.

— C'est quoi le délire avec cette meuf? Elle a un beau cul alors tu penses plus droit? Elle t'a mis la queue à l'envers à ce point?

— Dis pas de conneries.

C'est parti pour la scène de ménage. Tant mieux, ça détourne leur attention du suicide, c'est toujours ça de pris.

— J'dis pas de conneries, j'te mets face à tes actes. Explique-toi. Y avait aucune de tes putes dispo? T'avais le slip en surchauffe et ça t'est monté au cerveau?

— T'es vulgaire, ça te ressemble pas.

— C'est à moi que tu parles de vulgarité? T'as vu comment tu te comportes avec les femmes?

— J'ai jamais manqué de respect à une femme et tu le sais!

— Ah!

Baloo lève les bras au ciel, effaré par tant de mauvaise foi. Oubliant qu'il se trouve sur le rebord d'un toit, il manque de déraper et de faire une chute de quinze étages. Zack fait un bond en avant pour le rattraper:

— Attention!

Mais Baloo récupère son équilibre, et Zack, son flegme factice. Chacun retrouve contenance, le jeu de dupes peut reprendre là où la glissade l'avait mis en suspension.

— Je dis pas que j'ai un rapport sain avec la relation à deux mais…

— La relation à deux ? Mais de quoi tu parles, tu penses qu'avec ta queue !

— Ben t'as retrouvé la niaque, on dirait, ça fait plaisir. J'ai cru que t'avais un coup de mou, c'est peut-être de te voir sur un rebord de toit pour la centième fois de l'année qui m'a induit en erreur.

— Putain, tu pousses, là.

— Quoi, t'as peur de tomber finalement ? Faudrait savoir.

— T'es dur.

Le ton est monté vite, les regrets aussi. Zack a ses défauts, mais il sait quand s'arrêter d'être con et baisser les armes.

— 'scuse-moi. T'as raison.

Il n'y a bien qu'avec son pote que Zack ose montrer sa vulnérabilité.

— J'admets, elle m'a troublé.

— J'te savais pas sensible comme ça, c'est nouveau ?

*Back* dans la bâche. C'est à ça qu'on reconnaît une amitié de vingt ans. Zack n'ayant pas envie d'entamer sa propre psychanalyse – pas envie d'y découvrir des révélations sur lui-même qu'il aurait à gérer –, il troque les explications foireuses pour la rengaine qui ramènera son pote à la raison. Rémission provisoire, en attendant le prochain décrochage.

— Ce soir. Tournoi à la Piscine. Max le Saigneur. Avec un *a*. Reconnaissable facilement, paraît qu'il porte que du mauve. Ancien champion de billard reconverti. Il a changé de pseudo en changeant de crémerie. Autrefois il se faisait appeler Le Chirurgien, parce que, quand tu passais sur son billard, il te vidait avec méthode, et très proprement. Il semblerait que le mec soit en quête d'identité et d'inspiration. «Le Chirurgien», j'te jure. La pauvreté intellectuelle d'un type qui passe sa journée une queue entre les mains.

Zack conclut l'ordre de mission en tournant le dos, sans attendre de réponse.

— Il mise prudent, catégorie novice, mais il est blindé. Va falloir l'amadouer en douceur. On lui fait l'arnaque du péquenaud. 22 h 30. Pétantes.

Il laisse son ami en proie à l'appel du vide, sachant en son for intérieur qu'il n'a pas de souci à se faire, il a semé la graine de l'addiction. La promesse d'une arnaque juteuse ? Baloo, en bon junky, veut son fix.

22 h 29. La nuit s'est écrasée sur la capitale, un peu plus lourdement sur Aubervilliers, et plus particulièrement dans cette rue peu accueillante qui mène à un entrepôt lugubre. Au-dessus du portail, un reste de panneau sur lequel se dessinent les lettres effacées par l'usure du temps : *La Piscine*. Sans plus de précisions.

Visage masqué par la capuche de son sweat-shirt triple XL, Baloo en camouflage kaïra, Adidas, baggy, passe devant un groupe de galériens étendu sur un banc comme du linge sale. Ils sifflent une meuf qui sort de chez elle en l'invectivant d'un « Vous êtes bien charmante » aussitôt suivi par le sempiternel « Suce ma bite, sale pute », résultant du dédain de la demoiselle, étrangement non conquise par la parade nuptiale, ô combien élaborée, pourtant éprouvée soir après soir avec la même inefficacité probante. Image de la femme pervertie par l'influence du porno, culte du cul trash, d'un bon bukkake pleine face au détriment de la vertu du respect, les causes de ces dérèglements comportementaux sont accablantes. Mais Baloo n'a rien à foutre de la fiche psychanalytique des laissés-pour-compte à la dérive, il laisse ça aux services sociaux, et, histoire de les rappeler à l'ordre, les atomise d'un regard réprobateur. Les racailles sentent qu'ils feraient bien de se tenir à carreau, y a un truc dans le regard de ce gars qui impose de baisser les yeux. Ce qu'ils font.

Deux hommes armés bloquent l'accès au bâtiment qui, de l'extérieur, semble à l'abandon. Dreadlocks, bombers, bonnet pour l'un, crâne rasé, dentier en or pour l'autre. Baloo se demande si c'est Hollywood qui alimente cette esthétique de guignol ou bien l'inverse. Lesdits guignols l'arrêtent d'un geste autoritaire – ça se la raconte sous le cliché – et le fouillent.

— T'as de quoi survivre ? demande le râtelier doré qui se croit à Compton.

Baloo sort une liasse de billets. Dernier check de rigueur, échange de rictus dédaigneux, bruits de succion sous le dentier en or – Oscar de la meilleure caricature –, puis acquiescement en guise d'autorisation de passage.

Au loin résonne un brouhaha de rires, de cris et de beats de hip-hop saturés. Baloo arpente couloirs et vestiaires jusqu'aux douches au carrelage verdi par le temps, l'humidité et les algues. Toutes les tuyauteries sont rouillées, les canalisations déglinguées, les joints bouffés par la moisissure. C'est Tchernobyl, version aquatique.

Arrivé dans la salle principale, Baloo pose ses sneakers en nubuck dans le bassin rince-pieds vide dévoré par les champignons et ne peut réprimer un haussement de sourcil admiratif face au spectacle époustouflant : une piscine Art déco réaménagée en théâtre de jeu. Des tables de poker sont disposées dans le bassin vide, des planches en bois servent de passerelles aux serveuses, un juge posté sur la chaise du maître-nageur s'assure du bon déroulement des parties, des vigiles armés de fusils calibre *Parental Advisory* circulent aux étages où s'enfilent des dizaines de cabines individuelles. Autrefois on s'y changeait en toute discrétion, l'ingénieux architecte d'intérieur leur a trouvé une autre fonction en les réaménageant en chambres de passe où s'isolent les entraîneuses et leurs clients après une séance de lap dance. L'atmosphère enfumée d'exhalaisons de beuh alimente le trip hallucinatoire du show.

Mira, une métisse en tailleur strict, tresses tirées le long de son crâne ovale, accoste le nouvel arrivant.

— Je te connais pas, toi. Tu viens de la part de qui ?
— Milan Kraković.

Comme prévu, le nom fait office de sésame. Il est bon d'être parrainé par la mafia dans ce genre d'établissements. Mira fait signe de baisser son arme au vigile qui avait pris le joueur non identifié en point de mire.

Baloo plonge dans le grand bain, en direction d'une table où Zack a déjà commencé son numéro. Avec sa grande gueule et son look hors sujet, le blanc-bec fait cheveu sur la soupe au milieu de ces joueurs du ghetto, et c'est bien là le but de l'opération.

— C'est douillet ici. J'ai vu un cafard se suicider dans les chiottes tout à l'heure.

Personne ne rit à sa vanne déplacée.

— Non, je déconne, c'est sympa. Je connaissais pas ce genre d'endroits, y en a pas dans mon coin. Je viens de Clermont, et vous ?

Un homme noir engoncé dans son costume mauve, l'élégance extravagante ambiance *American Gangster*, rafle la mise sans répondre.

— Ben merde, dit Zack, faisant semblant d'être surpris. Ah là là, les cartes sont pas pour moi aujourd'hui.

— Tu parles trop, dit le clone de Denzel. Mise.

Une liasse de billets s'écrase sur la table.

— Vous acceptez d'autres joueurs ?

Le gangster en mauve relève un œil sur le géant à capuche, puis sur la liasse et, dans un élan royal, l'invite à se joindre à eux. Baloo prend place sans saluer les autres.

— Tu serais pas Le Saigneur ?

— Lui-même.

Ils entament la partie en même temps que les présentations.

— On m'a parlé de toi, paraît que t'es une bête de joueur.

— On t'a bien informé, dit Le Saigneur aussi bling-bling que le rappeur qui leur hurle dans les tympans.

— Eh ben, on va voir ça.

Diversion en cours. Baloo lance l'offensive dans le but d'accaparer l'attention du Saigneur, en attisant le concours d'ego dans lequel Zack débarque avec ses gros sabots.

— Y a moyen de baisser la musique ? Ou de mettre autre chose ? J'arrive pas à en placer une, moi.

Sous ses airs de péquenaud, Zack n'a aucune crédibilité. Il compte alimenter l'illusion au profit du duel entre Baloo et Le Saigneur, histoire de détendre le portefeuille de l'objectif et d'inciter celui-ci à risquer gros contre lui une fois sa méfiance endormie. Pour ce faire, Baloo décrédibilise son complice en l'entraînant sur le terrain du racisme. Résultat garanti.

— Quoi, t'aimes pas la musique de Noirs ?

— Bah si, j'adore Yannick Noah. J'dis juste que ça tape sur le système, ce son, à la longue.

Le Saigneur mâchonne son cure-dent en ondulant du bassin au groove de Jay-Z, sans prêter l'oreille aux simagrées du bouffon blanc, concentré sur son concurrent plus sérieux en la personne de Baloo.

Les parties s'enchaînent au rythme du manège de Zack qui s'évertue à perdre avec une beauferie plus vraie que nature. Si Le Saigneur était d'une précision chirurgicale au billard, il montre de piètres talents au poker. Baloo lui laisse néanmoins l'avantage. Surtout ne pas l'effaroucher.

Beaucoup d'argent sur la table. Le Saigneur mène la danse, tout le monde s'est couché, même Baloo, son principal rival. Ne reste que l'autre péquenaud à tergiverser. Le Saigneur lui secoue les poux.

— Qu'est-ce que t'annonces, babtou ?

— Je sais pas, j'hésite.

— T'attends qu'on change la playlist ? Y a plus de musette, désolé, faudra faire avec Booba. Joue.

La confiance gonflée à bloc, Le Saigneur bluffe sans se sentir menacé. Zack le sait, il l'a observé, a décodé ses tics. Lui-même n'a qu'une paire, mais avec sa cote au plus bas, le timing est parfait pour une jolie rafle. Un adversaire en perte chronique, trop crétin pour bluffer correctement, ne monte que s'il a du jeu, pensera le dupe qui jouera la sécurité en se couchant, mettra cette victoire sur le compte de la chance et voudra se refaire, misera crescendo et perdra en conséquence.

— Allez, je me sens chanceux. Je relance de…

Zack ménage son suspense et avale un verre de whisky avant de faire son annonce.

— Serait-ce inopportun de ma part de vous rejoindre après ce tour ?

Maxine, radieuse dans cette ambiance opaque, fait irruption comme un chien dans un jeu de quilles. Zack en avale son whisky de travers, râle, tousse et perd toute contenance.

— Je prends ça pour un compliment, dit-elle, ravie de son effet.

— Avec grand plaisir, dit Le Saigneur qui passe en mode séduction. Prenez place, mademoiselle, on finit ce tour et on est à vous.

— Je suis venue vous donner un peu de fil à retordre, dit Maxine qui joue les allumeuses.

Zack et elle ne se quittent plus du regard.

— Avec les bras cassés à cette table, il va vite claquer, votre fil, frime Le Saigneur. Mais moi, je suis votre homme.

Maxine s'assoit, prête pour la suite du show.

— Mais pardon, je ne voulais pas vous interrompre. Poursuivez.

— Bon, tu la craches, ton ecsta ? dit Le Saigneur au babtou qui scotche sur l'intruse depuis cinq minutes qu'elle a mis sa concentration en pièces.

Zack a décroché, ce qui n'échappe pas à Baloo. « Qu'est-ce qu'elle fout là ? Elle m'a suivi ? » Zack voudrait lui coller des claques de lui péter son bluff en plus de ses burnes. Malgré ça, y a un truc magnétique qui l'attire chez elle. Sensation paradoxale, il voudrait la prendre à la sauvage à même la table. « Merde, mais pourquoi elle me fait cet effet-là ? » Baloo avait raison, elle lui met la tête à l'envers. Son petit jeu lui entaille le mental. Il a toujours rejeté toute forme d'émotion, il est hors de question de se laisser aller à la vulnérabilité.

Maxine commence à lui courir sur les nerfs, elle mérite une correction, il va s'y atteler en priorité.

La voix de Zack change, elle se gorge d'assurance :

— Je relance de cinq cents.

Début de la contre-offensive.

Comme prévu, après quelques montées d'enchères, Le Saigneur déclare forfait. Zack va cependant un peu vite en besogne, oubliant dans l'action son rôle de péquenaud.

— Je vois que t'as fini par maîtriser ton tic, le taquine Maxine.

Les doigts de Zack restent effectivement en rangs serrés.

— Quoi, vous vous connaissez ?

Le Saigneur flaire l'embrouille et n'aime pas ça.

— On s'est déjà croisés, oui. Je lui avais promis une revanche, dit Maxine, les yeux dans ceux de Zack qui se laisse prendre au jeu de séduction.

— Une revanche ? C'est moi qui ai gagné, réfute-t-il d'un regard qui pétille.

— Oui, mais j'ai senti que je t'avais déstabilisé.

— C'est tes yeux qui m'ont embrouillé les sens.

— Tu veux dire qu'ils ne te font déjà plus d'effet ?

— Faut croire.

— Oh, tu veux me vexer ? minaude Maxine.

Ils sont prêts à s'allumer à la moindre étincelle, des pétards qu'attendent plus qu'une allumette, dirait Bashung. La référence locale, question pétard, étant plutôt la kalach, Baloo ramène son pote à l'arnaque en cours.

— Oh, mec, ça va, on te gêne pas ? Prenez une chambre si ça vous intéresse pas, on joue au poker, là.

— Mais on joue, mon cher, on joue, dit Maxine. Allez Zack, montre-moi ce que t'as vraiment dans le ventre.

« Elle veut de l'esbroufe ? Va pour l'esbroufe. » Zack en oublie sa cible initiale et sort son plus beau jeu. C'est précis, maîtrisé, flamboyant. Trop. Au bout de quelques tours, Le Saigneur bat en retraite. Le gars en face de lui ne semble pas aussi con qu'il le prétendait. D'un geste du doigt, il interpelle Mira.

Baloo enrage. Avec ses conneries, Zack est en train de faire fuir le poisson. Et plus grave, de foutre le feu à leur couverture. Vérification périphérique. Les vigiles armés font des va-et-vient sur les planches au-dessus d'eux. Une arnaque bien menée veut dire gagner avec subtilité, sans quoi, ça va finir au semi-automatique. Et Baloo en a repéré déjà trois au-dessus d'eux, en plus de celui glissé dans la poche arrière du Saigneur.

— T'essaies de m'enfumer, babtou ? Tout à l'heure, tu faisais le bouffon et là, t'enchaînes un game de boss. Tu serais pas en train de m'arnaquer ? Dans le club de mon cousin en plus ?

Révélation inattendue qui tire Zack de son délire d'ego mal placé. Dédé, en lui filant ce plan, a omis de lui stipuler ce détail. Baiser le cousin du proprio à domicile, c'était peut-être pas la meilleure idée du jour.

Le Saigneur parle à l'oreille de Mira :

— C'est qui le garant de ces bouffons ?
— Milan Kraković.

Il pointe Maxine.

— Et elle ?
— Elle a mis deux mille keusses en caution.

Baston de regards avec les arnaqueurs, Le Saigneur les dévisage à défaut de les défigurer à coups de cutter.

— Allez, dégagez.

Tomber de rideau.

— Par contre, je vous préviens, vous êtes black-listés ici. Et même si Kraković vous protège, je vais faire en sorte de vous cramer dans toute la ville.

Baloo remet sa capuche sous laquelle un orage gronde. Le trio fait profil bas et s'extirpe de la fosse sans ajouter un mot.

Zack n'ouvre la bouche qu'une fois parvenu dans les douches au carrelage moisi. Enfin isolé, hors des vues et sus de tous, il se retourne vers Maxine. Fin du jeu, il est furieux et le montre.

— Bon, maintenant dis-moi, qu'est-ce que tu fous là ? Pourquoi tu me suis comme ça ?

— Je suis venue te tester. Je voulais te proposer un deal.

— Zack, qu'est-ce que t'as foutu ?!

La voix de Baloo claque comme un tonnerre au-dessus de son pote qui esquive la foudre et se concentre sur la responsable de leur débâcle :

— Un deal ? Mais de quoi tu me parles ? Je sais pas à quoi tu joues, mais tu commences à me péter sérieusement les couilles, Maxine !

Baloo ôte sa capuche, libérant colère et éclairs.

— Zack, qu'est-ce qui s'est passé ? On a failli se retrouver avec dix guns sous le nez à cause de tes conneries ! C'est pas du travail de pro, ça ! Tu nous as grillés, putain !

En péchant par orgueil, Zack a saboté son arnaque,

une faute professionnelle impardonnable dont il est le seul responsable. La raison obscurcie par la montée d'adrénaline, il préfère s'en prendre à son meilleur pote que d'en porter le blâme.

— Baloo, tu me lâches, OK ? Je parle avec la demoiselle. Alors, tu vas jouer plus loin et, pour une fois, tu me lâches les couilles DEUX minutes ! Tu peux faire ça ? Me lâcher les couilles, deux minutes ?

La colère. Baloo doit la contenir. Le froid dans son bide. La pulsion de violence. Trop tard. Le poing part tout seul. Uppercut pleine gueule pour que son pote la ferme. Le dos de Zack s'écrase contre le carrelage de la douche derrière lui.

« Aouh, il tape dur, ce con. »

Au tour de Maxine de laisser tomber son bluff et d'émettre un cri à cette explosion de brutalité. Baloo, dont l'expression s'assombrit sous ses sourcils froncés au point de lui masquer les yeux, découpe ses mots lentement et d'une voix froide :

— Quand tu seras calme, tu repasseras ce que tu viens de dire dans ta tête et tu reviendras me voir. Et tu vas bien réfléchir à ce que tu vas me dire à ce moment-là.

Zack a les vertèbres en compote, l'arcade sourcilière fendue, mais c'est son cœur qui lui fait le plus mal. Il s'en veut d'avoir blessé son ami. Pourtant, plutôt que de s'excuser, comme il le fait d'habitude quand il a trop poussé le bouchon lors de leurs engueulades de cour de récré, il s'enfonce dans la virilité conne pour ne pas perdre la face devant une dame :

— C'est ça, j'essaierai de te choper entre deux de tes suicides foireux.

Quelque chose se brise en Baloo. Il n'en montre rien et remet sa capuche avant de disparaître dans l'obscurité du couloir, tel un fantôme avalé par les ténèbres.

Maxine toise le résidu de mâle alpha éclaté à ses pieds qui, s'il excelle aux cartes, se révèle en définitive aussi con que les autres. Ce qu'elle lui exprime d'un laconique :

— Crétin.

Elle l'abandonne à son tour.

Zack reste seul, avachi dans les douches moisies. *« Shine bright like a diamond »*, beugle Rihanna derrière les canalisations pourries.

« T'as raison, ouais… »

Zack erre dans les ruelles exiguës, une bouteille de mauvais bourbon à la main. Perclus de contrariété, il boit à grandes goulées. La nuit s'est resserrée sur son moral froissé.

À dériver au fil des caniveaux, il échoue contre la devanture boisée d'un bar de quartier. Le Quai n° 5, un troquet gentiment en rade d'étoiles. À travers les baies vitrées, les mailles d'un rideau de fer tissé lui permettent de percevoir un point lumineux dans un renfoncement, près des cuisines. Zack se colle à la vitrine, du revers de la main essuie la pluie qui dégouline le long de la paroi brouillée, et épie à l'intérieur. Chaises retournées contre les tables, verres rangés derrière le comptoir, le lieu paraît fermé. Pas un mouvement, excepté une vibration, là-bas, au fond. L'excitation du jeu, palpable jusque sous son manteau mouillé. Derrière le panneau en bois sur lequel peut encore se lire d'une belle écriture d'autrefois l'inscription *Téléphone*, – comme quoi, il est bien d'époque, ce rade –, ça joue au poker. Zack le sent, il est prêt à le parier.

Et Dieu sait qu'il aime ça, parier.

Il tambourine à la porte. Il commence à être bien éméché, la mollesse de ses coups le trahit, déjà qu'il est à moitié affalé contre un pylône. Une épave ensablée, une bouteille bon marché ancrée au bout du bras, il fait peine à voir. Le tenancier apparu dans l'encadrement de la cuisine lui fait savoir que c'est fermé. Un soûlard qui cherche le gîte et le couvert à cette heure-ci, il ne prend même pas la peine de sortir le balai pour le chasser. Face à son reflet pouilleux dans la devanture, Zack conçoit qu'on lui refuse l'hospitalité. Reprise des négociations avec des arguments plus clinquants : il extrait un roi de cœur de sa poche, puis une liasse de billets. Il plaque l'offrande contre la vitre et, miracle du langage pécuniaire universel, le tenancier vient lui ouvrir.

Pas tout à fait avenant, le tenancier, tonsure et front autoritaire, sèche ses mains sur son tablier immaculé – l'homme est soigneux, ses doigts de boucher aux ongles limés en témoignent – et inspecte, de sa haute stature, le pauvre hère répandu sur sa devanture. Il craint l'odeur que ce clodo pourrait laisser dans son bar, mais celle de l'argent – surtout facile – est toujours alléchante, et quand un poulet est prêt à se faire plumer, on ne laisse pas la marmite refroidir. Le tenancier annonce donc la couleur :

— Dix euros la mise de base, petit. T'as les reins solides ?

Zack de fanfaronner, entre deux hoquets d'ébriété :

— Tu veux vérifier ?

— M'ont surtout l'air occupés à filtrer la gnôle que tu t'es enfilée.

Le tenancier semble tout droit sorti d'un western poisseux, façon spaghetti recette à l'ancienne. *Ici, on paie content, même si on fait la gueule*, avertit, d'un mauvais jeu de mots, une ardoise au-dessus du comptoir. Le décor est planté, Zack en apprécie le folklore.

— Alors profites-en, j'ai de l'argent à perdre.

— Entre.

Le tenancier pivote sur lui-même, laissant passer le poivrot argenté, jette un œil par-dessus son épaule, puis referme la porte derrière lui.

À double tour.

Zack titube jusqu'aux quatre autres joueurs sous leurs reluquages suspicieux. Malgré les brumes de l'alcool, il identifie le leader. Il y en a toujours un autour d'une table. Celui qui parle le plus, ou au contraire le laconique, qui a posé de façon ostentatoire un flingue près de ses jetons, ou l'autre, le plus dangereux, qui n'en a pas besoin tant son charisme mutique suffit à foutre les foies à ses rivaux. Joe, sec, nerveux, la cinquantaine, le chef de la meute, c'est lui. Probablement aussi le patron du troquet. Son regard incisif analyse les mouvements mal assurés de Zack. Les autres membres scrutent Joe, dans l'attente de la réaction du chef que la meute va suivre. Pour l'instant, il flaire, l'argent, le pigeon, pas le danger. Joe renifle, mais ne montre pas les crocs. Pas encore.

— Messieurs.

C'est pas parce qu'on est bourré qu'il ne faut pas être poli. En garçon cuit mais bien élevé, Zack s'avance en saluant, un rictus satisfait aux lèvres. La meute opine en marque de bienvenue hypocrite. Zack sourit du tiède accueil, qu'il interprète néanmoins comme une invitation, et se laisse choir sur une chaise, manquant de se vautrer par la même occasion. Pas crédible pour un rond. En ce qui concerne sa liasse de billets, a contrario, il remporte l'intérêt collectif.

La partie de tir aux pigeons peut commencer.

En invité serviable, quoiqu'un rien intrusif, Zack rassemble le tas désordonné de cartes découvertes sur la table et le tend au donneur – un type malingre, au crâne étrangement étroit comme s'il avait été compressé dans un étau – qui, méfiant, bat et coupe avant de distribuer.

Premier tour.

L'un des joueurs donne un coup de coude à Zack qui n'a pas l'air d'être là.

— Joue, ordonne le voisin avec l'expression sévère du prof de maths qui dit «au tableau».

Zack sort de sa torpeur, effectue un panoramique sur les mines de simili-mafieux autour de lui, puis jette un coup d'œil bref à ses cartes.

— Oh! Oui… Servi.

Il plaque son jeu, face contre table, et reprend son sourire d'ivrogne bienheureux. Ses hôtes le dévisagent, puis se concertent d'un même regard qui dit: «Qu'est-ce que c'est que ce guignol?» Ils ne sont pas là pour s'amuser, eux, leurs airs de fossoyeurs n'induisent pas en erreur.

— Dix, annonce Joe.

Le prof l'imite:

— Dix de plus.

— Je suis, dit un quadra bedonnant qui ne cesse d'éponger son front suintant d'un mouchoir en vichy.

— Sans moi.

Le quatrième, un petit trapu en marcel, taches de cambouis et auréoles aux aisselles – «Un garageot, probablement», parvient à déduire Zack entre deux absences –, se couche.

Toute l'attention se reporte sur l'invité enrobé de bourbon. Un bonbon à la liqueur prêt à se faire bouffer.

— Dix. Et cinquante, dit Zack sans panache mais avec l'appoint.

Les joueurs jaugent cet énergumène qui se croit à la fête à Neuneu. Joe relance les hostilités :

— Tes cinquante pour te voir.

Ses émotions ont pris le pas sur lui, Zack a dévissé. Sa soirée a été merdique, pas envie de faire d'efforts, il se laisse aller à la facilité et tombe dans la triche. En faisant semblant de regrouper innocemment le tas de cartes en vrac avant le début du tour, son œil aguerri a repéré où se trouvaient les quatre valets, et, d'un *lapping* éclair parfaitement exécuté, il les a coulés sous la table avant de tendre le paquet au donneur. Truc de tricheur classique mais qui a fait ses preuves. Dangereux si on se fait démasquer. On en a lynché pour moins que ça. La prudence du donneur qui a cru bon de battre et couper ensuite était bienvenue mais trop tardive, Zack avait déjà subtilisé ce dont il avait besoin.

— Carré de valets.

Sans chercher à asseoir une quelconque rivalité, Zack étale sa main gagnante avec une forfanterie moins discrète que son tour de passe-passe, puis ramasse le paquet, se débarrassant ainsi de ses mauvaises cartes cachées sous sa paume, avant de tendre le tout au donneur suivant. « Ni vu ni connu, j't'embrouille. » Il ne veut pas se faire mal au cerveau à jouer subtil, il préfère s'amuser à manipuler ces couillons.

Échanges de grommellements tendus autour de lui. Ambiance grippée. Le garageot lui dévisserait bien son sourire narquois à la tenaille rouillée, à l'invité surprise.

Trois quarts d'heure plus tard, la pluie battante isole le troquet du monde extérieur. Conséquence fortuite, aucun témoin pour voir que l'intérieur a tout d'une chaudière en surchauffe prête à exploser. Cigares et clopes à rouler ont enfumé l'atmosphère à un point irrespirable. Tant mieux, y a des envies d'étouffement dans la salle. Voire de strangulation. L'impatience se lit sur le faciès des joueurs à la vision de Zack qui ronfle, tête en arrière.

Le prof de maths à bout éructe en secouant l'endormi.

— Oh! Il dit qu'il te voit.

— Hein?...

Zack raccroche les wagons avec le même je-m'en-foutisme.

— Oh, oui. Full aux reines par les deux.

Zack s'est lâché dans un festival de triche. Il ne leur a rien épargné, du *palming* au *tenkai* en passant par des *snap-deals*, il a multiplié les techniques illicites pour embarquer, intervertir ou faire disparaître les cartes, selon qu'elles l'intéressaient ou l'encombraient. Le genre de trucs qu'il n'oserait jamais faire avec des joueurs sérieux – trop risqué –, mais avec ces toquards, pourquoi se priver? Sauf qu'il a oublié qu'il est chargé au bourbon et qu'à la longue sa magie se fait moins précise. De plus, un bon tricheur, pour ne pas éveiller les soupçons, n'opère, au long d'une partie, que sur un tour, deux maximum. L'aigreur fait faire des conneries. Comme de trop pousser sa chance. Ou de se gourer sur la nature des mecs qu'on a décidé d'escroquer.

Joe lance le signal au tenancier – qui a arrêté de

balayer – de fermer les volets, puis il déboutonne sa veste, laissant poindre la crosse d'un revolver au chaud dans son holster. Zack pourrait le voir aisément s'il n'était pas occupé à siphonner la fin de sa bouteille.

— Tu touches bien les cartes pour un type qui tient pas droit.

— La veine du désœuvré. J'ai pas eu autant de chance toute la nuit.

— Tu te réservais pour nous ?

— C'était pas calculé.

— Certainement pas, non… Hubert, montre au monsieur comment on paie les tricheurs, ici.

Le prof de maths immobilise Zack d'un étranglement arrière, puis lui glisse un large couteau sous sa pomme d'Adam. Quand on dit que les enseignants sont à cran en ce moment. Zack n'ose déglutir de peur d'y laisser la trachée.

Le tenancier baisse les volets devant la baie vitrée. Un commerçant prudent qui n'a pas confiance en son seul rideau grillagé, pas plus qu'en sa ceinture qu'il a renforcée de magnifiques bretelles rayées. Les volets coulissants émettent un bruit de ferraille concassée – comme les articulations de Zack dans un futur très proche – lorsque Maxine, trempée jusqu'aux os, jaillit contre la vitrine. Fouettée par des rafales de pluie, la tête enfoncée dans les épaules, elle toque au carreau.

Au fond du rade, le prof planque son couteau cranté.

Maxine fait une moue de chiot qui quémande un abri. Le tenancier, dont l'éducation chrétienne ne peut résister à un assaut d'apitoiement, entrouvre et glisse son blair dehors.

— Qu'est-ce que je peux faire pour vous, ma p'tite dame ?

— Me rendre mon mari en un morceau, dit Maxine, les yeux noyés sous la pluie qui ruisselle de ses cils.

Le tenancier jette un œil incrédule vers la future scène de crime.

— C'est votre mari ?

Les bribes de la conversation parviennent aux oreilles de Zack qui redresse la tête, interloqué et suffocant sous la strangulation du prof.

— Maxine ?

Sa voix garrottée n'arrive pas jusqu'à celle qui poursuit avec force conviction son rôle dramatique d'hystérique dépressive et en profite pour se faufiler entre les pattes du tenancier et se taper l'incruste à la fête.

— Oui. On s'est disputés ce soir, une sombre histoire de week-end chez ma mère, une nounou à trouver pour les enfants. Enfin bref, claquage de porte et j'imagine quelques bouteilles plus tard, il se retrouve ici à dépenser tout l'argent qu'on n'a pas. Salopard d'égoïste, j'ai pas encore acheté les fournitures des petites pour la rentrée mais il sait pas s'arrêter. Il adore le poker mais il touche jamais une carte. Je sais pas pourquoi je l'aime autant. Il perd sans arrêt, ce…

— Mademoiselle, mademoiselle ! Calmez-vous ! l'interrompt Joe. Il a rien, votre mari. Et vous devez confondre. Ce salopard est le tricheur le plus talentueux que j'aie rencontré ces derniers mois à une table.

— Un tricheur ? Zack ? Enfin vous plaisantez ? Mes filles le battent même aux sept familles.

— Votre mari a raflé plus de deux mille euros. J'y

vois ni de la chance ni de l'ivresse, mais de la triche. Cela étant dit, si vous souhaitez tenter de récupérer ses cinq mille euros de dette, vous êtes la bienvenue.

— Comment ça ? Vous venez de me dire qu'il n'en avait gagné que deux mille.

Maxine sent qu'il y a un loup, et qu'il la prend pour un agneau. Zack, que la perfidie de Joe dessoûle un tantinet, s'interpose dans l'escroquerie en cours.

— À quoi tu joues, Joe ?

— Non, je vous ai dit qu'il nous avait enflés de deux mille euros, poursuit le chef de meute sans relever l'intervention du strangulé. Vous êtes entrée au moment où nous allions nous payer avec ses dents, mais vous me semblez être une femme bien, je transforme donc la punition de votre mari en dette. Ne me remerciez pas, je sais aussi être humain. Mais je suis également joueur et si vous préférez jouer cette dette, je suis votre homme. Vous savez jouer à autre chose qu'aux sept familles, madame ?

Maxine rétorque avec une classe de femme fatale qui rendrait Rita Hayworth pâle de jalousie.

— Diamant. Mme Maxine Diamant.

— Maxine, te mêle pas de ça, dit Zack, les mâchoires comprimées par l'étreinte du prof de maths.

— Tu crois que je vais te laisser rentrer chez nous sans dents ? l'enguirlande Maxine. Pousse-toi de là et laisse-moi rattraper tes conneries, on en reparlera à la maison.

— Prenez donc une chaise, madame Diamant, l'invite Joe.

Un truand aux bonnes manières, ça fait plaisir dans ce milieu de brutes. Zack pourrait apprécier mais il est trop accaparé par ses tentatives de reprise d'une respiration qui commence à lui faire cruellement défaut. Le prof le frappe d'un coup de coude à la tempe afin de libérer la chaise pour la demoiselle. Port de tête fier malgré son air de chien mouillé, Maxine s'installe au sein de la meute.

— La mise est à combien ? demande-t-elle avec l'impatience de la mère de famille qui a deux marmots qui l'attendent à la maison et pas que ça à foutre.

— Dix euros, répond le garageot, en surlignant le sérieux de l'information d'un effet de sourcils qui sous-entend « Eh ouais, ma p'tite dame, bienvenue chez les gros bras. On joue pas d'la menue monnaie, ici. »

— Montez-la à cinquante, qu'on n'y passe pas la nuit, l'émascule la daronne, que les roulements de mécanique sourcilière du garageot laissent frigide. Je dois emmener une des petites chez le dentiste à 8 heures, moi.

Le garageot penaud ravale sa virilité chahutée. Les autres joueurs jubilent en prévision de cette raclée lucrative et sèment des billets de cinquante sur la table sans rechigner.

La partie est expéditive. C'est la fessée. Au dernier tour de table, Maxine expose son jeu gagnant. Elle rafle le tapis. La meute autour d'elle fulmine, leurs souffles chauffés à blanc lui crament la peau, mais Maxine ne s'en soucie guère et plie l'affaire.

— Et quatre cents qui nous font cinq mille euros. La dette est effacée. Merci de votre accueil, messieurs, dit-elle d'un ton poli et dépouillé de ressentiment, pressée de prendre ses cliques, ses claques et Zack sous le bras dans le même élan, et de lever le camp.

Joe abat une main autoritaire sur son épaule.

— Une minute. Où vous croyez aller comme ça ?

Pas le genre de femme à se laisser intimider par des démonstrations de domination masculine, Maxine se débarrasse de la main virile d'un coup de griffes.

— Chez moi. Avec mon mari.

— Hors de question. Vous nous avez piégés. Vous savez jouer au poker. Trop bien, même.

Maxine substitue l'aplomb à la désinvolture et en tire une rafale sur les truands fauchés en plein vol.

— J'ai dit que mon mari ne savait pas jouer. Moi, bien entendu que je sais. Et je sais gagner aussi, contrairement à ce crétin. Maintenant, si vous contestez chaque fois que quelqu'un gagne à votre table, c'est vous, les tricheurs. Et si vous ne voulez pas que je prévienne Milan Kraković que des types m'ont arnaquée dans son quartier, vous avez intérêt à me laisser partir et en faisant des courbettes encore.

Ce nom ayant fait son petit effet sur Le Saigneur, Maxine en déduit que renouveler l'expérience dans le but d'intimider les matons se tente.

Silence, le temps à l'assistance d'éplucher l'information et d'analyser la véracité potentielle des faits. Le garageot ne sait pas si c'est du potage ou du civet, et demande, poliment, on ne sait jamais :

— Vous connaissez Milan Kraković ?

— On prenait des douches ensemble quand on avait quatre ans. Teste-moi, appelle-le : 06 45 63 31 31. Mais il est pas très matinal et si tu le réveilles pour ça, il te pistonnera pour ta reconversion en eunuque.

Le ton de Maxine a changé. Il y a de la fermeté

dans sa voix qui bastonne de coups de barre à mine les genoux de ses interlocuteurs. Silence à nouveau. Hormis le bruit du frigo. Zack hausse les sourcils, admiratif.

Comme Maxine ne veut pas y passer la nuit, elle renchérit et tend son portable :

— 06 45 63 31 31.

Un ange passe. Joe pèse les risques de s'en prendre à une protégée d'un gros bonnet de la pègre, puis bute l'angelot :

— Laisse-les sortir.

Le tenancier obéit et déverrouille la porte. Maxine rassemble les morceaux éparpillés de Zack et l'aide à marcher vers la sortie.

— Eh Maxine ! crie Joe comme on tire un coup de feu en l'air.

L'interpellée se retourne.

— Ne remettez plus les pieds ici.

Maxine le toise par-dessus le dos voûté de Zack. Maintenir le rapport de force, ne pas baisser la garde, elle ne consent pas mais son regard en dit long. Selon les interprétations. Lestée par son paquet de viande morte sous le bras, elle sort.

Joe avale son verre de whisky, cul sec, et le repose à l'envers sur le comptoir.

— Elle bluffe.

— Pas sûr, dit le prof. Elle a pas triché. Elle a gagné la partie à la régulière.

— La partie, oui. Mais Kraković, elle bluffe.

— Pas sûr.

De l'air. Enfin. Humide et frais. Qui s'engouffre dans

les bronches des rescapés. Un taxi apparaît au détour d'un virage. Maxine le hèle et y embarque son naufragé.

Zack ouvre la fenêtre pour se dégriser. Il se laisse bercer par le roulis et l'incongru de la situation.

— Belle partie.
— Je t'ai dit que j'étais une bonne joueuse.
— 06 45 63 31 31, hein ?
— Je t'ai dit que j'étais une bonne joueuse.

Maxine affiche une assurance qui agace le joueur mais séduit l'homme.

— Beau bluff, dit-il.
— Beau gain, dit-elle.

Maxine se fait charmeuse, ce qui n'est pas pour déplaire à Zack que la soirée a suffisamment malmené pour qu'il accueille cette perspective de sensualité avec un désir non feint.

Les jeux sont faits. Rien ne va plus.

L'appel du vide. La solitude venue. Quand ne résonne autour de lui que le silence de ses palpitations. Sa poitrine oppressée. À s'en déchirer la cage thoracique. La douleur rend fou. Une camisole. Impossible de s'en défaire. À moins de se jeter contre les murs capitonnés.

Baloo n'a pas supporté. Même son meilleur pote l'a abandonné. Il a fixé la fenêtre béante chez lui. « Allez, vas-y, saute, connard ! Saute ! Qu'est-ce que t'attends ! T'as pas les couilles, hein ? Mais putain, saute ! » La tête l'a supplié, mais le corps n'a pas suivi. Instinct de survie ou lâcheté ? Baloo s'est plié en deux, comme s'il venait de prendre un direct au foie. La violence s'est propagée en lui. Impossible de la canaliser. Il a balancé une chaise contre le mur, d'un coup de pied a fracassé sa table basse avant d'empoigner un placard à pleines mains et de l'arracher du mur, emportant avec les fixations des pans entiers de cloison en placo. La vaisselle explosée au sol a fait l'effet d'un gong. « Vite, sortir avant de tout défoncer. »

La colère, lancinante, Baloo n'arrivera plus à la faire taire.

Se détruire lui-même.

Ou détruire l'autre.

— Lâche-moi, s'teu plaît ! Lâche-moi !

L'affolement fait parfois dire des conneries. Le type qui supplie pour sa libération devrait être plus scrupuleux quant aux mots choisis. Il pend tête à l'envers en haut d'une tour. Baloo le maintient par les chevilles au-dessus d'un parking qui s'étale vingt-cinq étages plus bas. Il l'a appréhendé quelques minutes auparavant, porte de la Chapelle. Pas un violeur celui-là, il concourt plutôt dans la catégorie industrielle. Un proxénète. Baloo l'a surpris en train de corriger une de ses prostituées récalcitrantes et ça lui a fait péter un câble. Il a commencé à le défoncer sous l'échangeur du périph, lorsque, entre deux râles sanguinolents, le connard à son tour molesté a tenté de s'en sortir en proférant une menace à la vertu révélatrice inattendue :

— 'tain, j'sais pas qui t'es, mais tu fais l'erreur de ta vie, mec ! J'suis protégé, moi ! J'bosse pour Kraković ! Tu comprends ce que ça veut dire ?

Baloo s'est figé. La prise de conscience l'a frappé en plein bide.

« Kraković… »

Les arnaques, ses plans poker, son gagne-pain, la main qui le nourrit… Comment a-t-il pu se mentir à ce point-là ? Le véritable mal était devant ses yeux, il refusait de le voir. Il côtoie la lie de la race humaine, la prostitution, la traite des femmes, l'asservissement, la torture… En acceptant de collaborer avec cette mafia, il prend lui-même part à un système qui le répugne. L'admettre, ç'aurait été le cautionner. Clairvoyance douloureuse mais salutaire.

Dire qu'il pensait rendre justice en distribuant des

claques à des simili-violeurs. Il ne faisait que tâtonner. Il doit prendre le problème à la racine. Ablation de la tumeur.

Kraković.

Dans ses moments de démence, Baloo agissait sous une impulsion incontrôlée, non réfléchie. Il aura fallu qu'il perde définitivement la boule pour trouver la raison. Il va finir ce qu'il a commencé bien trop timidement. Qu'est-ce qu'il risque ? Une balle dans la tête ? « Faites-vous plaisir, les gars, vous me rendrez service. » Depuis le temps qu'il y pense, il ne fait que reculer l'échéance. Quitte à rencontrer son Créateur, autant se rendre utile en amont.

Percevant une possibilité de rémission dans les atermoiements de son agresseur, le proxénète a cru intelligent de la ramener :

— Ah c'est bon, t'as compris ton erreur, pauv' con ?

Cinq minutes plus tard, le voilà au sommet d'une tour à faire le cochon pendu au-dessus du vide.

— Lâche-moi, s'teu plaît ! Lâche-moi !

— Comme tu veux.

Baloo exauce le souhait, émis dans la panique, il est vrai. Regrettable malentendu. Il n'était jamais allé jusqu'à tuer quelqu'un lors de ses expéditions punitives.

Avant ce soir.

Le taxi dépose Zack et Maxine sur les Grands Boulevards. Bombardés par une pluie compacte, ils pataugent dans les caniveaux engorgés et trottinent jusqu'à l'entrée d'un immeuble haussmannien. Maxine se lance dans la spéléologie de son sac, à la recherche de son passe magnétique. Zack se cale contre le chambranle pour contempler sa sauveuse, savourant les vertus vivifiantes des trombes d'eau qui lui fouettent la tronche. Il se sort une clope qui, aussitôt imbibée, pend mollement au coin de sa bouche. Pour le prestige, il repassera. Qu'importe, il aime le geste. Il y est même accro. Armé de son Zippo, Zack entreprend d'allumer sa cigarette sous l'averse. Il reste joueur, en toutes circonstances. Aussi absurdes soient-elles.

— Je m'en serais pas tiré, tout à l'heure. Ils ont compris que je trichais. Et… merci d'être intervenue.

Maxine abandonne ses fouilles infructueuses et se rabat sur le code. Leurs œillades échangées sous la pluie battante ont quelque chose d'électrique. L'autodérision de Zack, sa guimauve au bec, la séduit. Le dénuement de sa déclaration plus encore.

Elle pousse la porte d'un coup de hanche et court se mettre à l'abri. Zack goûte l'instant, menton en l'air, visage douché par la pluie qui le dégrise.

Arrivée sur son palier, Maxine retrouve ses clefs et

ouvre la porte. Zack suit sa trace, par le parfum alléché, mais la joueuse referme derrière elle, le laissant en plan quelques marches plus bas.

— OK…

Dans l'attente de la prochaine manche, Zack s'allonge sur la dernière marche, se cale entre le mur écaillé et l'ascenseur en panne, s'empare des cartes mouillées dans sa poche et s'accorde la récréation d'une réussite.

Les gonds grincent. Maxine réapparaît, une grande serviette entre les mains qu'elle jette sur la tête de son invité.

— La salle de bains, c'est la deuxième porte à droite. Enlève tes pompes avant d'entrer. Gaffe au parquet.

Puis elle disparaît à nouveau.

Zack fixe le vide laissé par son hôtesse dont le charme s'avère de plus en plus vénéneux. Il essuie ses cheveux et bat avec difficulté ses cartes que l'humidité colle les unes aux autres.

— Dix contre un que c'est une dame de cœur.

Il retourne sa carte : pari gagné. Zack sourit, range son paquet et se relève, fin prêt pour un bon bain chaud.

Dégoulinant sur le paillasson, il se libère de ses bottines au cuir détrempé et inspecte les lieux déserts d'un œil professionnel. Quelque chose dans la décoration le fait tiquer. Épurée à un degré qui crée un sentiment d'inconfort, elle ne manque pas de goût, ni d'identité, on n'est pas dans l'uniformité insipide d'Ikea, non, le minimalisme du mobilier est tel qu'on se croirait dans un appartement témoin. Comme si Maxine n'y était que de passage. Et depuis deux jours que Zack tente de la déchiffrer, c'est l'impression qu'elle lui donne, être de passage.

D'ailleurs elle semble avoir bel et bien disparu.
— Je sens qu'il va me plaire, ce jeu.

Alangui dans la baignoire, un gant de toilette en compresse sur les yeux, Zack déguste ce parfait instant de relaxation.
— Rouge ou blanc ?
Il sursaute, faisant déborder son bain à grands flots, et masque sa nudité à Maxine qui lui tend une serviette molletonnée.
— Quoi ?
— T'es plutôt rouge ou blanc ?
Zack se dépatouille comme il peut entre sa serviette et sa main en éventail devant son sexe. Il aurait dû mettre des sels de bain moussants, pense-t-il avant de répondre :
— Blanc, c'est parfait.
— J'ai que du rouge, dit-elle en lui tendant un verre de nuits-saint-georges premier cru.
« Elle se fout de ma gueule. »
Trêve d'offuscation, Maxine le prend au dépourvu en l'embrassant, d'abord du bout de ses lèvres retroussées, puis avec une passion non contenue. Zack, déjà échauffé par la température du bain, passe en surcombustion. « Enfin ! » Son souffle se fait plus profond. Marre de jouer les gentlemen, il va lui montrer son versant animal. Ses bras s'enroulent autour des épaules de la belle, qu'il découvre plus frêles qu'il n'imaginait, et exercent une traction pour l'entraîner avec lui dans son bain. Maxine montre une résistance inattendue et se défait de son emprise. Zack retombe dans l'eau, inondant le

carrelage, et observe, échaudé par les deux cents degrés qui règnent dans la pièce, mais aussi par la joueuse qui l'allume en reprenant une gorgée de bourgogne.

— Première mise. À ton tour.

Zack, que ces taquineries commencent à gonfler, prend appui sur les rebords de la baignoire – il ne voudrait pas se casser la gueule et foutre tout espoir d'érotisme à l'eau – et se met debout, exposant, sans pudeur, nudité et érection flatteuse. Maxine scintille d'un sourire polisson à la vue de l'offrande.

— Tu devrais mettre plus d'eau froide.

Et le plante là.

— Putain de...

Zack grommelle et se rince. Refroidie par la douche écossaise, son érection se fait la malle, et il ne va pas tarder à la suivre si l'allumeuse continue à lui titiller le starter. Il aime le poker, pas le yo-yo.

Zack, que la frustration aurait tendance à rendre irritable, enfile un peignoir et sort de la salle de bains en s'essuyant les cheveux, le pas volontairement lourd dans le but de réaffirmer un semblant de charisme masculin.

— J'adore le jeu, mais il serait peut-être temps que tu participes, tu crois pas?

— Non, je crois que tu parles seul.

Le mâle en rut suspend son abordage nuptial, pétrifié par la stupéfaction d'entendre une voix enfantine objecter à ses badinages. Dans le salon, un gamin en pyjama végète devant un jeu télé débile. Jean a sept ans, les mains dans les poches, l'air blasé et une tête à claques, du moins c'est l'impression qu'il donne à Zack.

— Heu... Elle est où, Maxine?

— Elle est sortie, dit le gosse sans décrocher de la télé.
— Ah ? Et elle t'a dit quelque chose ?
— Qu'elle sortait.
— Et toi, tu es… ? Le petit frère qu'elle garde un week-end sur deux depuis que vos parents ont divorcé ? Pas son fils, ou une mauvaise blague dans le genre, hein ?

Jean lui octroie une attention vaguement dédaigneuse, avant de se replonger dans son émission de décérébrés.

— Non, je suis le fils de la voisine. Je viens chez Maxine pour regarder la télé. On n'en a pas chez nous.
— Ah ? répond Zack, faisant mine de s'intéresser, mais bien trop crevé pour en avoir quelque chose à secouer des problématiques d'équipement audiovisuel des voisins.
— Ma mère veut pas, elle dit que je me ramollis le cerveau.
— Elle a pas tort, faut faire gaffe avec ces substances, c'est dangereux pour la santé mentale.

Zack parle sans trop savoir ce qu'il raconte tout en parcourant le salon à la recherche de la folle qui l'a entraîné dans cette maison de dingues.

— Ben, justement, je suis malade, c'est pour ça que je dois suivre un traitement.

Ébranlé par l'aveu, Zack se sent coupable d'avoir manqué de sensibilité.

— Ah ? Désolé. C'est pas trop grave, j'espère ?
— Un peu. Je suis surdoué. Les gens imaginent pas la plaie que c'est d'être plus intelligent qu'eux. C'est un peu comme être un géant dans une maison de nains.

On se cogne partout. Moi, je me cogne à la bêtise des autres. Alors, pour me soigner, je me force à me ramollir le cerveau. Pour devenir normal, quoi…

Zack ravale sa compassion et se demande à quel moment il va devoir appeler Sainte-Anne.

— Très bien, très bien. Et Maxine, elle rentre quand ?

— Tu vois, typiquement, là, tu viens de me rappeler qu'on n'est pas pareils, que t'es moins intelligent que moi, et tu me réponds avec cynisme pour le masquer, poursuit le surdoué avec le même ton blasé, à la frontière de la condescendance. Comment tu veux qu'un enfant de sept ans ne bâtisse pas des névroses contre lesquelles il aura à lutter toute sa vie avec des gens comme toi ?

Zack se frotte les yeux et s'efforce de contenir sa pulsion de lui décoller deux tartes, au môme, pour lui apprendre le respect. La parenthèse érotique de la salle de bains lui paraît déjà bien loin.

— OK. Bon, dis-moi, petit, c'est passionnant tout ça, mais tu vois, je suis venu pour Maxine, et…

— Elle est sortie.

— J'avais compris.

— T'as lu la rubrique potins du dernier *Closer* ? Très intéressante. On apprend plein de trucs inutiles sur des gens qu'on connaît pas.

— Mais putain, de quoi tu me parles ? Et d'abord qu'est-ce que tu fous là, au milieu de la nuit à ton âge ? Tu devrais être couché, dit Zack, la patience rongée par l'impertinence du gosse, si bien que lui poussent des élans d'adulte responsable.

— J'ai école dans deux heures.

L'adulte responsable se fige dans une brèche spatio-temporelle.

— Quoi ? Mais quelle heure il est ?
— 6 h 15.

Le poker à la Piscine puis la sauterie au Quai n° 5 ont fait perdre à Zack toute notion de temps. Désorienté par le décalage horaire en pleins préliminaires, le voilà qui doit gérer les délires d'un gamin de primaire.

Une voix de commère perce au-dehors dans son cauchemar éveillé.

— Jean ! Viens te préparer, je sais que t'es chez Maxine ! Rentre à la maison tout de suite !

Jean roule des yeux en poussant un râle typique du ras-le-bol adolescent qu'il tente d'imiter.

— Rooooooooh, non ! Ma mère ! J'en peux plus...

Passant de la parole à l'acte, Jean bondit de son fauteuil et saute par la fenêtre.

— Non !

Zack part à grandes enjambées vers l'ouverture qui a avalé l'enfant suicidaire. C'était un sacré pète-couilles, mais d'ici à se foutre en l'air sans l'ombre d'une hésitation, Zack aurait dû mesurer la gravité de son cas et appeler les secours psychiatriques aux premiers soupçons de folie.

— Merde, petit ! Non ! Pourquoi t'as fait...

Zack sort la tête par la fenêtre et découvre, éberlué, les échafaudages montés contre l'immeuble que les rideaux lui cachaient.

— ... ça ?

Ses mots se noient dans un souffle de surprise. Un bruit métallique au-dessus de lui. Jean gravit les échelles deux étages plus haut. Après un soupir soulagé, Zack s'égosille dans sa direction :

— Ah, putain, t'es là... Attends !

Il se lance à sa poursuite et prend conscience qu'il n'a jamais couru le long d'une façade d'immeuble, encore moins à l'aube, en peignoir de surcroît.

— Gamin, attends !

La main plaquée sur son peignoir pour ne pas exhiber trop de son intimité, Zack gravit les échelons. Ses pieds nus souffrent à chaque marche grillagée qui manque de le faire trébucher.

— Putain, c'est tous des dingues, ici.

Zack le talonne mais trop tard, le gosse acrobate file par une fenêtre qu'il lui claque au nez.

— C'est malin, t'es tout sale. Va falloir que tu reprennes un bain.

Zack relève les yeux. Au-dessus de lui, Maxine, assise sur la corniche de l'immeuble, telle une apparition céleste, contemple l'aube qui point à l'horizon. Quitte à se faire balader, Zack va au bout de l'expédition et grimpe les derniers échelons qui le séparent, si ce n'est du septième ciel, en tout cas du septième étage.

Maxine remplit un autre verre de nuits-saint-georges et le lui tend.

— Prévoyante, à ce que je vois.
— Toujours.

Zack sirote une gorgée de cet excellent premier cru en contemplant la vue, et apprécie le talent de sa mystérieuse inopportune pour créer une ambiance.

— Quand j'étais petite, je marchais souvent sur le

rebord des toits. Les gamins font ça sur les trottoirs, ils se font croire qu'ils sont près d'un ravin…

Maxine parle les yeux fermés, plongée dans sa rêverie. Zack profite de cette introspection pour glisser son regard concupiscent le long de son chemisier, aspiré par la vue de ce sein qui pointe sous la douceur du satin, durci par la fraîcheur du matin, et il réprime sa pulsion de tendre le bout des doigts pour le caresser par-dessus la finesse du tissu.

— … ils imaginent qu'ils peuvent chuter. Moi, j'imaginais pareil sauf que je pouvais vraiment.

— C'est pour t'empêcher de tomber qu'ils ont posé des échafaudages ?

— Ou pour te permettre de monter me chercher ?

Invitation ou provocation ? Engoncé dans son peignoir rose saumoné, Zack s'est rarement senti aussi peu sexy, pourtant la séduction est bien repartie, comme son désir qu'il s'efforce de masquer sous sa tenue décidément inappropriée. Il se donne des coups de latte de n'avoir pas pris le temps de s'habiller avant de se jeter par la fenêtre. Zack a les sens au taquet. À force, le chemisier au matériau délicat, il se verrait bien l'arracher sans ambages et lui bouffer les seins à pleines dents, à la belle, avant de la sauter à même la corniche. Outre l'aspect dangereux des contorsions d'équilibristes au bord du vide, Zack craint un manque de confort et préférerait laisser la rugosité de côté, et se diriger vers un lit moelleux, cédant la priorité à la volupté sur la sexualité. La nuit a été assez rude pour que le vœu soit pieux. Zack se penche sur Maxine pour l'embrasser, drapé d'une sensualité irrésistible, croit-il. Sa conquête se dérobe une fois de plus et porte son verre à ses lèvres convoitées, préférant la saveur du vin à celle du baiser offert. Zack fait machine arrière et actionne les circuits de refroidissement.

— Pour t'empêcher de tomber, donc.

— Comme je t'ai dit, j'ai un deal à te proposer. Votre duo avec Baloo est impressionnant. Sang-froid, tactique, bluff bien dosé, prise de risques mais pas d'inconscience. Toutes les qualités. À la Piscine, tu as fini de me convaincre.

Zack avale son verre d'une traite et change de cap :

— Je t'écoute.

— Alexandre Colbert. Une partie à cinq cent mille euros. Je garde le lieu secret pour l'instant.

« Elle veut s'attaquer à Colbert ? Elle est dingue », pense Zack en se remémorant l'histoire de Dédé. Il vide la bouteille dans leurs verres respectifs. Le nuits-saint-georges premier cru est sifflé sans cérémonie. On a perdu en romantisme mais gagné en concentration.

— T'es pas vraiment manchote aux cartes, alors pourquoi moi ?

— Parce qu'à vous deux, avec Baloo, vous pouvez gagner. Et que moi, je suis disons… trop impliquée.

— Trop impliquée ?

Maxine se calfeutre derrière un regard scellé d'ambiguïté.

— Et les cinq cent mille euros, tu les trouves où ?

— Ça fait partie de mes dons. À toi de me prêter les tiens.

— Qu'est-ce que j'ai à y gagner ?

— Cinquante pour cent du gain. Je fournis l'argent. Zéro risque pour toi.

— Alexandre Colbert, en plus d'être un politicien puissant, est un joueur redoutable. Et réputé. Il paraît qu'il plaisante pas.

— Je vais pas te mentir, Zack, il faudra te faire oublier après ça. Probablement quitter le pays quelque temps. Si tu connais l'homme, tu sais qu'il est influent. Même vaincu, il peut nuire.

— Pourquoi t'es prête à prendre un tel risque?

— Ça, c'est moi que ça regarde...

Zack boit comme on réfléchit.

— Deux cent cinquante mille, hein?

— Pas vraiment de quoi prendre ta retraite, mais au Maroc ou au Mexique, tu vis comme un prince avec cette somme-là, surtout en cash. Le temps que l'affaire s'étouffe. T'as peur?

— Non. J'adore le poker.

Un adversaire de cet acabit, ça le démange de s'y mesurer. Et un quart de million, c'est le genre de chiffre qui fait monter la fièvre. Cette soif de gagner, Zack, elle le dévore. Alors, non, il n'a pas peur, bien au contraire, il est chauffé à blanc.

Maxine, elle, frissonne. Tous les détours empruntés depuis la Piscine, puis la filature jusqu'au Quai n° 5, l'ont menée à cette proposition. Cinq cent mille euros, c'est un gros coup. Un coup énorme même. Mais pour Maxine, il y a un autre enjeu. Zack se demande si c'est la fraîcheur ou l'émotion qui la fait trembler.

— J'ai froid. Je rentre.

«La fraîcheur, donc.»

Maxine se carapate dans les enchevêtrements de l'échafaudage et enjambe l'encadrement qui la mène à son appartement. Zack la suit, émoustillé, mais n'a pas le temps de l'imiter qu'elle referme la fenêtre derrière elle, lui envoie une bise, lui mime qu'elle l'appelle plus tard puis s'éloigne en se déshabillant. Le chemisier de satin chute à ses talons, dernière trace de son passage, et la belle disparaît dans sa chambre. Pris en tenaille entre la frustration et la consternation, Zack reste cloué au plancher d'aluminium, face à la fenêtre de celle qu'il s'imaginait sauter depuis des heures et qui l'a planté là pour se pieuter en solitaire. Il pensait qu'ils s'enverraient en l'air comme des sauvages, que ce serait intense et sale, et putain de bon.

S'il savait... Maxine et le sexe...

La gaule au vent, Zack pense à Laurie. Il se dit qu'il pourrait l'appeler. « T'as raison, connard. Débarquer à l'aube, en peignoir saumon pour un coup vite fait, elle va te recevoir à tirs de carabine. »

— Bon...

Le ridicule de la situation ayant assez duré, Zack reprend sa descente des échelons, il se sent quand même un peu con. « Heureusement, il n'y a personne pour me juger », pense-t-il avant de remarquer le groupe de *gamers* matinaux qui traquent le Pokémon en bas de l'échafaudage et le reluquent avant qu'il ne les rejoigne, mains sur son peignoir. Brise de malaise. Silence de circonstance.

— 'soir, lâche Zack.
— 'soir.
— Pas chaud pour la saison, hein ?
— Non. Pas chaud.

Les politesses d'usage échangées, l'exhibitionniste

présumé se retire vers les rues agitées par la journée qui débute, siffle un taxi, lui garantit un gros billet à l'arrivée sans passer par la case tour de magie, le peignoir ne jouant pas en faveur de l'illusion, puis embarque, direction la maison, sous les yeux des *geeks* médusés.

*Game over.*

Le tapage diurne des rabatteurs de coiffeurs africains s'élève de la rue, ce qui n'empêche aucunement Zack de dormir comme une masse au milieu de son appartement aussi bordélique que le quartier Château d'Eau où il habite. Un poulpe éclaté sur le canapé. Toujours en peignoir, l'haleine rance, la prestance dans les charentaises, il écrase. Son téléphone sonne. Répondeur. Message-annonce crachoteux : « Ouais, c'est Zack. Laissez un message si ça vous amuse, je vérifie jamais. »

Une voix de femme distordue à travers le microphone vieillot entame une engueulade en monologue :

— *Eh ben, il est accueillant ton message. Puisque tu réponds pas à ton portable, j'essaie ce numéro...*

« Merde, Jennifer... », une bimbo latina vulgaire qu'il saute occasionnellement mais dont il s'est lassé, « je l'avais oubliée, celle-là. » À trop multiplier les plans cul bancals, il ne se montre pas à la hauteur côté suivi. Parfois ça le poursuit jusque chez lui.

— *... Une ligne fixe quoi ! T'es resté québlo au vingtième siècle ? Ou plutôt au Moyen Âge vu comment tu traites les meufs...*

La tronche encroûtée dans son coussin, Zack marmonne en émergeant douloureusement :

— Mmmm, putain, Jennifer, tu fais chier.

— *T'es le genre de keumé qu'appelle quand ça*

*l'arrange, hein ? Et moi, j'fais quoi en t'attendant ? J'me démerde avec mes sex-toys ? Au moins eux, on peut compter dessus...*

Il tend la main derrière lui et essaie d'écraser son foutu répondeur pour qu'elle la ferme. Sa jérémiade lui rappelle pourquoi il l'a baisée : elle a un cul atomique, mais elle est plus collante qu'un chewing-gum. Et jalouse avec ça :

— *J'y crois pas, comment t'es trop en train de me ghoster ! T'as été sauter une autre meuf, c'est ça... ?*

« Ouais, grave... »

— Elle est bavarde, ta copine.

Zack sursaute. La marque de l'oreiller dessinée sur la joue, les yeux bouffis, une expression larguée au visage mal rasé, il balaie son salon d'un regard embrumé sous celui amusé de Maxine.

— Oh, putain, tu m'as fait peur..., dit-il en tentant de remettre son cerveau à l'endroit.

Il se sent obligé de préciser :

— C'est pas ma copine... Et qu'est-ce que tu fous là ?

— *J'avais acheté une lingerie bien sexy pour te faire plaiz. Vu que tu m'as prise pour une pute, j't'envoie la facture...*, s'acharne Jennifer qui déballe son coup de gueule en se foutant bien que personne ne l'écoute.

— Je viens te chercher. Faut qu'on aille récupérer les fonds, répond Maxine entre deux injures du téléphone.

— Quoi ? Mais comment t'es rentrée, d'abord ? J'ai une porte blindée.

— Et moi, des épingles à cheveux. Un peu de féminité dans ce monde de brutes et toutes les portes finissent par céder.

— *... Les mecs, vous êtes tous les mêmes ! Des paraplégiques de la communication !*

La mégère non apprivoisée raccroche au nez du répondeur. Zack s'en masse les tempes.

— Wow ! Trop de vibrations féminines au réveil.

— T'es bien bougon, dis-moi.

— Je suis pas matinal.

— Il est 13 heures.

Maxine écarte les rideaux en grand, inondant Zack d'une luminosité bien trop éblouissante pour sa gueule de bois.

— Allez, lève-toi, j'ai préparé le café.

Zack en fait un bond sur le canapé.

— Quoi ? Mais t'es là depuis combien de temps ?

— Assez pour t'informer que t'as besoin d'une douche.

Maquillée et apprêtée, Maxine n'a aucune envie de traînasser, elle veut passer aux choses sérieuses. Apparat d'autant plus saisissant que Zack ressemble à un pochetron qui aurait passé la nuit à cuver dans une benne à ordures.

«Merde, Baloo !»

Les souvenirs de la veille transpercent sa migraine comme une rafale de mitraillette : Colbert, le deal, la projection de sexe avortée, mais surtout l'engueulade avec son pote.

Il saute dans un jean.

— T'es en bagnole ?

— Oui, dit Maxine, surprise par cette accélération soudaine. Tu vas pas prendre une douche avant ? Vraiment, tu pues, Zack.

— Pas le temps, faut qu'on passe chez Baloo.
— Quoi? Mais…
— Je t'expliquerai en chemin.

La BX pile devant la tour de Pantin.
— Attends-moi là.

Zack part comme une flèche, abandonnant Maxine derrière lui.

Peaufinant son florilège d'excuses, Zack gravit les escaliers quatre à quatre. Il entre en trombe dans le studio, le souffle coupé. L'appart semble avoir été dévasté par un ouragan. Aucune trace de Baloo. Par tranquillité d'esprit, Zack appelle les hôpitaux avoisinants.

— Dis donc, il aime les gros calibres, ton ami.

Maxine a profité de la porte laissée ouverte pour entrer et tient un fusil à pompe dans les mains.

— C'est nouveau, dit Zack, lui-même surpris. Où est-ce que t'as trouvé ça?
— Sur le futon.
— Je t'avais demandé de m'attendre dans la voiture.
— Et tu croyais que j'allais t'obéir docilement?

Zack raccroche. Pas de traces de Baloo aux urgences. Reste une solution, son lieu de prédilection.

Maxine manipule le fusil avec une certaine fascination.

— Quoi, t'es tentée? la provoque Zack.
— Non. Je préfère opérer sans arme.
— Ni haine, ni violence?
— Oh, que si, dit Maxine du noir dans les yeux. Et à ce propos, on a une affaire en cours, je te rappelle.
— D'abord, je dois régler ce merdier avec Baloo.

— Si t'es pas dispo, je peux chercher un autre partenaire.

— Pourquoi t'es si pressée, d'un coup ?

— J'ai eu mon contact, ce matin. Colbert a accepté la partie. C'est pour dans deux jours.

Zack jongle avec les casseroles sur le feu.

— Oh… je vois.

— J'ai attendu ce moment longtemps. Je suis prête. Si j'ai fait le mauvais choix, dis-moi, que je puisse changer de cheval.

Zack lui retire le fusil des mains et le jette sur le lit.

— Non, non. Mais je fais pas un coup aussi gros sans Baloo. Et j'ai ma petite idée de l'endroit où le trouver.

Pressée d'en finir avec ce contretemps, Maxine conduit sa BX bien au-dessus de la vitesse autorisée. Zack détaille la bagnole, plus pourrie que vintage.

— Tu peux dégotter cinq cent mille euros et tu roules dans cette insulte au confort et au design ?

— Je suis sentimentale.

Rendu nerveux par la découverte du fusil dans le studio, Zack tire une longue taffe. Il explore le tableau de bord.

— Il est où, le cendar ?

— Y en a pas.

— Comment ça, y en a pas ?

Maxine désigne un trou béant à la place du réceptacle à mégots.

— J'ai pas pris toutes les options. Je préférais le GPS intégré, ironise-t-elle.

Zack mouline la poignée manuelle dans un soupir

et jette ses cendres par la vitre ouverte. Maxine suit les indications de son copilote jusqu'au parking d'un hangar. Sur l'enseigne, elle lit:
— *Francky's Boxing Club*? Vraiment?
— J'en ai pas pour long.

Zack arpente la salle à la recherche de Baloo en saluant les boxeurs qui déshabillent la belle derrière lui d'un même regard gourmand. Prise à la gorge par l'odeur trop chargée en hormones mâles, Maxine se poste dans un coin, se faisant la plus discrète possible.
Zack rejoint l'entraîneur.
— Salut Francky. T'as pas vu Baloo?
Le petit bonhomme, aussi bourru que trapu, fait un signe du menton en direction du ring sur lequel Baloo s'entraîne contre un sparring-partner un poil malingre pour la tâche qui lui incombe. Trop occupé à pilonner de gauches-droites le pauvre sparring qui se cache derrière ses pads, Baloo ne semble pas remarquer son ex-pote qui fait un détour par les vestiaires et ouvre un casier à son nom.
Une pièce de deux euros dégringole par la fente d'un distributeur et libère une bouteille de boisson énergétique. Maxine avale le breuvage infect sous l'œil inquisiteur d'un boxeur qui se rapproche.
— On peut vous renseigner, ma jolie?
— Pas la peine, merci. C'est vrai que c'était compliqué mais j'ai fini par comprendre comment fonctionne la machine.
— On fait de l'esprit? se vexe le boxeur pas assez con pour ne pas se rendre compte que la donzelle se fout de sa gueule.

Maxine esquive le conflit en toute féminité.

— Pourriez-vous m'indiquer où se trouvent les toilettes pour femmes, je vous prie ?

— Y a pas de toilettes pour filles, y a que des gars, ici.

Le boxeur écrase son épaule contre le distributeur et plaque sa main sur le casier, maintenant Maxine prisonnière contre le mur derrière elle. Le nez sous l'aisselle dont l'odeur lui confirme qu'il s'entraîne depuis un moment déjà, elle a cerné le point faible de son adversaire – le machisme benêt – et riposte d'un imparable :

— J'espère qu'il y a une poubelle dans vos toilettes. J'ai mes règles et je ne voudrais pas me débarrasser de mes serviettes hygiéniques dans la cuvette, ça risquerait de la boucher.

Double combo, le boxeur, sonné par le dégoût de la problématique menstruelle, valdingue dans les cordes. La demoiselle fluette, que son fumet viril indispose franchement, l'envoie au tapis pour le compte.

— Au risque d'abuser, vous n'auriez pas un distributeur de tampons ? Je suis à court.

Le boxeur, pris d'un haut-le-cœur, décroche ses muscles du mur.

— Raaaaaah, putain, les gonzesses, quand vous avez décidé d'être dégueu !

— Freddo, laisse donc mademoiselle respirer, l'engueule Zack qui réapparaît dans la salle, affublé de son équipement de boxeur.

— J'te la laisse, mec. Elle est comme qui dirait indisposée.

— M'étonne pas, même un rat d'égout succomberait à tes effluves, dit Zack en enfilant ses gants.

Maxine, que ces plaisanteries de vestiaire ne font pas rire, perd patience :

— Bon, c'est pas que votre compagnie, aussi délicieuse soit-elle, m'ennuie mais on n'a pas que ça à faire, Zack.

— Suis à toi dans cinq minutes.

— Ouais, j'te la laisse, elle est faisandée.

Le boxeur n'a pas fini sa vanne à deux balles que la main de la belle lui agrippe les testicules. L'expression de Maxine a changé. Sa poigne fait plier le lourdaud du haut de ses cent vingt kilos. La respiration coupée, Freddo contemple le plafond sans broncher, de peur que le moindre de ses mouvements ne lui fasse perdre définitivement ses attributs masculins. Il a raison de rester prudent, mais il aurait dû y penser avant.

— Je ne suis pas de la viande, je ne suis pas faisandée et ton humour commence à m'agacer.

Freddo pouffe, la douleur lui remonte jusqu'aux amygdales.

Zack s'est figé, comme le reste de la galerie unanimement captivé. Nouvelle secousse testiculaire, Freddo sent les ongles le pressuriser et regrette de ne pas avoir écouté sa maman qui s'est échinée, des années durant, à l'éduquer pour en faire, non pas un gentleman, mais déjà un mec bien.

— Et je ne suis à personne. Compris ?

Maxine tire un coup sec avant de libérer sa prise qui s'écroule à genoux, mains sur les bourses, bouche grande ouverte. Ne voulant pas d'emmerdes avec la demoiselle, les autres boxeurs, un soupçon d'inquiétude au fond du short de sport, s'en retournent se taper sur la tronche entre gens de bonne compagnie.

Zack hoche la tête pour s'assurer que tout va bien. Maxine acquiesce, une expression au visage d'une dureté qu'il ne lui connaissait pas. Note à lui-même : « Ne pas tenir de propos sexistes devant elle à l'avenir. Même pour rigoler. » Il tient à ses couilles.

Sur ces bonnes pensées, Zack monte sur le ring et fait signe au sparring de lui filer son casque de protection et de lui céder la place. Baloo le harponne du regard. Depuis que Zack a mis les pieds dans la salle, il l'a gardé en vision périphérique, sans le calculer, du moins en apparence. Zack le sait, il le connaît par cœur, bien sûr que Baloo l'avait dans le collimateur, et évidemment qu'il va passer un sale quart d'heure.

Mais que ne ferait-il pas pour son meilleur ami?

Comme se lancer dans la cage d'un ours, un mètre quatre-vingt-quinze en déroulé, quarante-six centimètres au garrot, les muscles saillants, les avant-bras prêts à abattre des murs d'incompréhension. Baloo le provoque d'un geste du gant : « Allez, viens, mon poto, on va s'expliquer. Je t'attends. »

Maxine enjambe l'abruti qui gît à ses pieds et se rapproche de l'arène. En fins connaisseurs, les autres boxeurs font une pause pour assister au match qui promet d'être beau. Aucun ne voudrait en rater une miette, ni même une déchirure d'arcade sourcilière.

Les deux combattants sautillent et se tournent autour. Baloo danse d'un jeu de jambes étonnamment aérien si on considère ses cent quinze kilos de barbaque.

— T'es venu avec elle? Vous vous quittez plus. C'est pour quand le mariage?

Il décoche deux crochets au but. Zack encaisse dur malgré son casque.

— Arrête avec ta jalousie. D'accord je me suis comporté comme un con hier, j'ai pas d'excuse, j'te demande pardon. Mais là j'arrive de chez toi, j'espérais te trouver dans ton lit, à la place, y a un fusil à pompe. Tu m'expliques ?

Deux autres crochets. Zack n'en esquive qu'un. Quatre boxeurs l'encouragent. Les paris sont ouverts.

— Je vais buter Krako.

— Quoi ?!

La surprise lui fait l'effet d'un uppercut, onde de choc suivie par un gauche, véritable celui-là, qui le projette dans les cordes.

— Putain, mais tu débloques à pleins tubes !

— Au contraire, j'ai les yeux ouverts. Je vais me battre pour l'ordre moral.

— En faisant le kamikaze contre la mafia ?

Baloo confirme d'une salve de directs pleine poire. Crochets, parade. Zack est acculé dans les cordes, pris dans la furie de son pote.

— On est pires que ces mecs à leur fenêtre qu'assistent à un viol mais qu'interviennent pas.

Baloo lui avait bien confessé la teneur de ses excursions nocturnes. Zack avait jugé qu'après tout, si ça lui faisait du bien, il n'y voyait pas d'inconvénient, tant qu'il s'en prenait à des connards. Il craignait que ça puisse déraper. Comme à son habitude lorsque son ami part dans des délires lunatiques, Zack tente la diversion avec la promesse d'une réjouissante arnaque.

— OK, OK, j'ai compris. Mais écoute-moi, cette

fille-là, elle nous propose un plan. Deux cent cinquante mille balles pour nous. Une grosse partie. De quoi se mettre au vert quelque temps. Tranquilles. Juste toi et moi.

— Non, fini le jeu, je passe à l'action.

Baloo lui pilonne le ventre. Zack se replie sous ses coudes en attendant que l'averse passe. Sentant qu'il n'arrivera ni à le manipuler, ni à le corrompre, il décide de jouer sur la corde sensible, mais avec sincérité.

— Fais pas le con, oublie Krako. S'il te plaît, fais-le pour moi. S'ils te dégomment, je m'en remettrai pas.

Son pote qui ouvre son cœur sans cynisme ? C'est assez rare pour être noté. Baloo s'adoucit. Les coups se font moins violents.

— T'es plus que mon pote, t'es ma famille. Si je te perds, je perds tout. Tu connais ce sentiment, non ?

C'est le plus proche d'une déclaration d'amour que Zack ait jamais faite. Bien joué, la corde résonne. La famille, pour Baloo, c'est sacré. La tempête de coups s'est arrêtée. L'orage s'éloigne. Zack ose mettre le nez dehors, et baisse sa garde. Baloo s'approche, il le domine, menaçant, puis, touché par la marque d'amour de son frère, le serre de ses immenses bras. Zack se retrouve étouffé entre les pectoraux de son unique ami. Embrassades brèves mais intenses, puis reprise des palabres.

— C'est pour quand ?

— Dans deux jours. On va récupérer les fonds, là. On se fait un point ce soir pour discuter des détails ?

Baloo catapulte un gauche terrible. Zack décolle pour mieux s'aplatir sur le ring.

— Passe me prendre à 20 heures.

Zack reste au tapis, inerte. Les parieurs échangent les billets. Baloo descend du ring en ôtant ses gants avec les dents et leur confisque l'argent.

— On parie pas sur des potes qui se réconcilient.

Maxine part s'enquérir du pronostic vital de Zack toujours K.-O.

— Hé, qu'est-ce que vous faites là, vous ? aboie l'entraîneur. Pas de talons sur mon ring.

— Y a un mort sur votre ring. Vous vous sentez pas concerné ?

— Zack, mort ? Vous voyez pas qu'il s'est couché, c'te lavette. Il encaisse jamais un vrai coup. C'est du pipeau, ma petite. Faut vous méfier de c'gars-là, il ment tellement qu'il finit par croire qu'c'est vrai, c'qu'y raconte.

Pourtant Zack ne donne aucun signe de vie.

— Vous êtes sûr ? demande Maxine.

— Euh…

Le doute s'installe, même chez l'entraîneur, puis une voix d'outre-tombe s'élève du mort-vivant :

— T'es dur, Francky.

Zack se relève péniblement au-dessus des traces de sang qu'il laisse sur le tapis, passe sous les cordes, manque de s'écrouler et les rejoint en se tenant les côtes. Clin d'œil tuméfié à Maxine :

— C'est bon, je l'ai convaincu.

Francky l'inspecte avec un paternalisme dénué d'empathie.

— Fais voir ta gueule, fiston.

Diagnostic : malgré le casque de protection, Baloo a fait des dégâts.

— OK, j'ai rien dit, t'as vraiment morflé. Va prendre une douche, je vais te refaire une beauté.

Zack se tourne vers Maxine et lui craque un sourire ensanglanté.

— Aaaaaaaah, la fameuse douche, enfin.

Il prend son entraîneur à partie :

— T'es un vrai père pour moi, Francky. Paraît que je pue.

— J'te confirme.

Zack claudique vers les vestiaires. Maxine ne sait pas si elle doit être admirative ou atterrée, une chose est sûre, ce garçon a de la ressource. Un mollard craché à ses pieds la ramène à la magie de l'instant.

— Pardon, j'en ai foutu à côté, bave Francky avec une mauvaise foi assumée.

Il s'empare d'une serpillière et nettoie son mollard en prenant bien soin de saloper au passage les talons hauts de la belle, au cas où elle n'aurait pas compris qu'elle n'est pas la bienvenue.

— Allez donc attendre dans vot' carrosse, princesse. J'm'occupe de vot' prince charmant.

La classe, ce Francky.

L'expression que Maxine lui renvoie ne pourrait être plus hautaine mais elle ne se fait pas prier. Le show est terminé.

15 h 35. L'heure de la sieste. Du moins, c'est ce qu'on pourrait croire à la vue de la rue déserte. Pas un chat à la ronde, ni même un poulet, conditions optimums pour la suite du déroulé.

Maxine se gare face à un établissement bancaire dont la façade écrase le quartier de son faste arrogant.

— Une banque, hein ? dit Zack, enfin propre et pansé, pas vraiment pimpant, mais au moins il ne pue plus.

— Qu'est-ce que tu croyais ?

— Que t'avais une planque dans un hangar ou dans une baraque au fond d'un bois.

— Ben non, tu vois.

— Tu comptes retirer un demi-million cash à la banque ? Tu te fous de moi ?

— Non, juste ce qu'il me manque.

Elle sort son revolver chromé de sa veste et le range dans la boîte à gants.

— Je t'ai rencontré plus tôt que prévu, ça a précipité ma levée de fonds. J'ai accumulé quatre cent cinquante mille avec le poker. Manquent cinquante mille pour que le compte soit bon, dit-elle en enfilant une longue perruque brune dont la frange lui masque le front, et des lunettes de vue à la monture épaisse et aux verres fumés, quelques accessoires simples qui suffisent à la rendre méconnaissable.

Zack tangue entre la fascination et la consternation.

— T'espères berner une caméra à reconnaissance faciale avec ton postiche ?

— Non, juste leur donner du fil à retordre. Tu sais que j'aime bien ça, donner du fil à retordre.

— Tu serais pas en train de m'embringuer dans un braquage, là ?

— Si. C'était le deal, non ? D'abord Colbert, après on se fait oublier au Mexique. La première tournée de margaritas est pour moi.

Elle l'embrasse du bout des lèvres.

— Tu peux te barrer pendant que je suis là-dedans, mais tu dis adieu à tes deux cent cinquante k.

Et, laissant derrière elle un Zack circonspect, elle s'en va virevolter jusqu'au sas de sécurité après un chantonnant :

— J'en ai pour deux minutes.

Maxine a choisi un établissement en retrait de la ville. La paranoïa de la capitale autour de l'insécurité ne facilite pas la tâche du petit larcin, alors pour ce genre de casse, elle préfère opérer dans l'anonymat d'une ville de banlieue. Les établissements financiers y regorgent autant du pognon du contribuable mais, assoupis par leur monotonie périphérique, ils se laissent surprendre plus aisément.

Au comptoir, un jeune guichetier, vingt ans à peine, tout frais sorti des jupes de sa mère, le geste incertain, le costume mal ajusté, les trois poils de duvet rasés de près. La cible idéale. Quelques clients devant elle. Maxine patiente en lisant des brochures sur les placements boursiers.

Arrive son tour. La voix juvénile du guichetier confirme la verdeur qu'elle prêtait à sa future victime.

— Bonjour, madame.

— Mademoiselle, le corrige-t-elle.

— Pardon, se reprend-il, mademoiselle.

— J'aurais besoin de cinquante mille euros en liquide, s'il vous plaît. C'est pour emporter.

— Euh… Vous avez fait une demande au préalable ? Nous ne pouvons fournir cette somme si vous n'avez pas effectué une demande quarante-huit heures auparavant.

— Non, mais je suis sûre que vous pouvez faire un petit effort.

— Je suis désolé, madam… pardon, mademoiselle, c'est impossible. Je peux vérifier sur votre compte si…

Le guichetier tapote de ses doigts nerveux sur son clavier.

— Quel est votre numéro de compte ?

— Ah, mais je n'ai pas de compte chez vous.

Maxine rayonne d'ingénuité. Le guichetier, lui, se met à s'effriter.

— Pardon ?

— Non, attendez…

La cliente, que le guichetier pense écervelée, farfouille dans son sac à main et en extrait deux flacons en verre gros comme le pouce, qu'elle pose sur le comptoir.

— Voyez-vous, je n'ai plus que quelques semaines à vivre. Quelques mois, selon les médecins les plus optimistes. Une forme de virus au nom imprononçable. Vous connaissez la science, si les noms ne paraissent pas imprononçables, ça n'a pas l'air exceptionnel. Moi, l'exceptionnel, je suis en plein dedans. Vous vous y connaissez en bactériologie, jeune homme ?

— Euh... non...

Le guichetier ne sait pas s'il doit rester cordial ou appeler la sécurité.

— On fait des choses incroyables de nos jours, poursuit la déséquilibrée en face de lui. Moi, par exemple, mon sang se solidifie assez lentement pour que je survive encore quelques mois, mais je vais morfler.

— Je... je suis désolé.

— Pas autant que moi. Comment vous appelez-vous ?

— Mathieu.

— Vous voyez, Mathieu, j'aimerais en profiter pour faire un beau voyage. Donc si vous pouviez me donner ces cinquante mille euros, ça aiderait à faire passer la pilule, si j'ose dire.

Le guichetier englué d'embarras cherche une solution. Pour elle comme pour lui.

— Je... je suis désolé, madame, mais je...

Maxine déroule son numéro sans l'écouter.

— Ah oui, et ces petits flacons contiennent les bactéries qui me bouffent le sang. Je suis dans la recherche, je les fabrique moi-même. C'est comme ça que je les ai attrapées. Mauvaise manip. Enfin on s'en fout, ce qui vous intéresse, vous, c'est que si je fais tomber un de ces flacons, je fais partager mon sort à tous ceux qui sont là. Moi je suis plus très concernée.

Du bout des doigts, elle fait rouler les flacons sur le bord du comptoir. Le guichetier cherche à attirer l'attention du vigile de son regard insistant. Maxine remarque le SOS oculaire.

— Ne cherchez pas à alerter qui que ce soit, le temps qu'ils réagissent...

Elle pousse le flacon du bout de l'ongle et lui fait perdre l'équilibre jusqu'à ce qu'il roule dangereusement vers le vide. Le guichetier réprime un cri. Maxine retient le saut fatidique in extremis.

— Mathieu, vous êtes là depuis quoi ? Un mois ? Six à tout casser ? Même pas en CDI.

— CDD pour la saison.

— Encore pire. Payé au SMIC, dans deux mois ils vous jettent sans remerciement et sans prime. Vous allez risquer votre vie pour eux ? Cet argent ne vous appartient pas, il est assuré, ne vous inquiétez pas. Je ne m'en prends pas à vous, je truande un système qui survit grâce au fric qu'il nous vole en toute légalité. Maintenant, il faudrait vous dépêcher, sinon ça va avoir l'air louche.

Le guichetier vide son coffre en tremblotant, prenant soin, en employé consciencieux, de faire l'appoint. Grâce à sa logique insensée, la braqueuse pacifiste l'a presque convaincu de la légitimité de son geste.

Le client derrière elle commence à s'impatienter et trépigne bruyamment pour la presser, Maxine l'amadoue d'un sourire enjôleur.

— Y en a plus pour très longtemps, désolée.

Le client se replonge dans son journal et fulmine derrière les pages du CAC 40 qui a encore clôturé en baisse la veille.

Le guichetier tend la pochette remplie de liasses de billets, l'œil rivé sur le doigt de Maxine qui joue avec ses flacons.

— Merci, c'est très aimable à vous.

— De rien.

Maxine s'apprête à se retirer puis se reprend, comme si elle avait oublié quelque chose.

— Ah ! Au risque d'abuser, je pourrais avoir un étui à carte bleue ? Le mien est tout déchiré.

— Euh… Mais bien sûr.

Le garçon candide sort un étui neuf d'un tiroir et le pose sur la pochette d'argent volé.

— Merci, dit Maxine en fourrant le tout dans sa sacoche. Et… ça vous dérange pas si je vous prends cette brochure ?

— Non, non, c'est gratuit.

Le guichetier navigue à vue, radio en berne, la tour de contrôle ne répond plus.

— Ah, très bien, dit Maxine en pliant le fascicule. Maintenant, il faut que je vous avoue une chose. Je vous ai menti.

Le sang fuit le visage du pauvre garçon.

— Seulement un des deux flacons contient le virus. Choisissez lequel.

Le client derrière elle fait savoir son agacement d'un soupir sonore.

— Dépêchez-vous, vos clients s'impatientent.

Déconfit, le guichetier choisit le flacon de droite. Maxine s'empare de celui de gauche.

— Bien. Pour la suite, vous attendez que je sorte, sachant que c'est peut-être moi qui ai encore le bon et que vous n'avez aucun intérêt à tenter votre chance. Vous expliquerez la situation à la police et rien ne vous arrivera. Ensuite vous irez acheter du Lexomil. Vous verrez, c'est un calmant très efficace. Bonne journée.

La braqueuse déguerpit en laissant tourner le flacon sur le comptoir. La toupie mortelle longe le vide en équilibre instable. Le client suivant se rue contre le comptoir, bien résolu à partager son mécontentement.

— Eh bien, vous avez pris votre temps !

Dans l'élan, il bouscule le flacon. Et le temps, comme le cœur du guichetier, se met à battre au ralenti. Le flacon éclate au sol. En mille morceaux. Terrorisé à l'idée d'ingérer le virus, le guichetier se demande combien de temps il pourra tenir en apnée avant l'arrivée des secours. Il n'entend même plus les flopées d'injures qu'éructe le client hors de lui.

À l'extérieur de la bulle bancaire, la vie bat au rythme normal. Zack s'en grille une derrière le volant. Il a laissé tourner le moteur.

Maxine sort de l'établissement toute guillerette, ouvre le coffre de la BX, dépose la sacoche dans le double fond, puis va s'installer à la place du passager, ravie.

— J'ai été servie par un jeune homme charmant.

— Content de l'apprendre.

— Contente que tu aies choisi de rester.

— J'avoue que t'as une façon de jouer avec le feu qui me plaît bien.

— Si tu veux pas qu'on poursuive cette conversation en taule, faudrait quand même démarrer.

— Ben voyons.

Zack met le pied au plancher. Et Maxine de conclure :

— J'espère que Baloo aime les enchiladas.

La départementale défile sous les roues de la BX. Aucun coup de feu n'a été tiré, aucun gyrophare à leurs trousses, reste à gérer la falsification des plaques au pare-chocs et les fugitifs en cavale pourront rentrer au bercail. Pas franchement grisé par le plaisir mécanique – impossible d'avoir une conduite sportive avec un tel veau –, Zack pilote sans ivresse la Citroën mollassonne. Il doit avouer que, si la caisse manque de glamour, sa propriétaire, elle, lui fait péter les compteurs.

— Tu fais ça souvent ?

— C'est la première fois, dit Maxine en enfournant perruque et lunettes dans un sac-poubelle. Si j'avais su que c'était si simple, je m'y serais adonnée plus tôt.

— On aurait peut-être pu trouver un moyen moins compromettant de collecter les fonds, non ?

Maxine rabat son siège et s'assied dans le sens opposé à la marche, pieds sur son dossier, dos appuyé contre la boîte à gants, et s'affaire à se passer du vernis à ongles sur les orteils. Grâce à cette position pour le moins inhabituelle, elle peut parler yeux dans les yeux avec le conducteur et ne s'en prive pas.

— Je te croyais joueur.

— Je le suis.

— Au moins comme ça, on n'aura pas la tentation de faire marche arrière.

Zack a l'intuition qu'elle dit ça autant pour elle que pour lui.

— Et bonus non négligeable, ça fait de toi mon complice, dit-elle en soufflant sur ses ongles. Maintenant si je tombe, tu tombes avec moi.

Son mélange de malice et de charme fout le bordel dans la concentration de l'homme derrière le volant qui a du mal à garder son attention sur la route et embraie d'un air détaché :

— Ben on va faire en sorte de pas perdre l'équilibre, alors.

Maxine tisse sa toile autour de lui, Zack n'est pas dupe. Il y a quelque chose d'autre derrière tout ça. S'il remporte la partie, ils seront tous les deux gagnants, mais pas au même prix, et pas du même gain, ce qui change pas mal la donne. Il est temps de jouer cartes sur table.

— Bon, c'est très drôle ton petit numéro, mais si tu m'expliquais pourquoi t'es capable de te foutre les flics à dos pour une partie de poker ? Qu'est-ce que t'as contre ce Colbert ?

Maxine ripe et renverse du vernis sur son siège. Elle en profite pour esquiver la question.

— Ah bravo, j'en ai foutu partout.

— Cette partie, tu l'as dit, tu la prépares depuis longtemps, pourtant tu veux pas l'affronter toi-même alors que t'es une putain de joueuse.

— Et ?

— Tu fais pas ça pour la thune.

Maxine se barricade dans le mutisme. Le charme s'évapore, contrairement au vernis qui s'incruste.

— T'as peur que ton mental joue contre toi. Et si le mental te lâche, t'as beau être la meilleure joueuse du monde, ça va se voir. Et tu vas finir dans le fossé.

— Je t'ai proposé un deal, Zack, pas une psychanalyse.

— T'as quelque chose de personnel contre ce gars. Je sais pas ce que c'est, mais le rouge dans ton regard me dit que ça a rien à voir avec le fric, ça sent plutôt le sang. Alors réponds : qui c'est ce Colbert pour toi ?

Maxine bouillonne, elle savait qu'elle allait devoir dévoiler cette carte. De peur d'échauder son challenger, elle ne voulait pas s'y plier trop tôt.

— Mon père.

Elle plante ses yeux dans ceux de Zack avec une expression qui dit : « Continue à creuser et je te tranche la gorge. »

La révélation remet tout en perspective. De leur rencontre calculée au contrat, sa motivation et ses enjeux. Zack en oublie la route.

Une demi-seconde.

La BX dévie de sa trajectoire, quelques degrés sur la voie opposée. Une Audi TT, en train de doubler dangereusement un gros bahut qui lui masquait la vue, fonce sur eux à cent cinquante kilomètres-heure. Klaxon, crissement de pneus, Zack a tout juste le temps de remarquer que le conducteur pressé a une drôle de tronche de tomate écrasée, se ressaisit et braque.

Il a de bons réflexes. Mais une bagnole pourrie.

La BX dérape sur la bande d'arrêt d'urgence et, comme le mental de Maxine, s'envole dans le fossé.

Zack n'a jamais montré un grand intérêt pour

le flipper. Un jeu aux règles trop basiques, peu de challenge côté adresse, et le gain d'une partie gratuite, au final, n'a rien de passionnant. La BX, par contre, s'en donne à cœur joie. Son côté vintage, probablement. Elle rebondit de bumper en bumper, dévale la pente en de multiples tonneaux et finit par se compresser en une boule de ferraille compacte au fond du ravin.
*Tilt !*

Pliée dans le fossé comme dans une presse hydraulique, la BX repose sur le toit, le pare-brise enfoncé dans le sol, un des flancs embouti contre la pente, l'arrière est tordu en L, l'autre aile en V. À l'Argus, la caisse vaut plus rien, par contre elle doit pouvoir trouver sa place dans un musée d'art moderne.

Le silence a repris ses droits dans ce petit coin de verdure, perturbé seulement par le gazouillis des oiseaux, accompagné du cliquetis mélodique de la mécanique qui agonise. Et par la voix de Zack, à peine perceptible, qui affleure de la carcasse concassée :

— … Ah putain… saloperie de chauffard… m'a grillé la priorité…

À l'intérieur de la caisse, une veilleuse et des filets de lumière filtrée par quelques trous disséminés dans la tôle percée permettent aux passagers de ne pas être noyés dans l'obscurité. Zack, toujours maintenu par sa ceinture de sécurité, pend la tête en bas, tassé dans son fauteuil informe. Le corps contorsionné de Maxine est passé de moitié à l'arrière. Son bras tirebouchonné dans son dos appuie sa main contre la joue de Zack. Sa cuisse, elle, repose à portée de bouche du conducteur. Un véritable origami humain.

Les passagers n'ont aucune liberté de mouvement au creux de cette boule d'acier chiffonné. Peu de sang. À moins de dégâts internes, ils ne risquent pas l'hémorragie.

Zack marmonne, les yeux fermés, tel un fiévreux en délire :

— … J'avais pas eu d'accident depuis mes treize ans…

— Ta gueule, Zack, je compte mes os, tu me fais tromper.

— … et pas même une goutte d'alcool dans le sang… Quel gâchis…

— Si tu te tais pas, je t'achève.

Les échanges sont au diapason de leurs battements de cœur : calmes. La chamade a ralenti quand la BX a parachevé son roulé-boulé dans les racines des pissenlits. Faisant mentir tous les pronostics, ils ont pu réaliser, à leur grand étonnement, qu'ils n'étaient pas morts.

Zack ouvre les yeux et constate que la cuisse de Maxine se trouve à un souffle de lui. Le pantalon déchiré révèle la peau lacérée. Des dizaines de scarifications dont certaines sont fraîches. Zack tique, mais ne dit rien. Pour l'instant.

— Pas trop abîmée ?

— Non, ça a l'air d'aller. J'ose pas trop bouger. Toi ?

— J'crois que j'ai l'annulaire cassé. C'est con, c'est celui qui stabilise la queue au billard.

Zack bouge la tête pour remettre ses esprits en place et frotte malencontreusement sa joue à la main de la passagère qui pend face à lui.

— On se fait câline ?

Si une innocente plaisanterie peut aider à détendre l'atmosphère, à défaut de la tôle pliée…

— Zack, je peux pas bouger d'un pouce alors calme tes ardeurs, c'est déjà assez pénible de sentir ton souffle contre ma cuisse.

Raté pour la détente.

— J'ai pas bougé. C'est toi qu'es venue contre moi.

Zack ricane tout seul à sa blague. Ses côtes le lancent. Pas sûr qu'il soit en meilleur état que la BX. Maxine, elle, n'a pas envie de rire.

— Si tu profites de la situation, je te jure que tu vas regretter d'avoir survécu à l'accident.

Zack tente d'atteindre le loquet mais ses articulations désaxées le bloquent.

— J'arrive pas à défaire ma ceinture. Ta main est pas loin. Tu penses pouvoir accéder au loquet ?

— Où ?

— Sur la gauche. Utilise ta main droite.

Maxine parvient à déplacer son bras de quelques centimètres et à l'étirer vers le haut.

— Faut que tu me guides.

— À droite… Encore…

La main de Maxine tâtonne sur la cuisse de Zack. Tout près de son entrejambe. Pudique, elle rebrousse chemin.

— Désolée, je… je voulais pas… je vois pas…

— Non, non, au contraire, repère-toi avec ma jambe. Remonte-la. Le loquet est au bout.

— Là ?

La main palpe le paquet de Zack qui préfère rétablir le tir.

— Non, de l'autre côté.

— Pardon.

Gênée, Maxine contrebraque.

— Là ? Là ? Je sens rien. J'y suis, là ?

— Je sais pas, je vois p…

La ceinture se débloque. Zack chute la tête la première entre les cuisses scarifiées.

— Sors de là immédiatement.

— Désolé. Le hasard, se justifie Zack qui n'a rien à se reprocher mais qui se sent quand même coupable.

— Je crois pas au hasard.

Au prix de mille torsions douloureuses, Zack parvient à extraire sa tête d'entre les cuisses de Maxine qui les referme aussitôt. Elle les presse. Fort. Elle n'a pas apprécié l'intrusion. Du tout.

La tête de Zack penche dans le vide, il est bon pour un torticolis, en plus d'un check-up complet à l'hôpital.

— Ça te dérange pas si je repose ma tête ?

Au vu de la situation, Maxine n'a d'autre choix que d'adoucir son attitude.

— C'est gentil de demander… Vas-y.

Zack repose sa nuque endolorie sur la cuisse opportune, cette fois. Il en savoure l'odeur. Une parenthèse de sensualité. C'est toujours ça de pris.

Maxine se tord dans tous les sens, espérant ouvrir la porte arrière. En vain.

— On est coincés.

Constatation posée. Sans défaitisme. Du moins pas encore. Maxine abandonne ses efforts, se disant que les secours ne devraient plus tarder.

— T'as fait fort, la voiture est complètement pliée.

— Mais nous, on a rien.

— J'adorais ma BX.

— Cette chiotte ?
— On y était bien assis.
— C'est sûr que là, côté confort, elle a pris cher.
À la recherche d'un appui, la main de Zack touche le ventre de Maxine qui la remet dans l'axe.
— C'est mon ventre, Zack.
— Pardon.
— Arrête de bouger, ça vaut mieux.

Lassés du manque d'enthousiasme de leur auditoire dans ce bout de campagne désert, les oiseaux se sont tus. Zack a pris leur relais et sifflote *Il en faut peu pour être heureux*, preuve d'un bel optimisme, vu qu'ils sont toujours comprimés dans leur boîte de conserve. Cet excès de positivité aurait plutôt tendance à agacer Maxine. D'autant que sa vessie tire la sonnette d'alarme depuis une bonne demi-heure qu'elle tente de garder contenance. Et comme les sirènes de pompiers ne résonnent toujours pas, que la BX a eu la riche idée de s'écraser hors de vue de la départementale et qu'aucun conducteur n'a été témoin de leur vol plané, elle a bien percuté qu'ils sont naufragés sur une île déserte. Alors, avec son envie insistante de se soulager, Zack qui se croit dans une comédie musicale, ça commence à lui courir sur le système.

Maxine donne des amorces de coup d'épaule bien vaines contre la portière.

— Garde tes forces.

— J'ai envie de pisser, Zack.

Depuis l'adolescence, Maxine s'entraîne à dissimuler ses émotions, mais là, avec sa vessie en pleine bérézina, elle lui ferait bien bouffer son zen à grands seaux de tabasco.

— Je fais aussi ça pour toi. Je suis pas sûre de tenir

encore très longtemps et on n'a aucune idée de quand on va nous sortir de là.

— À situation désespérée, on n'en mourra pas. Tu vas pas te rendre malade pour une question de convention.

— Je me pisserai pas dessus. Tu me connais mal.

— Je te connais même pas du tout.

— Et ça t'inquiète ?

— Disons que je me méfie. C'est quoi ces cicatrices sur ta cuisse ?

— Rien qui te concerne.

Maxine donne un nouveau coup dans la portière. Elle force, mais rien n'y fait.

— Oooooooooh !! Y a quelqu'un ?! On est là ! On est encore vivants, faudrait vous énerver un peu !

— Je pense pas qu'on nous entende.

— À pas gueuler, le contraire serait étonnant. Tu veux pas klaxonner plutôt que de jouer les blasés ?

— J'ai l'omoplate enfoncée dans le klaxon depuis des heures. J'en conclus qu'il marche plus.

— Chier.

— Tu craques.

— Ça va, lâche-moi.

Dos au mur, ou, plus précisément, à une portière emboutie, Maxine perd son sang-froid par litres, une véritable hémorragie.

— Si je te suis, faut que je sois sûr que tu vas pas me planter. Et là, tu craques.

— Ça n'a rien à voir.

— Ça a tout à voir. Ton père est un homme dangereux. J'ai zéro problème pour me battre contre lui mais je peux pas te suivre si je peux pas avoir confiance.

— J'ai juste envie de pisser, OK ?

— Alors pisse, si c'est pour pas craquer.

Un flingue se dresse sous le nez de Zack. Le revolver de la boîte à gants. « Quand est-ce qu'elle l'a récupéré ? » S'il a pu contester ses talents de bluffeuse, il lui en découvre de prestidigitatrice. Il ferme sa gueule. Maxine le menace dans une position suffisamment inconfortable pour tirer par accident. Sans compter qu'elle a l'air sérieux.

— Ne me manque pas de respect, Zack.

— T'avais raison, cette histoire est trop personnelle pour toi, ça te rend instable, ce qui rend toute cette opération trop dangereuse. Je te suis plus. T'y laisseras la peau et moi aussi.

Au même moment, un camion rouge se gare au sommet de la côte. En sortent quatre pompiers équipés du matériel dédié au découpage de la boule de métal mâchonné au fond du ravin, appelée autrefois voiture.

— Aïe, ça va pas être beau, dit leur chef.

— Ils ont dû mourir sur le coup.

Bardés d'un attirail de ferrailleur et d'un calme olympien, les guerriers du feu, habitués à s'ébattre sans tressaillir dans les pires brasiers mais pas pressés de déterrer des macchabées, s'approchent sans urgence.

N'ayant aucune conscience que les secours arrivent, les survivants sont à une balle de s'entretuer.

— Ne te permets pas de me juger, Zack. Jamais.

— Je ne te juge pas, je constate.

Maxine arme son revolver.

— Quand t'arrêteras de te croire infaillible, avec ta petite assurance de branleur solitaire, on parlera de mes problèmes. Mais d'ici là, demande-toi pourquoi tu crois autant à tes mensonges et pourquoi tu manipules que du vent. Tu te donnes des sensations fortes pour pas avoir à affronter l'évidence : tu ressens rien. Parce que ta vie, c'est du néant. T'es vide à l'intérieur. Tu te crois balèze parce que tu mens aux autres, mais c'est à toi-même que tu mens.

Touché. Maxine a beau être saturée de nervosité, elle sait encore viser, surtout les points sensibles. Zack est blessé et rétorque avec l'argument le moins constructif qui soit :

— Tais-toi !
— Ne me donne pas d'ordre !

Des heures que Maxine essaie de se contenir dans cet enfer de tôle froissée. Trop tard, les vannes lâchent, en même temps que son périnée. Elle ne voulait pas révéler son secret, par peur, et par honte, et c'est par l'humiliation d'une vessie à bout qu'elle est en train de se faire battre.

— Comment tu oses me toucher ?

Les pompiers qui se déployaient autour de l'épave stoppent, alertés par les rugissements étouffés d'une femme :

— Enlève ta tête de là !
— Ils sont encore vivants ! s'exclame le chef. Vite, ramenez les brancards ! Steph', découpe-moi cette épave !

Le jeune lieutenant sort de sa torpeur et se précipite contre la carcasse.

— Oh ! Madame ! Est-ce que vous pouvez parler ?

Le tissu mouillé contre la nuque de Zack l'avertit qu'ils sont allés trop loin. Il n'a jamais voulu ça et adoucit le ton.

— Maxine, c'est pas grave, c'est qu'un peu de liquide. Calme-toi. C'est pas grave.

Mais Maxine n'entend plus rien.

— Me fais pas le coup de la délicatesse, connard, c'est trop tard.

La voix du pompier se fraie un chemin jusqu'à eux à travers les déchirures de la tôle.

— Est-ce que vous pouvez nous dire combien vous êtes?

Maxine frétille sur son siège, imitée par son doigt sur la gâchette:

— Pour l'instant on est deux mais vous avez intérêt à activer parce qu'y en a un qui va nous quitter très vite!

Le lieutenant se positionne contre la paroi de la BX, armé de sa scie circulaire.

— Vite, ça urge!

Le sergent met ses mains en porte-voix pour s'adresser aux rescapés qu'il visualisait en hachis parmentier une seconde plus tôt.

— Éloignez-vous de la porte, on va découper la tôle.

— Sûr, je vais me promener, je reviens, lui répond la voix étouffée sous le métal broyé.

— Dépêche, elle délire! ordonne le chef.

La scie perce une brèche. Des étincelles éclaboussent les accidentés qui se fixent dans une tension déjà bien électrique. Les pompiers parviennent à ouvrir un pan de feu dans la BX. Maxine en jaillit comme un animal maintenu trop longtemps en captivité. Le lieutenant sursaute à l'irruption pleine de vie de la victime qu'il s'imaginait en charpie.

— Pousse-toi de là, toi.

Un pompier part à la poursuite de cette miraculée de la route bien intenable.

— Madame, venez avec moi, je vais vous ausculter.

— Oh toi, tu m'oublies, j'ai eu une assez sale journée comme ça! dit Maxine avant de rediriger son autorité sur le pompier à la scie. Vous! Vous pouvez m'ouvrir le coffre? Faut que je récupère un truc.

— Mais, je…

Le lieutenant hagard, la scie moulinant dans le vide, réfléchit à la marche à suivre, qui, il faut bien l'admettre, n'est guère protocolaire. Maxine l'oriente avec plus de fermeté:

— Ouvrez-moi ce putain de coffre!

Le lieutenant, projeté dans les bottes d'un enfant de cinq ans, s'exécute, de peur de s'en prendre une.

Son supérieur, secondé par un autre secouriste, extirpe le deuxième survivant du carnage mécanique, en se disant que ses collègues ne le croiront jamais à la caserne.

— Comment vous sentez-vous, monsieur?

— Mal. Je crois que j'ai une fracture à l'annulaire.

«Commotion cérébrale?» diagnostique le chef face au ton flegmatique de la victime, «ou juste il me prend pour un con.»

À l'arrière de la Citroën, le jeune lieutenant éventre le coffre en papier mâché. Maxine éventre d'un coup de cric le double fond vrillé et empoigne sa sacoche de billets.

— Merci. Au revoir, lance-t-elle pour rester civile et qu'il lui lâche la grappe.

Le lieutenant, qui n'a jamais vu victime de la route aussi indisciplinée, s'insurge:

— Madame, il faut qu'on vous ausculte!

Le pompier paumé oblique vers son supérieur, en désignant la rescapée qui grimpe la pente avec une énergie insoupçonnée.

— Chef, la demoiselle, elle veut pas m'écouter...

Maxine parvient au bitume, ne rencontre aucune résistance lorsqu'elle hèle un routier – elle a toujours de bons atouts à ce jeu-là – et s'engouffre dans le trente-trois tonnes qui l'entraîne loin de l'hébétude des secouristes.

Assis par terre, les fesses qui se délectent du molletonné de l'herbe bienvenu après les heures passées dans l'enfer métallique, Zack se malaxe les côtes, entouré de pompiers avides d'explications. Les plus simples étant toujours les meilleures :

— C'est les nerfs. Vous connaissez les femmes.

— Sacré caractère, la vôtre, commente le chef.

Zack médite face au vide laissé par la belle.

— Croyez-moi, elle a des circonstances atténuantes.

Maxine se rue dans son appartement sans prendre le temps d'allumer la lumière, se saisit au vol d'un sac de sport planqué derrière son canapé, le vide de ses affaires de fitness, fonce dans son dressing, tire la chaînette de l'ampoule au plafond, grimpe sur un escabeau instable dans l'espace confiné, accède à la plus haute étagère, dégage l'accès obstrué, et s'empare d'une pile de boîtes à chaussures cachée derrière d'épais dossiers administratifs. Elle plaque le stock contre sa poitrine, tente de ne pas valdinguer en descendant de l'escabeau, s'agenouille et vide le contenu des boîtes par terre. Des paquets de liasses de billets enserrés dans des sachets de plastique noir se déversent sur la moquette.

Son trésor de guerre.

Agenouillée dans l'étroitesse de son dressing, cernée par l'obscurité de sa chambre sous la maigre douche du plafonnier, Maxine enfourne dans son sac ses années de gains.

Elle a attendu ce moment toute une vie. Toute une vie, elle l'a craint. L'accident a été l'élément déclencheur. En bonne joueuse, elle ne croit pas au hasard, elle croit à la chance. Et aux signes. Et dans le cas du crash, le signe est évident : elle recule depuis trop longtemps, le moment est venu de sauter.

— Où tu vas comme ça ?

Prise la main dans le sac de sport, Maxine dégaine son revolver calé dans sa ceinture, et le braque en direction de la voix, manquant de faire sauter le cerveau au-dessus de la moyenne du pauvre petit Jean qui l'espionne, assis sur le rebord de sa fenêtre.

Maxine récupère ses esprits et retire son doigt de la gâchette.

— Putain, Jean, je t'ai déjà dit de pas débarquer comme ça à l'improviste.

— Je voulais te voir.

— Oui, ben tu m'as vue. Et puis arrête de passer par les échafaudages, j'ai une porte, ça sert aussi à ça.

Le savon glisse sur le gamin grondé, beaucoup plus intéressé par les petits secrets de la cachottière que par son utilisation des échafaudages, orthodoxe ou non.

— Pourquoi tu prépares ton sac ? Où tu vas ?

— Je pars. Quelques jours. J'ai des affaires à régler.

— Je peux venir avec toi ?

Maxine s'attelle à son empaquetage sans se retourner.

— Je peux pas emmener un gamin avec moi. Désolée.

— Tu dis toujours que je suis plus adulte que la plupart des types que t'affrontes.

Maxine soupire. Elle aime ce gosse, elle l'adore même. Comme le petit frère qu'elle n'a jamais eu. Cette routine entre eux s'est installée depuis un moment déjà. Jean passe la voir, par la porte, par la fenêtre, par un trou de souris s'il le pouvait, qu'importe, il vient quand bon lui chante. C'est-à-dire souvent. Tout le temps, en réalité. Il se faufile hors des jupons de sa mère divorcée, aigrie par la solitude et le pouvoir d'achat en baisse, pour venir se blottir entre les bras autrement plus enrichissants de celle qui, le soir venu, lui raconte des histoires avant qu'il aille au lit. Quant à la narratrice d'anecdotes vécues, elle ne perd pas au change. Le gamin la sustente en rations d'humanité dont elle a besoin pour ne pas péter un plomb dans ce monde peuplé d'ordures. Le sien gravitant autour de tables de poker, une once d'humanité, elle en a plus besoin que d'un rail de coke pour s'abîmer jour après jour dans la fièvre du jeu.

Jean est brillant, sensible, drôle, mais il est surtout sacrément casse-couilles, et quand il a une idée derrière sa caboche gonflée à 195 de QI, on ne peut pas la lui décoller. Sauf peut-être à grandes baffes dans la gueule. Ou à coups de revolver. Mais elle ne va quand même pas le buter pour s'en débarrasser, alors Maxine poursuit dans le dialogue :

— C'est vrai, tu es très adulte. Pour l'intelligence. Pas pour le vécu.

— Pour avoir du vécu faut bien que je sorte de chez ma mère. Prends-moi avec toi, Maxine. Si les choses sont pas de mon âge, je resterai dans la pièce d'à côté, mais je veux pas continuer à avoir sept ans. Les seules vacances que j'ai eues cette année, c'était en classe de neige. Tu veux savoir comme c'est marrant, les concours de pets ? Je pensais avoir touché le fond avec le camp de scouts...

Maxine pouffe en refermant la fermeture éclair de son sac. Faut bien la malice de ce petit bonhomme pour lui tirer un rire à un moment pareil.

— Je peux pas. Ça va pas être très moral où je vais.

— Pour connaître le droit chemin, faut aussi avoir fréquenté le mauvais, non ? Sinon on fait pas la différence.

Avec la ténacité dont Jean sait faire preuve, Maxine est partie pour la nuit en rhétorique. À moins de le jeter par-dessus la rambarde, elle ne va jamais réussir à s'en débarrasser, elle préfère donc abréger la conversation de façon arbitraire :

— Rentre chez toi, Jean, ta mère va s'inquiéter.

— S'il te plaît, m'abandonne pas... Pas toi.

Revirement à cent quatre-vingts degrés, le ton de la supplique a changé, Jean a mis de côté la facétie et a laissé poindre un authentique désespoir.

— Jean ? Ça va pas ?

— Emmène-moi, Maxine, s'il te plaît. Me laisse pas avec... elle.

Un souffle étranglé sur le « elle ». Une évocation à peine susurrée. Un effroi dans la voix. Pour la première fois depuis que Maxine le connaît, Jean ne se cache pas derrière le sarcasme pour masquer ses peurs. Si elle utilise le bluff pour se protéger, Jean, lui, recourt à la repartie affûtée que lui aiguise son QI hypertrophié. Mais à cet instant où leurs chemins s'apprêtent à se séparer – probablement définitivement, il l'a bien senti –, l'enfant aux abois se met à nu.

Maxine se prend dans le thorax l'appel au secours sans forfanterie. Le SOS d'un enfant surdoué qui, malgré son intelligence, n'a jamais trouvé les bons mots pour exprimer sa détresse. Durant les mois où elle a vécu à proximité de son appartement, elle n'a rien perçu. « Comment j'ai pu être aveugle à ce point ? »

À son tour de changer de ton :

— Jean ? Qu'est-ce qu'elle t'a fait ? Tu peux me parler, à moi. Dis-moi.

Le maître des bons mots et des raisonnements alambiqués se tait. Les pupilles perdues dans le vide, noyées dans la honte, celle d'un enfant qui ne saurait l'expliquer, mais qui sait que sa vie a basculé dans l'amoralité.

Maxine pose ses doigts sur sa joue, le plus délicatement du monde.

— À moi, tu peux le dire, mon chéri.

Sans un mot, le surdoué s'empare du bout de son t-shirt et en relève le tissu.

Et Maxine cesse de respirer.

Puis relâche son souffle retenu.

— La pute !

Jean est ballotté dans les escaliers haussmanniens comme à la Foire du Trône. Maxine le tire par le bras, une tension dans les gestes qu'elle cherche pourtant à garder tendres. Sans succès. Quelque chose a changé dans son regard, la lumière a disparu. Jean s'en veut d'avoir divulgué son secret. Il ne reconnaît pas la femme qui le ramène chez lui. Elle lui fait peur.

Quand il lui a montré les marques sous son t-shirt, Maxine a été prise d'une convulsion, furtive mais perceptible. Elle s'est mordu les lèvres, puis a serré Jean contre elle. Longtemps. Trop, pour ne pas inquiéter l'enfant. Elle l'étouffait. Il le lui a fait remarquer, elle s'est excusée, mais dans son regard, il a lu l'aspiration, il a vu des yeux qui ne peuvent plus fixer un point, il a senti la folie, dans un flash fulgurant qui lui a paru durer une éternité. Maxine a armé son revolver. Il a aussitôt regretté de ne pas s'être tu.

— Tu vas pas lui faire du mal, hein ?

— Je veux juste lui parler, ne t'inquiète pas. Ta maman et moi, on doit avoir une petite explication entre adultes. Rien de méchant.

Maxine se voudrait rassurante mais tripote son revolver beaucoup trop nerveusement pour que la conversation reste inoffensive.

— Comment ça, t'as pas tes clefs ? dit-elle, face à la porte verrouillée.

— Ben non, je suis passé par les échafaudages. Tu sais que j'aime bien les...

— Oui, je sais, je sais !

Jean regrette d'avoir imaginé qu'elle pourrait comprendre. Il aurait dû garder les choses telles qu'elles étaient. Il peut encaisser, ce n'est pas si terrible, une raclée de temps en temps. Rien de méchant... finalement... si le crescendo s'arrête là... Et qu'il peut trouver refuge chez Maxine.

Mais justement...

À son appel au secours, celle qu'il imaginait en mère de substitution répond avec son traumatisme à elle. Sans discernement. L'enfant le sent, se replie dans l'acceptation de sa souffrance.

— Je vais rentrer à la maison. Tu peux partir, ça va aller.

Maxine ne sait pas ce qu'elle va trouver derrière cette porte, mais il est hors de question qu'elle la laisse fermée. Encore moins avec Jean de l'autre côté.

— N'aie pas peur. On va juste discuter.

— Promis ?

Maxine ne répond rien. Elle revoit les marques sur la

peau de l'enfant, visualise les coups. Elle est prise d'une pulsion assassine.

— Je veux pas finir en foyer social.

« Ce gosse est d'une intelligence déroutante », se dit-elle en secouant la tête pour chasser de son esprit l'image du meurtre d'une mère abusive, et dit entre ses dents serrées :

— Promis.

Après avoir admiré sa secouriste en train de crocheter la serrure, en se disant qu'il a encore bien des choses à apprendre et qu'il a eu raison d'investir sur elle pour les lui inculquer, Jean pose un pied craintif dans son domicile si souvent fui, et son cœur s'arrête. Comme à chaque fois.

Face à eux, la mère, la quarantaine, des traits féminins doux, un air inoffensif. Une mère de famille comme il en habite dans chaque immeuble. Sauf que celle-là s'est endormie tout habillée dans son clic-clac bon marché et qu'à ses pieds gisent deux bouteilles de gin siphonnées. Les genoux de l'alcoolique – assurément proche du coma éthylique – baignent dans une mare de vomi dont un filet coule encore de ses lèvres.

Maxine retient un haut-le-cœur. Jean, lui, semble anesthésié.

— Elle a commencé à boire quand mon père est parti. C'est devenu pire quand elle a perdu son travail. Avant, elle achetait du vin. Du mauvais. Moi, j'y connais rien, mais on n'avait pas d'argent alors elle prenait les bouteilles du bas dans les rayons, celles en plastique. Maintenant elle prend plus que de l'alcool fort. Je crois qu'elle a arrêté de faire ses comptes.

Sur le guéridon s'accumulent des lettres recommandées, des factures impayées, des courriers d'huissiers qui corroborent les soupçons du surdoué. La mère est acculée et n'a trouvé d'issue que dans l'ébriété.

— Depuis combien de temps elle te bat ?
— Je sais pas si on peut dire qu'elle me bat.
— Jean, depuis combien de temps ?
— Seulement quand elle boit.
— C'est pas ma question.
— Papa est parti il y a trois ans.

Maxine a emménagé dans l'immeuble huit mois auparavant, et à aucun moment elle n'a soupçonné ce qui se déroulait quelques étages au-dessus d'elle. Selon elle, le gosse passait par la fenêtre tous les quatre matins pour s'évader de son domicile qu'elle pensait peu stimulant intellectuellement. En réalité, il en fuyait l'hostilité. De la simple baffe pour insolence, à la rouste sévère parce que la mère a un penchant pour la boutanche, la pente a fait dégringoler l'enfant dans la case maltraité.

Jean voudrait justifier cette déchéance. Le poids du désœuvrement, la dérive de la misère affective, intellectuelle, sociale. Sa mère s'est abîmée dans l'alcoolisme à force de constater le bilan pathétique de sa vie. Elle en fait payer la responsabilité à son fils qui n'a pour seul tort que d'être né. Le jour, elle est affectueuse, presque câline. Mais quand la journée touche à sa fin, l'accumulation des rancœurs et des degrés d'alcool lui alourdit la main. Au début, Jean prenait refuge sous son lit, ou collé dans le recoin derrière sa commode. Jusqu'à ce qu'il trouve les bras accueillants de Maxine.

Chaque matin la mère se réveille avec un putain

de mal de crâne et une culpabilité carabinée. Jean y croyait, au début, à ses excuses ponctuées de baisers qui empestent la salive pâteuse du foie en crise. Puis les excuses se sont teintées d'aigreur, et les baffes, comme les ustensiles pour le punir, se sont durcies.

— Elle fait pas exprès. Elle est triste, c'est tout.

«Et le gamin qui lui cherche des excuses», pense Maxine, hors d'elle. Réflexe de survie mentale compréhensible de la part de la victime, pétrie d'incompréhension, qui aime son tortionnaire, malgré tout, et qui voudrait lui pardonner, c'est sa mère, après tout.

— Comme je suis plus intelligent, elle croit que je me moque d'elle. Elle dit que je la prends de haut. C'est pas vrai, j'essaie juste de comprendre... Mais elle m'en veut...

Le visage de Jean se fendille. Deux gouttes salées se déversent de ses petites billes imbibées.

— C'est pas ma faute...

Maxine range son revolver dans son dos et enlace son protégé. Incommodée par l'odeur de vomi et pressée par sa fuite interrompue, elle jette un œil alentour, puis sur sa montre, et se dit qu'il ne faudrait pas trop tarder à prendre la tangente. Quand Jean lui a fait son aveu, elle a été aveuglée. Elle était déjà fébrile à l'idée de se confronter à sa propre vengeance, elle a donc saisi l'excuse tendue par l'enfant battu pour bifurquer et soigner le mal par un autre mal.

— Tu vas pas la tuer, hein? insiste Jean, un œil sur l'arme de Maxine.

— Non, mon chéri. Mais je veux qu'elle ne te blesse plus.

— Ça veut dire que tu me laisses venir avec toi?

Jean se réjouit avec l'insouciance d'un enfant, malgré la proximité de sa mère qui s'est gerbé dessus.

— Prends un pull et des slips, je ferai pas ta lessive.

Maxine se demande si elle ne fait pas une grosse connerie mais pare au plus urgent. Embarquer Jean, signifie se lester d'un poids. Et une fois qu'elle en aura fini avec son père, elle en fera quoi, du gamin? Ce qu'elle lui offre, c'est une vague rémission, tout juste une respiration, mais, quoi qu'il arrive, pas une solution.

Bon, chaque chose en son temps. Elle décide d'agir au présent. Pour l'instant elle ne supporte pas la vue de ses hématomes et il lui est inconcevable de l'abandonner sans réagir. Pas elle. Pas après ce qu'elle a vécu. Pour sauver un enfant de sept ans, elle s'accorde le droit de l'entraîner dans un règlement de comptes potentiellement sanguinaire. Où est le mal?

De crainte que le bon sens ne vienne toquer à la porte, Jean file dans sa chambre.

— Génial! Donne-moi cinq minutes.

Le gamin volatilisé, Maxine sort son portable et immortalise, dans sa galerie photographique, l'état peu reluisant de la maman. Sur un calepin, elle griffonne un mot qui dit en substance: *Je sais tout. Je pars avec Jean pour quelques jours. Je m'en occuperai bien. Je vous ai prise en photo pour pièce à conviction. J'ai également des preuves des hématomes sur le corps de votre enfant. De quoi monter un dossier béton pour les services sociaux. Je vous donnerai des nouvelles en temps voulu. Trouvez un centre de désintox et soignez-vous!*

*Sinon c'est moi qui le ferai pour vous, et la pilule à avaler aura un goût de cyanure !*

Elle glisse le mot dans la paume de la main amorphe et se demande bien dans quelle galère elle s'embarque encore. Elle était partie régler son traumatisme d'enfance, et voilà qu'elle se coltine celui du gamin pris sous son aile. La synchronicité est trop percutante, la joueuse, forcément superstitieuse, ne peut s'empêcher d'y lire un signe.

Reste à savoir s'il est positif.

À 21 h 30, n'ayant pas de nouvelles de Zack qui l'a planté une fois de trop, conclut-il, Baloo range sa patience au placard et en tire une panoplie plus propice à son humeur : vêtements noirs, cagoule, gants. Il doit être aussi effacé qu'un fantôme, intraçable, façon Ghost Dog. Le fusil et un Glock alignés sur le lit attendent qu'il finisse de se préparer. Baloo n'a jamais aimé les armes à feu, mais pour tuer Kraković, ses simples poings ne suffiront pas, l'homme est bien protégé.

On sonne à la porte. On insiste. Lourdement.

Cagoule enfilée et arme à la main, Baloo espionne à travers le judas : sous la lumière blafarde du couloir, un Zack en piètre état s'acharne sur la sonnette. Baloo ouvre, oubliant son accoutrement.

— Ben, qu'est-ce que tu fous, tu vas à un bal masqué ?

— T'occupe, coupe court le cagoulé. T'as pas tes clefs ?

— Je les ai perdues sur la route, c'est une longue histoire.

Baloo jette le flingue sur le lit, retire sa cagoule et retourne à ses préparatifs. Zack lui emboîte le pas, en haussant le ton. Entre le match de boxe, le braquage de banque et le crash de bagnole, la journée a été longue, on peut comprendre qu'il perde de sa coolitude inoxydable.

— Oh, Baloo, réponds-moi, c'est quoi ce déguisement? Me dis pas que t'es toujours dans ton trip vendetta contre Krako.

— Si. Moi, j'ai des principes et quand je dis quelque chose je m'y tiens.

— Qu'est-ce que t'insinues?

— Notre rendez-vous à 20 heures, tu te souviens?

— Hein?! Je suis à la bourre d'une heure et toi tu pars en mode Punisher? Putain, mais Baloo, je vais te faire renvoyer à l'HP, moi!

Zack furète dans l'armoire à pharmacie en quête de calmants, autant pour l'autre fou furieux que pour lui-même.

— Tu sais que je suis à cheval sur la ponctualité, bougonne Baloo.

— J'avais une bonne raison.

— Ah ouais? Balance.

Mains gantées sur les hanches, Baloo attend l'excuse mytho. Il pratique Zack depuis suffisamment longtemps pour se méfier de ses alibis bidon.

— Accident, voiture pliée, coincé dans un ravin avec une harpie qui veut me tuer.

Baloo prend une poignée de secondes pour soupeser la validité de la déposition au constat des dégâts. Effectivement, son pote constellé d'hématomes semble tout droit sorti d'une machine à laver truffée de marteaux et de boulons.

— Bon, ça ira.

Les frérots rabibochés se font un check version *old school*, d'aucuns diraient ringard, mais on tisse des habitudes en trente ans d'amitié.

— Habille-toi, faut qu'on retrouve Maxine.

— Non, Zack, c'est trop tard. Ma décision est prise. Cette fois, tu me feras pas changer d'avis.

Heureusement, quand Baloo a une idée en tête, il n'y a que Zack pour la lui mettre ailleurs.

— Écoute, cette fille que t'as dans le nez, je sais pas ce qu'elle a vécu, mais ça sent le gros trauma et c'est lié à ce Colbert.

— En quoi ?

— C'est son père. Vu le portrait qu'on m'a fait du gars, et vu l'envie de vengeance de sa fille, ça m'a l'air d'avoir été moche. Je sais pas à quel niveau ça s'est passé, mais il l'a salement abîmée. Ça me paraît remplir tes critères, non ?

Baloo hésite, il est tiraillé dans ses principes, Zack en profite pour finir de le faire vaciller.

— Je te propose un marché. Priorité à Colbert. La partie est pour après-demain. On empoche les deux cent cinquante k, étape deux, on s'occupe de Krako. Tous les deux.

Zack s'empare du flingue sur le lit, provoquant la joie enfantine de son pote.

— Vrai ?

— Vrai. Étape trois, on décampe loin de la France en vacances à durée indéterminée.

— Avec deux cent cinquante k ? Je te croyais meilleur en compta.

— On trouvera toujours quelques toquards à arnaquer sur la route du soleil.

Bien entendu, Zack ment. Il y a passé sa vie, mais là, c'est pour la bonne cause. Il n'est pas assez dingue pour s'en prendre à un boss de la mafia. Pour l'instant, il s'échine surtout à sortir son ami de son délire de vengeur masqué. Une fois les poches bien remplies et un cocktail dans chaque main, il espère le ramener à des préoccupations certes plus triviales, mais au moins ils seront vivants. Il sait que Baloo le suivrait au bout du monde, il en joue et ça paie.

— OK. C'est quoi le plan ?
— Je t'expliquerai en route.
— Veste rouge ou bleue ?
— Embarque plutôt le fusil.

Une heure après avoir empaqueté trois slips, deux t-shirts et une paire de chaussettes dépareillées, Jean se retrouve dans un salon qui sent la graille et le poisson, et à la décoration aussi indigeste que l'odeur : napperons en dentelle recouvrant la télé et débordant sur l'écran qui diffuse un match de foot muet, figurines en porcelaine de scènes champêtres, crucifix cloué à la cloison en carton, couronné d'une photo du pape encadrée de dorures sur fond de murs graisseux. Pourtant, Jean se sent bien, dans ce salon humble de concierges portugais, il s'y sent en sécurité.

Enfoncé dans le canapé au cuir déchiqueté, aux accoudoirs rafistolés au gros scotch marron pour ne pas jurer avec le brun des dossiers pas encore éventrés, eux, Jean joue à la Nintendo DS, sans se laisser distraire par la mélopée de rires et de jurons qui s'échappe de la cuisine attenante.

Une dame ronde d'une cinquantaine d'années, affublée d'un tablier en toile cirée qui la boudine, sort de la cuisine, un plateau de chips et de Coca entre les mains. En hôtesse généreuse, Maria apporte le ravitaillement à son invité. Elle s'affaisse tout contre lui, faisant pencher de son poids l'assise du canapé et le bambin par la même occasion, puis s'extasie avec un accent chantant :

— Oh, tu as amené ton jeu ? C'est bien, c'est quoi ?

— Ça s'appelle Tetris. C'est des petites briques qui tombent et faut les assembler pour faire un mur.

Jean a répondu sans quitter son jeu des yeux. Un zombie hypnotisé par son écran, électroencéphalogramme plat. Du moins s'y évertue-t-il.

Maria ne se laisse pas démonter, habituée à la voix apathique d'un enfant face à une tablette. L'immeuble dont elle est la gardienne en est surpeuplé. Elle commente en tartinant son intonation d'une double ration d'enthousiasme.

— Ça a l'air rigolo.

— Non, c'est navrant.

Interloquée par le ton condescendant du zombie, Maria se fige un instant, mais ne perd rien de sa bonhomie.

— Mais… il faut être sacrément malin pour jouer à ça, hein ? Moi, je vois, j'arrive déjà pas à monter une étagère, alors un mur…

L'intérêt ravivé par l'ahurissante bêtise de ce raisonnement, Jean, toujours en quête de cobaye pour se ramollir le cerveau, s'éclaire et éteint sa DS.

— Vous avez l'air d'être un sujet exceptionnel. Racontez-moi donc ce que vous avez fait de votre journée. La moitié de l'après-midi chez le coiffeur, c'est ça ?

— Oui. Mais comment tu sais ?

— La permanente rutilante. Très bien, très bien… Racontez-moi ce que vous a colporté la coiffeuse, lui demande Jean aussi frétillant que Freud face à son premier cas d'œdipe.

Tandis que Maria énumère les cancans les plus récents, sans vraiment se figurer en quoi ça peut intéresser cet enfant bien étrange, les esprits s'échauffent dans la cuisine à côté. Carlos, un Portugais moustachu en tricot de corps et court sur pattes, joue au poker avec Maxine, en compagnie de trois de ses compères tout aussi râblés que lui. Sur la table s'amoncellent des piles de cadavres de bières. Un vrai génocide de houblon. Maxine se pâme comme un poisson au hammam dans cette atmosphère irrespirable, envahie d'épaisse fumée, mélange de clopes méditerranéennes et de cigares au rabais.

Elle expose ses cartes.

— Brelan de dames.

Les mâles ibériques jettent les leurs en râlant.

— T'as trop de veine, Maxine.

— Désolée, Carlos, s'excuse-t-elle.

Rouspéteur, mais jamais mauvais joueur, ce bougon de Carlos a toujours suscité une profonde affection chez Maxine. Elle vient jouer dans cette cuisine graisseuse depuis qu'elle s'est réfugiée à Paris. Elle s'y sent chez elle. En famille. Protégée. Elle n'aime pas voir Carlos perdre, il lui arrive même de tricher pour qu'il puisse rafler la mise de temps à autre, qu'il ne lui en veuille pas trop, et qu'il continue à l'inviter. Mais ce soir, elle a besoin de gagner, et d'un moyen de locomotion.

— Tu cherches toujours à vendre ta voiture ?

Son débiteur met du temps à décoder l'allusion.

— Hum ? Ben ouais, pourquoi ? Ça t'intéresse ?

— Oui, justement, j'ai plié ma BX.

— Et ?

— J'ai gagné combien, là ?

Carlos gamberge un instant un peu long en proportion

de la complexité de l'équation, et finit par saisir où la maligne veut en venir. Il fouille ses poches et en sort les clefs de sa bagnole.

— T'as fait le plein ? demande Maxine sans malice mais avec empressement.

— Hier. Mais t'as pas gagné autant. Faut refaire une partie.

— J'ai pas le temps. Avoue que je te débarrasse.

Cette petite insolente. Carlos lui tirerait bien les oreilles, mais il aime cette gamine comme la sienne. Il a l'instinct paternel et reste attentif aux besoins de la petite, comme un père qui ne veut pas voir que sa fille a grandi. Maxine se lève de son tabouret en formica et embrasse le front dégarni du petit Portugais qui rougit aussitôt, gêné mais touché, et frémit des moustaches. Puis elle salue la compagnie.

— Pedro, Manoel, Ricardo…

Les joueurs, tous sous le charme, lui répondent avec de mignons sourires béats.

— J'arrive même pas à lui en vouloir quand elle gagne, dit Pedro, bien que la belle se débine avec la moitié de sa dernière paie.

— Ferme-la et distribue, l'engueule Carlos. Faut que j'me refasse.

Maxine débarque dans le salon et interrompt la conversation trépidante entre l'analyste et son sujet d'étude.

— Jean, prends tes affaires, on y va.

Avant de sortir les poubelles sur le trottoir, Maria tient le registre de son mari dépensier.

— Alors ?

— Désolée, Maria, il a encore perdu, répond Maxine sincèrement embêtée.

— Que veux-tu ? Dieu nous le rendra... Enfin j'espère.

Maxine rit à l'insouciance de cette plaisanterie et enlace chaleureusement son hôtesse rembourrée de générosité.

— Allez, je file. Elle va bien, la petite ?

— Oui, oui, elle a eu de très bons résultats à ses examens. Tu viens manger à la maison la semaine prochaine, d'accord ?

Maxine tente de se projeter. « La semaine prochaine... » Sera-t-elle toujours en France... ? Sera-t-elle seulement vivante... ?

— Je sais pas si je pourrai. Je te rappelle.

— Qu'est-ce qu'il a perdu cette fois ?

— La R5.

— Oh, tant mieux. On était mal assis dedans, elle me torturait la sciatique. Allez, je vous retiens pas.

Jean décortique la concierge, Maxine le remarque et lui colle une tape amortie derrière la tête pour lui rappeler les bases de la politesse.

— Maria, Carlos m'écoute pas, moi, mais il faut que tu lui dises d'arrêter de jouer de l'argent. Il est pas très bon au poker, tu sais.

La matrone accueille la mise en garde avec une foi qui force l'admiration.

— T'inquiète pas, il trouve toujours plus mauvais que lui. Je suis sûre qu'il a fait exprès. Ça lui fait plaisir que tu prennes la voiture.

— Bon... mais surveille-le.

— Promis.

Les femmes s'embrassent. Pourquoi Maria a-t-elle l'impression que c'est pour la dernière fois ? Elle ne se l'explique pas. Un mauvais pressentiment. Avant de passer au PMU acheter une grille de loto pour son mari le lendemain, elle fera un crochet par l'église pour allumer un cierge pour Maxine. Elle est comme ça, Maria. Elle reste simple, mais c'est une sainte.

Une R5 rouge à porte bleue dévore l'asphalte à la vitesse de pointe de soixante-quinze kilomètres-heure que lui autorise son moteur acariâtre. La route de campagne, mal éclairée par ses phares astigmates, défile sans urgence. Côté passager, Jean détaille l'intérieur du gain soutiré à Carlos avec un mépris affiché.

— Eh ben, t'as pas dû miser gros pour gagner cette poubelle.

Au volant, Maxine tente d'y voir clair entre la route sombre et ses idées noires.

— Elle roule. C'est tout ce qu'on lui demande.

— En tout cas, elle, elle était parfaite, dit Jean en se remémorant Maria. Un cas exceptionnel. J'ai pas utilisé mon cerveau une seule fois en deux heures.

Maxine pivote vers l'enfant qui a la fâcheuse tendance à osciller entre l'intelligence et l'arrogance, et qu'elle se fait un devoir de recadrer à chaque fois en lui inculquant une notion qui fait toute la différence : la sensibilité.

— Tu sais, faut pas être méprisant avec les gens moins intelligents que toi. Maria, c'est pas un prix Nobel de physique, mais elle est généreuse. Faut que tu te méfies. Tu rencontreras des personnes avec qui tu pourras parler atome toute la nuit mais au petit matin, tu réaliseras qu'il y a pas plus seul que toi au monde. Alors qu'un sourire de Maria, et t'arrêtes de te poser des questions et… des fois… c'est bon de pas se poser de questions…

En grande intelligence, Jean, penaud, prend conscience de son erreur.

— Je me sens souvent seul, tu sais.
— Oui, je sais…

Maxine saupoudre la leçon d'un sourire bienveillant pour ne pas braquer l'enfant. Efficace, au vu de sa réaction.

— Je suis désolé.

Elle lui caresse les cheveux d'un geste maternel. Elle n'a rien à ajouter, il a compris.

— Tu crois qu'elle m'en veut ?
— Maria ? Tu plaisantes ? Jamais.

Maxine rayonne à l'image rémanente de Santa Maria, puis se concentre sur la route qui la replonge dans la noirceur d'autres souvenirs, beaucoup moins saints. À travers son va-et-vient émotionnel, Jean perçoit un malaise qu'il ne peut appréhender. Il reste un enfant de sept ans qui, malgré son intelligence, n'a pas toutes les armes pour comprendre. Mais il est là pour apprendre.

— Maxine ? Où on va ?
— Jouer au poker.
— Pourquoi on doit aller aussi loin ?
— Parce que c'est une partie spéciale.
— Qu'est-ce qu'elle a de spécial ?
— J'espère que ce sera la dernière.

Nation. Garé devant un rade populo encerclé de tours résidentielles, seul commerce encore ouvert à cette heure tardive, Baloo patiente au volant d'un Toyota Tundra, monstrueux pick-up d'un noir clinquant.

Accoudé au comptoir du troquet, Zack cuisine Dédé, les yeux et les oreilles des jeux clandestins. Si ça tape le carton dans la capitale, Dédé est au courant.

— Ah ouais, j'vois bien, dit Dédé en sifflant sa Suze, une mignonne celle-là, du genre venimeux.

Zack se marre intérieurement. « T'as pas idée à quel point. »

— Et tu sais si elle a sévi quelque part, ce soir ?

— Attends-moi là, gamin, m'en vais passer quelques coups de fil.

Dédé s'isole dans la cabine téléphonique à pièces jouxtant les pissotières. Il n'y a plus que lui qui l'utilise dans le rade. Il n'y a probablement que lui qui en utilise encore dans toute la France, d'ailleurs. Mais le patron l'a conservée pour son plus fidèle client. Mélenchoniste plus nostalgique qu'insoumis, ça lui fendait le cœur d'obliger son syndicaliste préféré à se convertir au numérique.

Dans l'attente de son info, Zack passe commande :

— J.T.S. Brown.

— C'est quoi, ça ? répond le patron franchouillard

qu'aime pas trop qu'on parle ricain dans son bar, même si ça se réfère à une marque de whisky.

Consterné par le manque de culture des barmen d'aujourd'hui, Zack passe en revue les étiquettes sur les étagères. Coincé entre la Kro en pression et le rhum de mauvaise qualité, il choisit la simplicité :

— Suze. Deux.

Dédé s'amarre au comptoir, mégot au bec.

— C'est bon, j'ai ton tuyau, dit-il en craquant une allumette.

— Dédé, le reprend le buraliste en pointant la cibiche.

— Ah, bordel de Dieu, vous m'faites chier avec vos règlements d'écolo à la con.

— C'est pas moi qu'écris les lois, Dédé, se justifie le patron.

— P't'être, mais tu les respectes, c'est bien c'que je te reproche. T'es à la solde du gouvernement, c'est tout c'que j'vois. J'croyais qu'tu pouvais pas le piffer, ce p'tit con d'Macron.

— Non, j'peux pas l'encadrer, mais cette loi, ça remonte à avant lui.

— Quoi, sous Sarko, ou Chirac? Gouvernements d'droite pareil, ça change rien, sale traître.

— C'est ça, je suis un collabo, allez, bois donc ta Suze, c'est la maison qui offre, mais ta clope, tu vas la fumer dehors.

Dédé, en vraie diva, maîtrise son rôle de communiste offensé pour se faire rincer à l'œil.

— T'es un prince, mon Gégé.

Zack garde la cadence et avale son verre en vérifiant sa montre furtivement, ce qui n'échappe pas à son indic.

— T'as l'air pressé, gamin, alors j'vais pas te faire marner. Paie-m'en donc une autre, que j'te refourgue ton tuyau.

« Sacré Dédé. »

Sitôt commandée, sitôt bue.

— Elle était chez Carlos, ta venimeuse, mâchonne l'indic alcoolique.

— Carlos ? De la bande des Portugais ?

— Ouais, tu le connais ?

— De nom. Je l'ai jamais eu à ma table.

— Boh, t'as rien perdu, va. Lui et sa clique font pas dans la haute voltige, côté carton, mais c'est des bons gars. On monte des petites magouilles ensemble de temps à autre. De c'côté, y s'montrent plutôt dégourdis. La belle gosse dont tu m'parles, c't'une régulière chez eux. L'ont à moitié adoptée. Mais elle s'est pas éternisée, apparemment, elle aussi elle était pressée.

— Bon, et elle est partie à quelle heure ?

— Kekchose vers minuit.

— Et t'aurais pas une idée d'où elle est allée, par le plus grand des hasards ? demande Zack tout en voyant clair dans le jeu de ce coquin de Dédé qui divulgue ses informations au compte-gouttes pour s'assurer de ne pas finir à sec.

— Fait soif, tu trouves pas ?

Zack ricane, il a de l'affection pour Dédé. Nouvelle tournée. Faut quand même qu'il fasse gaffe à pas la finir bourré, son investigation, il a de la route après.

— Y se trouve que le Carlos, y lui a refourgué sa chiotte.

— Et ? En quoi ça m'est utile ?

— C't'une R5, rouge. Avec une porte bleue.

Voilà la plus précieuse information de la soirée.

— Pas très discret, déduit Zack.

— S'pas ? Branche-toi sur la CB des routiers, une jolie pépée comme elle dans un tacot pareil, t'auras pas de mal à remonter sa piste. J'peux même te rencarder sur l'endroit où elle a été aperçue pour la dernière fois, mais c'est bien parce que c'est toi et qu't'es généreux...

Dédé laisse sa phrase en suspens. Clin d'œil entendu. Zack allonge la monnaie. Et Dédé de se fendre d'un sourire aviné avant de s'humecter le gosier pour mieux cracher le morceau :

— La A71, du côté de Vierzon.

— Merci, Dédé. J'sais pas ce que je ferais sans toi.

— Sentiment partagé, dit Dédé en levant le coude.

Zack plaque un billet sur le zinc. Un petit extra pour que Dédé puisse clôturer sa soirée comme il l'affectionne, en roulant sous la table.

Zack salue la compagnie et rejoint son coéquipier dans son énorme bahut.

— Quel côté ? demande Baloo.

— La A71, direction Vierzon.

— Et comment on la suit, ta copine ?

— R5 rouge. Une porte bleue. Branche la CB.

Baloo enclenche la clef de contact. Le moteur de remorquage du 4×4 vrombit dans tout l'arrondissement.

— Dix contre un qu'on met moins de trois heures pour la retrouver, parie Zack.

— Tenu.

À moins de trois heures de là, en escale dans un hôtel miteux, Maxine couche Jean dans un des lits jumeaux d'une chambre maussade. Elle le recouvre des draps tirant sur le crade, en se disant que ça a le mérite de lui apprendre la réalité du monde qui l'entoure, pas toujours reluisante, voire franchement sordide. La mauvaise conscience nettoyée par cette excuse, certainement contestable aux yeux de la loi, la fugitive pose une bise maternelle sur le front du petit kidnappé.

— Dors, on a encore de la route demain.
— Tu peux me raconter une histoire ?
— Je crois pas être assez en forme intellectuelle pour toi ce soir.
— C'est pas parce que je suis surdoué que j'aime pas les choses simples si c'est joli.

Maxine oublie souvent que, sous les arguments brillants de l'enfant surdoué, il y a l'enfant, sa simplicité, et sa poésie.

— Oui... excuse-moi. Quel genre d'histoire tu veux ?
— Le genre où tu me raconterais ton passé et pourquoi t'es comme ça.

Et, dissimulée sous la poésie faussement puérile, la tactique du surdoué pour élucider le mystère de son héroïne. Maxine ne sait que répondre. Elle hésite entre une comptine et la vérité qui aboutirait au traumatisme du chérubin, en collision avec le sien. Aucune de ces solutions ne lui paraissant adéquate, elle jette son dévolu sur une bible qui prend la poussière dans le tiroir de la table de chevet, et la colle entre les mains de Jean, dont le prénom se prête à lire la prose des apôtres.

— Tiens, lis ça. C'est un tissu de conneries, mais c'est instructif et ça t'occupera.

Jean consulte l'ouvrage en soupirant.

— Non, mais Maxine, je l'ai déjà lue.

— T'as lu la Bible?

Y a un gosse sur cette planète qu'avait rien de mieux à foutre que de s'ingurgiter la Bible, et c'est elle qui se le coltine.

— Ben oui.

— En entier?

— Ben oui, tu me prends pour qui? s'offusquerait presque l'intellectuel.

Maxine lève les yeux au ciel. Elle ne va quand même pas lui filer le bottin. Si? Non. Le gamin est fracassé du ciboulot mais pas à ce point.

— Ben relis-la et tu me feras un résumé, parce que moi je connais que les préceptes les plus connus, et j'avoue qu'ils m'ont pas convaincue.

Mise en marche des synapses du génie, paré pour un cours magistral.

— Ah mais je peux te faire une synthèse, si tu veux, je m'en souviens très bien.

— Non, dors.

Maxine lui rabat le caquet, comme un plombier inondé par une canalisation pétée colmate la fuite en fermant direct l'arrivée d'eau.

— T'as peut-être l'intelligence d'un adulte, mais t'as aussi le corps d'un enfant et t'as besoin de te reposer.

Sur cette remontrance, ô combien responsable, Maxine s'évite deux heures de théologie appliquée, tire la couverture jusqu'au nez du génie ainsi muselé, l'embrasse une dernière fois pour conclure sur une touche affectueuse, et s'apprête à sortir.

— Non mais tu pars ? panique le bambin abandonné. Tu vas pas me laisser tout seul, dis ?

Attaque de culpabilité, la voleuse d'enfant maltraité vacille.

— Je pars pas longtemps. Je vais prévenir la dame à la réception, t'inquiète pas. Allez, faut que tu dormes.

Maxine éteint la lumière et referme la porte derrière elle, un pincement au cœur à cette prise de conscience : au vu de la situation, pas sûr qu'elle ferait une bonne mère.

Sentiment confirmé par l'expression de la tenancière du motel à sa requête. Oui, elle prend bien note qu'il y a un mineur sans surveillance dans la chambre 314. Non, elle ne cautionne pas. Et oui, un petit billet fera oublier le flou moral autour de ce service demandé.

Le graissage de patte opéré, Maxine s'enfonce dans la nuit.

À pied.

Elle n'a pas choisi cet hôtel miteux de bord de route par hasard. Elle a noté qu'il fait face à un bar pas beaucoup plus glorieux, dont la pancarte lumineuse spécifie *Ouvert toute la nuit*. Ce qui sous-entend population peu recommandable, et jeux d'argent. Tout ce dont Maxine a besoin pour se vider la tête.

En se remplissant les poches.

*Au taureau par les cornes*. Tout un programme. Sous l'enseigne, un dessin par un artiste du coin sans talent, probablement le cousin du patron du bar, illustre le propos sans cohérence thématique. On y voit un cow-boy donner une fessée à une vache limousine. Tu parles d'un rodéo.

Maxine pousse les portes battantes. L'odeur de bière incrustée dans le bois du parquet, agrémentée de celle des toilettes et de leurs effluves d'urine mal camouflés par des pastilles WC senteur eucalyptus, la prend aux naseaux et lui confirme son a priori : bienvenue au Far West.

Une ambiance masculine règne dans le saloon d'Ambazac. Quelques serveuses remplissent le quota féminin, aidées du renfort d'une poignée de prostituées, et d'une ou deux mouches à comptoir, soiffardes pathétiques qui ont laissé leur féminité au vestiaire.

Autant dire que Maxine, avec sa sensualité à fleur de peau, provoque un raz-de-marée de silence à son entrée. Même la musique semble s'arrêter, comme si quelqu'un avait débranché le jukebox, dont le stock de quarante-cinq tours n'a pas été réapprovisionné depuis trente ans, pour couper le sifflet à Scorpions au milieu de son inlassable couplet *« I'm still loving you »*. Mais non, c'est juste une illusion. La musique continue à jouer, Scorpions à beugler, les mâles à mater et Maxine à avancer. Surtout ne pas prêter attention aux remarques susurrées, souvent sexistes, majoritairement désobligeantes, jamais bienveillantes. Rester concentrée.

Un gang de bikers, dont les membres boivent leur bière au pichet en guise de chope, part dans une hilarité graveleuse à la blague potache lancée par l'un d'eux. Maxine ne l'a pas entendue, elle n'a pas voulu. Les motards ne l'intéressent pas, ce n'est pas ce genre de faune qu'elle chasse.

L'étrangère atterrit au comptoir face au barman qui ne l'a pas quittée du regard depuis son arrivée. Forcément, une femme comme elle ne passe pas inaperçue. Sont pas bienvenus les étrangers dans la région, mais les étrangères, c'est différent, on sait se montrer accueillant envers elles.

— Un Coca, s'il vous plaît.
— À c't'heure, je sers que d'l'alcool.

Le barman essuie ses verres avec un torchon sale en mâchant un cure-dent, et la toise, pour que l'étrangère ne se sente pas trop à son aise, et pour lui apprendre les bonnes manières. Faudrait pas qu'elle se croie chez elle, non plus. Y a des règles à respecter, si on veut se faire accepter au sein d'une communauté de qualité.

— Lâche-la, Gilou, elle doit avoir école demain, faudrait pas qu'elle attrape la gueule de bois.

Aussi large que haut, abreuvé au houblon et sculpté à la fonte, chemise de bûcheron et mains de boucher – par contre niveau râtelier, il aurait besoin d'une sérieuse révision chez le dentiste –, Gaspard s'invite dans la conversation en souriant de ses chicots moisis par le tabac, l'alcool, et le manque d'hygiène confirmé par son haleine fétide. Mais attention, pas de jugement hâtif : Gaspard, c'est pas une épave, plutôt un pirate des bords de route. Et c'est exactement ce que Maxine cherche. Elle joue son personnage de candide de la ville perdue dans la forêt pour mieux l'appâter.

— Donnez-moi ce que vous avez de moins fort.

Le barman lui sert un verre de son meilleur picrate.

— C'est passque j'ai bien vu qu'vous étiez une femme raffinée.

Maxine goûte son verre apparemment infect.

— Plus connaisseur en femmes qu'en vins, hein ?

Le barman et son acolyte se bidonnent sans avoir la moindre idée de ce qui se trame : la proie a ferré les braconniers. Maxine remarque une table de joueurs dans une arrière-salle.

— Ça joue là-bas ?

Gaspard et le barman échangent des regards entendus avant que le gros bras n'ouvre les invitations :

— Au Mille Bornes, mais si vous leur demandez gentiment, peut-être vous pourrez vous mettre dans un coin pour reluquer.

L'étrangère dépose une liasse de billets sur le comptoir. Les deux hommes explosent d'un rire gras.

Gaspard accompagne la future victime jusqu'à la table où cinq joueurs se livrent à une partie de poker aussi poisseuse que l'atmosphère du rade.

— Hé, Bastien, j't'amène une gamine, elle a pas d'amis et elle voudrait jouer avec vous.

Le capitaine de cet équipage de pirates, Maxine l'a repéré dès son approche. Charismatique, cernes creusés, rictus de requin, ne lui manque que le crochet. Bastien relève sur elle des yeux qui côtoient la folie.

— Elle peut ?

Première impression confirmée, sa voix est teintée de la même insanité rampante que son regard, celle des funambules qui tanguent au-dessus de la brèche de la démence et qui parviennent à retenir leur chute par l'usage excessif de substances illicites, calmantes, euphorisantes ou hallucinatoires. De bons cocktails explosifs qui les maintiennent en vie, ou plutôt en sursis, et font de ces types, qui essaiment les bars mal famés, des bombes à retardement.

Gaspard expose la liasse à son capitaine et, derrière un faciès moqueur, tapote l'épaule de la jouvencelle.

— J'crois qu'elle peut, ouais.

Bastien désigne une chaise avec courtoisie, en gentleman inquiétant qu'il est.

— Mademoiselle.

Obéissant à la fallacieuse politesse, l'invitée plonge au milieu du banc de requins, avec pour seule protection sa combinaison de naïveté.

— C'est du poker ?
— On peut rien vous cacher. Vous savez jouer ?
— Ma grand-mère m'a appris quand on était petites avec ma sœur. On a un club où on joue au bridge quand je lui rends visite. J'adore les cartes. Rappelez-moi juste l'ordre des combinaisons gagnantes.

Le temps d'assimiler l'aberrante ingénuité de cette déclaration et les requins s'esclaffent en une belle chorale gaillarde. Bastien se tient les côtes, emporté par l'hilarité collégiale.

— Ah! Ah! Ah! Les combinaisons gagnantes! Ah, putain, on me l'avait jamais faite celle-là.

Il sèche ses larmes et ordonne à la serveuse :

— Michèle! Un whisky! Sec! Pour la dame!

La fille derrière le bar, dont ce ton glace l'épine dorsale à chaque invective, acquiesce docilement. Maxine a bien noté la rapidité avec laquelle Bastien a changé d'humeur. Instabilité émotionnelle. Elle flaire le danger. Bastien, lui, flaire le sang frais.

— Merci, j'ai mon verre de vin.

— À cette table, c'est whisky. C'est une sorte de règle sociale.

L'offre de Bastien est sans appel, on n'est plus dans la politesse mais dans l'autorité, voire la menace. Maxine se sent proche du morceau de barbaque convoité par des requins.

La soirée promet d'être saignante.

Une heure plus tard. Cinq verres vides face à Maxine, pas loin du double face aux pirates qui ont entamé la beuverie avant elle. L'ambiance chauffe, la table brûle, Bastien gagne, « encore et encore, c'est que le début, d'accord, d'accord », meugle Cabrel dans le jukebox *has been*. Sans mollir, il lui inflige une correction, d'aucuns diraient une fessée, ce qui ne serait pas pour déplaire au capitaine.

Maxine a sombré dans l'ivresse, elle boit une gorgée de whisky et lève son verre vide en direction de Michèle. La serveuse cerne la situation, elle voudrait dire à l'étrangère de se barrer fissa, la mettre en garde contre ses fréquentations, mais elle n'est pas payée pour ça. Sa clientèle, c'est les pirates. Leurs pourboires sont chiches, leurs grosses pattes, sales et baladeuses, mais ils consomment et c'est tout ce que demande son patron. Et Michèle, elle, tout ce qu'elle demande, c'est de garder son boulot. Il est minable, ce boulot, mais il y en a peu dans la région. Comme les étrangères qui viennent s'égarer dans ce rade à cette heure tardive. Alors la serveuse musèle sa conscience et ressert un verre à la pauvre fille perdue.

Bastien, grand prince, fait montre de compassion envers sa pauvre victime.

— Écoutez, on n'est pas des salauds, on va pas vous piquer tout votre argent. On a déjà bien fait le plein. Prenez deux aspirines et allez vous coucher.

Qui a dit que les pirates n'étaient pas capables de mansuétude ?

— Bastien… fais-moi plaisir… ferme ta gueule et sers.

Le regard vitreux d'alcool, Maxine s'essaie à raffermir le ton, malgré une voix traînante qui trahit son ébriété. Ce que croit tout le monde. Car tout ce petit jeu n'est qu'illusion.

— OK. Vous direz pas qu'on vous a forcée. Ça me fait penser à ces nanas qui se trémoussent en minijupe toute la soirée. Ça vous lèche l'oreille, ça se frotte à votre braguette mais quand il s'agit de passer à la casserole, elles disent que c'est pas c'qu'on croyait, et qu'elles veulent pas être «importunées».

— Je t'ai demandé de me servir, Bastien. Et ton exemple est d'un goût aussi douteux que ton whisky.

La pauvre est à l'agonie et elle en redemande ? Ben, tant pis pour elle. Bastien sert. Les pirates misent.

Maxine suit. Histoire d'égayer la soirée qui vire à la mise à mort de Boucle d'Or, le capitaine se lance avec entrain dans une de ses anecdotes dont il raffole.

— J'ai connu une nana, à cette époque je traînais du côté de Barcelone. Elle a joué toute la nuit. Elle a tout parié. Elle a misé tout ce qu'elle avait. Elle perdait et elle continuait. À croire qu'elle avait rien à perdre. Et elle a tout perdu. Le lendemain, je l'ai croisée, elle chialait sur la plage avec un bébé dans les bras. T'y crois, toi ? Une mère qui joue au poker tout ce qu'elle a, si elle mérite pas que le mépris...

— Cinquante de plus, annonce Maxine, sans montrer le moindre intérêt pour son récit.

Elle maintient un air assommé. Du moins, c'est ce que pense Bastien qui renchérit, sans perdre le fil de sa démonstration.

— Le poker, c'est pas fait pour les bonnes femmes.

Ces mecs qui se croient tout-puissants à exhiber leur bite et leur couteau. Celui-là va déchanter. Le moment est venu d'inverser les pronostics. Bastien pense la belle en perdition, jamais il ne croira qu'elle peut remonter la pente. Il a mordu à l'hameçon, elle n'a plus qu'à pêcher son gros poisson. Depuis qu'elle se fait passer pour une victime éthylique, Maxine élabore son arnaque. Elle maîtrise parfaitement la situation. Bastien plane à dix mille, convaincu de jouer à la poupée avec elle. Plus dure sera la chute.

— Je relance de deux cents, dit Maxine.

« Elle tire le diable par la queue », se dit le capitaine. Tant mieux, ça l'excite. Surtout si c'est lui, dans le rôle du diable.

— Même si faut avouer que j'aime bien le petit parfum sexy que vous apportez, mesdemoiselles. Le temps d'un tour, on aime bien ça, ce petit parfum sexy...

Bastien fait siffler le mot « seeeeeeexxxxxxy » entre ses lèvres mouillées d'une salive libidineuse – Hannibal Lecter en pâmoison devant une cervelle d'enfant.

— Hein, les gars ?

Les pirates répondent en chœur à leur capitaine d'un « Ouais » plus gras qu'une baraque à frites, qui donne à Maxine l'envie de vomir. Son carré d'as en main, elle prend son mal en patience. À la fin de cette enchère, elle le retourne comme une crêpe.

— Maxine, j'arrive pas à dormir.

Jean apparaît derrière elle, vêtu d'un simple pyjama, et affiche une bouille désorientée. Le gamin a trompé la vigilance de la réceptionniste de l'hôtel à sa manière habituelle : en passant par la fenêtre. L'avantage d'une chambre au rez-de-chaussée, il n'a pas eu besoin d'échafaudage pour retrouver sa chaperonne partie jouer dans les bois voir si le loup n'y était pas.

Maxine se précipite sur l'enfant perdu et s'agenouille à son niveau pour vérifier si tout va bien d'une voix plus maîtrisée. Personne ne le remarque, pas même Bastien qui commence à être attaqué par la charge de mauvais whisky qu'il s'enquille depuis le début de la soirée.

— Jean, qu'est-ce que tu fais là ? Pourquoi t'as quitté l'hôtel ?

— Elle est venue avec son bébé, c'est-y pas mignon ? les asticote le capitaine. Il a besoin qu'on lui talque les fesses avant de s'endormir ?

Jean se tourne vers son interlocuteur au bec malodorant, et lui déclame tout de go :

— Si tu fais pas la différence entre un bébé et un enfant de sept ans, faudrait voir à consulter un psy pour régler tes problèmes avec le stade anal dans lequel tu t'es clairement perdu.

— Qu'est-ce tu dis, morpion ?

Bastien, chauffé par l'alcool et les amphétamines, n'a plus le filtre pour juger de l'âge de celui à qui il s'apprête à redessiner le sourire à coups de surin pour lui apprendre la politesse. Maxine tente de contenir l'enfant venu semer ses étincelles de candeur au-dessus des barils de poudre, et tonne pour prévenir l'explosion :

— Rien ! Il dit rien du tout ! Viens, Jean, on va se coucher.

Elle s'apprête à déguerpir, son lardon et sa défaite simulée dans le baluchon. Son arnaque s'est écroulée comme un château de cartes. Jean a compromis son bluff. Quand tu pièges des types aussi dangereux, tu t'assures de le faire dans une zone sans risque de dommages collatéraux, et le gamin en est un.

— C'est ça, va coucher ton morbac. Quand je dis que les gonzesses c'est pas bon à jouer au poker. Une fois que t'auras couché le p'tit, j'viendrai te voir pour te donner le plaisir que t'as pas osé me demander, d'accord chérie ?

Il y a une zone d'inconfort dans laquelle on ne doit pas s'aventurer avec Maxine, et Bastien vient d'y sauter à pieds joints. Le détonateur.

Jean relève son mignon minois vers sa tutrice.

— Je peux l'écouter encore ? Il a l'air vraiment bête. Je suis sûr que ça va me soigner.

Maxine expire bruyamment par le nez, puis pose une main sur l'épaule du chérubin.

— Arrête avec ça, t'es pas malade.

Puis elle se tourne vers Bastien et lui plante des yeux sanglants dans ses pupilles dilatées.

— Mais, oui, on va rester. Tu vas apprendre quelque chose de très important, ce soir. C'est pas de ton âge mais finalement, y a pas d'âge pour certaines leçons.

— T'as plus d'argent et tu tiens pas l'alcool, répond le capitaine avec une indifférence lasse. T'as perdu le cap au deuxième verre, tu peux plus jouer.

— Teste-moi.

« Elle est bourrée ou suicidaire ? » s'interroge l'assistance. Bastien, lui, ne la calcule pas. Il s'amuse avec son verre qu'il feint de trouver bien plus captivant que les délires de la poivrote.

— J'ai rien à y gagner.

— Oh, si ! Je te propose de jouer ce que tu peux pas refuser devant tes copains misogynes : une nuit avec moi et je suis ton objet. Tu peux me faire ce que tu fais aux autres femmes : croire que tu leur donnes du plaisir en les traitant comme des chiennes.

Maxine a récupéré l'écoute de tous. Bastien ne croit pas à cette provocation désespérée de pétasse susceptible de la féminité.

— Et si je perds, c'est toi qui me baises ?

— Non. Si tu perds, tu te désapes, tu fous le feu à tes fringues et tu demandes pardon à chacune des filles de ce rade.

Cette fois, en plus des pirates et des piliers de bar, ce sont les serveuses qui tendent l'oreille.

— Je marche pas. Je vais gagner et tu te laisseras pas faire.

— Comme si ça arrêtait un mec comme toi. Mais avec tous ces témoins, je pourrais pas nier cette dette de jeu. Dix parties gagnantes, OK ?

Pas du genre à se faire balader par de la minette bêcheuse, Bastien, l'ego dans les glandes, sonde sa future victime en frétillant du pantalon. Les termes du deal lui collent un début d'érection.

— C'est toi qui l'auras voulu.

Ils reprennent la partie là où ils l'avaient laissée.

— Tu m'as mise très en colère, dit Maxine. Et je vais te faire pleurer.

Bastien rit entre ses dents du même jaune, puis se bidonne d'un fou rire orgueilleux, repris en canon par ses troufions. Maxine claque son annonce :

— Carré d'as.

Bastien ravale son hilarité, mais pas d'une seule bouchée. Il vérifie la main gagnante de son adversaire qui lui confirme ce qu'il a du mal à croire :

— Une pour moi.

La partie reprend. Bastien est aspiré dans le tourbillon. La ronde s'accélère. Nouvelle donne. Nouveau tour de table. Nouvelle rafle. Même sentence.

— Cinq pour moi, dit la meneuse en battant les cartes.

Bastien écume, un volcan prêt à entrer en éruption. Ça commence à sentir le roussi jusqu'aux premières loges. Les parties se succèdent et se ressemblent. Maxine enchaîne les mains gagnantes.

— Tu sais ce qui ferait du bien à des types de ton espèce ? De vous retrouver ligotés et de voir un mec traiter votre mère comme vous traitez les femmes, et que vous puissiez rien faire. Vous prendriez enfin conscience de votre pitoyable médiocrité.

Meilleur narrateur qu'auditeur, Bastien n'aime pas tenir le crachoir à quelqu'un, encore moins qu'on le sermonne.

— Ta gueule et joue.
— Quinte.

Petite claque humiliante pour le renvoyer à la niche. Maxine joue avec le feu, mais elle n'a plus qu'un but, le faire payer, et elle ne se censurera plus. À la neuvième donne, le malchanceux retrouve le sourire, celui du charognard.

— Full aux neuf par les valets. Ah ah !
— Quinte royale, contrecarre Maxine, sans que son pouls ne s'accélère.

Bastien crache des braises.

— Tu triches, Maxine.
— Avec les vingt témoins autour de moi, prouve-le.

Michèle, qui jubile intérieurement de voir son tyran se faire ainsi humilier, se dresse en témoin.

— Elle triche pas.
— Toi, va récurer les chiottes, c'est encore c'que tu fais de mieux !

La serveuse encaisse mais ne bouge pas. Elle attend la résolution, et espère la correction.

— Très élégant, commente Maxine dont le sang reste froid malgré la température ambiante. Neuf parties pour moi. Je distribue.

— Non! J'ai pas confiance, la coupe Bastien.

Il arrache le paquet des mains de la meneuse et le tend à Gaspard.

— Toi, distribue.

Ce ton, Maxine ne le connaît que trop bien. Quand la folie copule avec la fureur. Gaspard obtempère. On mise. On appelle. Même ronde. Même ritournelle. À choper le tournis. Et la nausée.

— Alors, Maxine, t'annonces quoi?

— Tu sais que j'ai gagné. Allez, enlève tes fringues.

Bastien n'entend pas, il ne veut pas, il gronde plus fort.

— Tu annonces quoi, Maxine?!

Comme le bourreau injecte la formule létale des cathéters dans le bras du condamné à mort, l'étrangère retourne deux de ses cartes avec un calme meurtrier.

— Une paire. Et tu sais que, même ça, t'en as pas pour me battre: une paire.

Gasp collectif au *Taureau par les cornes* qui vient de se faire couper les couilles.

— À poil! Et commence tes excuses par la demoiselle sur laquelle tu viens de vomir.

Bastien éclate le culot d'une bouteille sur le rebord de la table. À peine menace-t-il Maxine du tesson qu'elle lui braque son revolver sous le nez.

— Tout doux, mon beau. Qu'est-ce qui t'arrive? Tu peux plus te contrôler? Tu serais pas du genre éjaculateur précoce?

Une des serveuses cache les yeux de Jean et l'attire vers elle, en retrait de ce spectacle inapproprié pour un enfant. Maxine, pas plus adepte de la méthode

Montessori que de la classique, fait obstruction au geste préventif en faveur d'un enseignement à sa sauce. Piquante.

— Non, mademoiselle, s'il vous plaît. Laissez-le regarder, c'est encore le meilleur moyen pour qu'il ne devienne pas comme eux.

La serveuse perplexe se dit qu'après tout, sur le sujet de la domination masculine, le programme de l'Éducation nationale n'a pas encore fait ses preuves, et que l'étrangère a des arguments valables. Elle libère la vue de l'élève un peu paumé dans sa leçon du jour.

— Tu sais que tu sortiras pas d'ici indemne, menace Bastien.

— Non, c'est ta dignité qui sortira pas d'ici indemne. À poil, vite, j'ai sommeil.

Les pirates s'observent sans trop savoir s'ils doivent réagir puis décident, dans une franche unanimité, de garder la queue entre les jambes et, pour ce faire, de se tenir à distance. Bastien, en bon mâle dominant, choisit l'arrogance. Il gonfle la poitrine et brandit le tesson.

— Oblige-moi.

Le geste sûr, Maxine tire sur la bouteille. Bastien pousse un couinement de chihuahua écrasé. Sa main lâche les bris de verre et se met à saigner.

— Pour ton information, je tiens très bien l'alcool et mon doigt ne tremble pas. À poil.

La tireuse pointe son canon sur le front du perdant. Du bout de l'ongle de son index, celui proche de la gâchette, elle tique contre le métal de son revolver.

— Et surtout, mets-y de la conviction.

Le capitaine ne se laisse pas démonter.

— Ça prouve rien. T'es toujours une merde.
— Ta gueule.

Froid. Atone. Ferme.

— T'es une merde, insiste-t-il.

Maxine braque son arme deux degrés sur le côté et tire à deux centimètres du front de Bastien. Une tête de sanglier derrière lui prend la balle en plein groin.

— Ta gueule.

Froid. Atone. Ferme. Bis.

La fierté qui s'effeuille, Bastien se décide à l'imiter et se déshabille. Lorsque ne lui reste que le caleçon, il sort son joker, se disant que la plaisantine saura se contenter du sous-vêtement.

— Elle a dit « à poil », intervient Jean qui sait choisir son moment pour taper sur les nerfs des adultes.

Attendrie par cette spontanéité enfantine, Maxine lui adresse un sourire maternel. Certes, elle ferait une mauvaise mère, mais elle reporte la culpabilité au lendemain.

Bastien finit son strip-tease en grinçant des dents. Il se retrouve à poil mais, ne voulant pas succomber au ridicule, joue les fiers en exhibant ses attributs.

— C'est ça, fais le coq. Maintenant, tu vas voir les poules et tu leur demandes pardon.

Sans perdre de son assurance, Bastien se dirige vers les serveuses, à la fois amusées et un rien effrayées, et secoue sous leur nez ses appareils génitaux comme s'il s'agissait d'un trophée.

— Mesdames, les petites putes...

Coup de feu. Bastien sursaute. Un trou sur le parquet à deux orteils de son pied. Il se retourne pour insulter

Maxine mais ferme sa gueule à la vue du canon fumant braqué sur lui.

— Tu risques de boiter à vie. Quel prix a ta fierté ? Sois convaincant.

Bastien ravale sa bile et baisse la tête, piteux.

— Je... Mesdames, je... vous demande pardon... de... d'être souvent... comment... pas correct avec vous et...

Les filles s'autorisent à sourire, puis à rire franchement de ce pauvre garçon. En bon élève, Bastien se tourne vers la serveuse qu'il a humiliée plus tôt.

— Michèle, je suis désolé de t'avoir mal parlé tout à l'heure. Il y a plein de choses que tu fais très bien.

La troupe de serveuses explose d'un rire irrépressible au pathétique des excuses. La contagion se répand dans l'assemblée. Bastien subit son humiliation. L'étrangère n'en désarme pas son revolver pour autant.

— Jean, retourne à l'hôtel, j'arrive dans dix minutes.

— Mais t'as dit que j'avais le droit de regarder, geint le gamin qui voudrait voir la fin du film alors qu'on l'envoie se coucher.

— T'en as vu assez. Le reste, c'est pas pour les enfants.

Empêtré dans sa vexation, Bastien n'écoutait que d'une oreille, cette dernière allusion pique son intérêt au vif.

— Quoi ? Qu'est-ce que tu...

— Ta gueule, toi. Et mets tes mains en l'air, que je les voie bien.

Bastien obéit, à présent tout ouïe, et inquiet de découvrir ce que cette folle lui réserve encore.

217

— Jean, fais ce que je te dis. Michèle, vous pouvez le raccompagner, s'il vous plaît ? On a pris une chambre à l'hôtel d'en face.

Michèle, dont l'étrangère a gagné l'admiration pour l'éternité, acquiesce avant d'entraîner avec elle un Jean penaud de ne pouvoir suivre le théorème de Maxine jusqu'au bout de l'équation. Une fois l'enfant à l'abri, la tireuse revient à son tyran. Son expression a changé, elle s'est teintée de noir. Et de quelques nuances de sang.

— Je vais t'apprendre ce que c'est que d'être dans la peau d'une femme.

Elle braque Gaspard.

— Toi là, t'as pas eu des propos très fins non plus, tout à l'heure. Prends ce manche à balai. Bastien, penche-toi.

Le capitaine écarquille les billes à les laisser choir de leurs orbites. Maxine enclenche le chien de son revolver. Le clic résonne dans le silence tissé par le public attentif.

— Je ne plaisante pas.

Assis sur son lit miteux, Jean se morfond. Une demi-heure qu'il a quitté Maxine et qu'il patiente seul dans sa chambre d'hôtel à décompter les minutes du cadran de l'horloge, et à tenter d'imaginer ce qui peut bien se tramer dans le bar d'à côté.

Un bruit de clefs dans la serrure qui ne cherche plus à être discret. Maxine se presse à l'intérieur, revolver coincé dans le jean, et range leurs affaires avec des gestes précipités.

— Lève-toi, on peut pas passer la nuit ici.
La dureté dans sa voix glace l'enfant.
— Ils ont appris des choses, alors ?
— Exactement. Ils ont appris à pleurer.

La R5 chargée à l'arrache trace sa route dans la nuit à s'en déchirer les pneus. Son regard nerveux en va-et-vient constant entre la ligne d'horizon et son rétroviseur, Maxine creuse la distance avec l'homme qu'elle a puni.

— Maxine ? demande Jean, timidement.
— Quoi ?
— T'as triché tout à l'heure ?
— Disons que j'ai arrangé les choses pour qu'elles aillent dans mon sens.
— Pourquoi ?
— Parce que le monde est ainsi fait que tout ne va pas toujours vers un bon dénouement, et je dis « bon » dans la définition biblique du terme. Alors des fois faut aider un peu le destin pour avoir une fin morale. C'est paradoxal mais c'est pas moi qui ai fixé les règles.
— C'est moral ce que tu lui as fait faire, au type ?
— D'un certain point de vue, oui...

Arrivés dans le bar après son départ, Zack et Baloo partent à la pêche aux informations auprès de Michèle qui leur confirme qu'ils ont manqué la fuyarde de peu. Baloo plaque cent balles dans la main de son pote satisfait. Pari gagné. La serveuse leur sert une bière tiède à une table à l'écart du chambard émanant de la pièce voisine où se déroule un combat de chiens. Bastien s'est jeté à la gorge de Gaspard qui fait pourtant deux fois son gabarit. Telle une bête enragée, il roue de coups son violeur sans que sa bande ne parvienne à le retenir.

— Enfoiré de fils de pute ! Lâchez-moi ! Je vais le buter !

Bastien a réenfilé son pantalon, espérant recouvrer un semblant de dignité. Il tabasse Gaspard. Il veut le tuer. Il le doit. Pour se soulager. Et effacer ce souvenir. S'en laver. Sinon jamais il ne se remettra de l'humiliation.

Histoire de les éclaircir quant à la violence de la rixe, Michèle met les deux nouveaux venus au parfum des exploits de l'inconnue avec une emphase admirative, n'omettant aucun détail.

— J'pensais avoir la peau dure, dit la serveuse qui en a vu d'autres. De la gnognotte, ouais… Elle, c'est une putain de guerrière.

Ce récit de bravoure donne l'opportunité à Baloo de percevoir Maxine sous un autre angle. Derrière la séductrice, il imagine la fêlure. Il repense à ses sifflets dans sa poche. Zack savait déjà que la belle cachait bien son jeu. Plus il en découvre sur elle, plus elle le fascine.

Les pirates ont beau être nombreux à tenter de maîtriser Bastien, la rage décuple ses forces, la bête parvient à décocher un coup de boule au bûcheron, façon boulet de canon. Pleine gueule. Gaspard atterrit contre une table qui s'écroule sous son poids.

— Arrête ! Il a eu son compte ! Arrête ! brame un des témoins.

Michèle tourne la tête vers les cris et conclut d'une voix plus basse, comme si elle se parlait à elle-même :

— Ça leur apprendra, à ces connards.

Bastien s'empare d'une batte de base-ball cachée sous sa chaise. Précaution paranoïaque du joueur de troquet mal famé, toujours garder sous le coude de quoi intimider l'adversaire. Et si ça ne suffit pas, avoir de quoi lui éclater sa putain de cervelle.

— M'approchez pas, bande de rats ! Y en a pas un qu'a réagi ! Pas un ! aboie Bastien en faisant des moulinets avec sa batte. Et les putes, là !

Les serveuses terrifiées se replient derrière le comptoir. Il s'avance vers elles, la bave aux lèvres, le meurtre dans les yeux.

— Ça vous a bien fait rigoler, hein ? Vous allez voir quand je vais vous la ramener, votre copine ! Vous allez voir comme on va rigoler aussi.

Michèle se raidit. Zack lui fait signe de prendre ses distances et se lève pour payer au bar, suivi par Baloo qui surveille ses arrières.

— Combien on vous doit ?

— Quinze euros, dit le barman, incisives serrées sur son cure-dent.

Gilou, il ne les aime pas, les deux étrangers. Il n'a pas foutu les pieds dans une église depuis son baptême, mais ces deux-là ne lui ont pas l'air très catholiques. Depuis qu'ils ont foulé son plancher, il a sorti son fusil à canon scié .22 Long Rifle de sous le comptoir. Par précaution. Histoire qu'ils ne fassent pas d'histoires. Le traquenard n'a échappé ni à Baloo ni à Zack qui paie avec une mine courtoise puis lance à la cantonade :

— Tu cries bien fort pour un mec qui pleurait encore y a pas cinq minutes.

Il récolte ce qu'il espérait, l'attention de Bastien, yeux fous et mâchoires crispées par les kicks d'amphétamine mixée à la pulsion de bouffer un foie humain.

— Qu'est-ce qu'il a dit, le mort en sursis ?

— Tu m'as très bien entendu, dit Zack en recomptant sa monnaie.

Bastien s'approche, batte brandie derrière son épaule, prêt à pilonner du plaisantin façon ris de veau. Zack l'ignore, il s'occupe de son tabac qu'il roule avec désinvolture. Baloo, spectateur placide de ce théâtre de Guignol, apprécie le divertissement.

— J'espère que tu connais un bon dentiste, grogne Gnafron.

— Ouais, je te donnerai l'adresse.

Bastien décoche son plus beau swing, un coup de batte destructeur pour éclater la face de l'enculé qui se permet encore de la ramener. Mais la batte est stoppée net à quelques centimètres du nez de Zack qui lèche le bord de sa feuille OCB et porte la clope à sa bouche.

La surprise générale immortalise l'instant photographique.

Bastien, bloqué dans sa position sportive de frappeur, n'en revient pas. La pogne de Baloo s'est refermée sur la batte. Comment ce type a-t-il pu stopper son coup sans que sa main n'éclate en morceaux ? « C'est pas humain. » Mais Bastien n'a pas le luxe de se faire mal aux méninges plus longtemps que l'uppercut légendaire de Baloo s'écrase contre sa mâchoire et l'envoie valdinguer dix mètres plus loin. Le cogneur pose sur le comptoir la batte qu'il a gardée en main et, d'un plissement des paupières, avertit Gilou qu'il ferait mieux de lui tendre gentiment le fusil sur lequel ses gros doigts tremblants viennent de se poser. De peur que la prochaine volée de plombs gicle non de son canon mais de ses molaires, le barman, échaudé par la démonstration de puissance du boxeur, lâche son arme.

— Je suis un peu tatillon mais j'ai remarqué que t'as oublié un truc, dit Zack après avoir soufflé une bouffée de tabac brun dans l'air vicié. La dame t'avait chargé de mettre le feu à tes fringues, m'a-t-on dit, et incontestablement ça n'a pas été fait.

Bastien essuie le sang de sa bouche en se relevant péniblement au milieu des chaises renversées, et interpelle un de ses sbires.

— Riton, occupe-toi du singe, on se fera l'autre après.

Le flibustier dénommé Riton, un gars trapu aux avant-bras de pelleteuse, les joues balafrées témoignant d'un bon pedigree de bagarreur, remonte ses manches, sort son couteau et se dirige vers Baloo.

— Je ferais pas ça à votre place, dit Zack.

Accoudé au comptoir, il vise les goulots des bouteilles sur les étagères avec ses ronds de fumée tandis que résonnent les bruits de baston partout dans le saloon. C'est bref mais intense.

— Je dis ça, je dis rien.

Baloo s'époussette les mains. Autour de lui gisent Riton et trois pirates venus à sa rescousse. Ils pensaient ratonner du négro pour le sport, ils se retrouvent éparpillés sur un champ de bataille, façon *Game of Thrones*.

Cerné par le Goliath noir et son acolyte à l'humour pas drôle, Bastien se sent encore plus à poil qu'un instant plus tôt.

— Michèle, tu peux nous apporter un jerrican, s'il te plaît ? demande Zack.

Au tour de la serveuse d'arborer un rictus carnassier.

— Avec plaisir.

Des vêtements jetés en boule sur le bitume mouillé. Un jet de liquide visqueux aux reflets dorés. Tel un bon chien obéissant, Bastien arrose d'essence les fringues à ses pieds.

À poil.

Sur le parking du bar s'agglutine la clientèle voyeuse. La troupe de rebuts encercle le capitaine déchu à qui Zack braque un flingue sous les narines d'où s'évaporent des bouillons de vapeur, avant de tirer sur sa cigarette et de la lui tendre en recrachant des volutes bleutées dans la fraîcheur nocturne. Bastien attrape le mégot incandescent du bout de ses doigts déjà engourdis par le froid, maugrée des insultes inintelligibles, et jette la clope d'une pichenette sur son complet-veston, contrefaçon cheap d'un Versace achetée sur Le Bon Coin, qui s'embrase dans un woutch lui réchauffant aussitôt phalanges et instinct de vengeance.

— Maintenant tu vas oublier cette fille, tu vas nous oublier nous et tu vas t'efforcer de ne plus faire partie des ordures qui polluent notre planète. Ça s'appelle du recyclage, tu me comprends ? dit Zack, dont le visage est léché par les flammes orangées.

Bastien mâche quelques insultes supplémentaires

avant de les ravaler. Le pauvre, cette nuit lui aura été bien indigeste, s'amusent les serveuses invitées au barbecue improvisé. Elles savourent la punition infligée à leur porc.

Une fois que Bastien a dégluti ses jurons, Zack lui redonne une bouchée d'humiliation à avaler.

— T'aimes courir ?
— Quoi ?

Une demi-heure plus tard, en plein milieu de la route déserte, s'essouffle, sous les phares du Toyota mastard, un joggeur à poil poussé au cul nu par les coups d'accélérateur. Désarticulé d'épuisement, Bastien titube à chaque enjambée douloureuse. Ses bronches le brûlent, ses pieds lacérés par le gravier ne sont que douleur, son cœur s'évertue à le maintenir en vie dans l'effort. Et ses tripes ? Elles patientent. Elles attisent sa fureur, le temps que sonne l'heure exquise de la vengeance.

En attendant, il court.

Prêt à écraser le lapin malingre qui chancelle devant ses phares, Baloo, dont la noblesse de la cause légitime le penchant sadique, passe un moment délectable.

Zack jette un œil au compteur.

— Cinq kilomètres.
— Il a son compte ?
— Il a son compte.

Le pick-up pousse une accélération et double Bastien trop abruti d'épuisement pour songer à s'arrêter. Comprenant que ses bourreaux l'ont enfin libéré, le coureur effectue trois derniers pas, pesant une tonne chacun, avant de s'écrouler à genoux. Ses poumons, enflammés par le froid et goudronnés par les années de nicotine calcinée, luttent pour se regonfler d'oxygène. Il tousse, suffoque, crache, puis, après plusieurs essais infructueux, parvient enfin à reprendre son souffle. Et seul dans la nuit sur le macadam mouillé, Bastien se met à pleurer.

Baloo observe le pauvre type en larmes dans son rétroviseur et trouve le moment propice pour mettre le sujet sur le tapis :

— Zack, pourquoi tu fais tout ça ? C'est pas l'argent, c'est pas ton genre. Tu ferais quoi avec cette thune ? T'arrêterais de jouer ? Tu serais trop malheureux. Y a que le jeu qui t'excite. Alors ? C'est quoi ?

— Pourquoi t'as besoin d'explications tout le temps ? Je sais pas, moi. Tu la trouves pas étonnante, cette fille ? Moi, je la trouve étonnante.

— T'es amoureux ?

— T'es con.

Zack se calfeutre dans sa carapace émotionnelle. En bon pote concerné, Baloo vient le chatouiller à la perceuse.

— Marrant, depuis que j't'connais, t'es incapable de montrer tes sentiments. Avec les filles, s'entend. Avec moi, t'as beau t'planquer derrière le matraquage de bâches, tu m'envoies des bouquets de fleurs toute la journée. J'te connaîtrais pas si bien, j'finirais presque par croire que tu veux m'prendre.

— Quoi ? T'as fumé, mec.

— J'ai bien conscience que tu te jetterais sous un train pour moi, mais outre le fait que je vois pas le bénéfice du geste, toi et moi, on sera jamais un couple, on construira pas un avenir ensemble, on n'aura pas d'enfants.

— Ouh, tu pars en freestyle, là, tu m'inquiètes.

— J'te retourne le compliment, poto. Jusqu'à y a quelques jours, on avait une vie sereine, tous les deux. On menait notre petite barque, c'était fluide. D'un coup, y a cette meuf qui débarque et c'est le dawa à un degré inimaginable. Ton comportement, il est au-delà du déraisonné, il est… amoureux.

— Ta gueule et conduis.

— T'es vexé, t'es amoureux.

Les complices et leurs éternelles querelles de cours de récré, le secret d'un couple longue durée.

— Reste que j'suis rassuré, poursuit le thérapeute. Ça fait des années que j'explose des gars qui se comportent mal avec les dames. J'ai longtemps cru que tu finirais sous mes poings.

— Mais arrête avec ça, tu me fais passer pour un putain de prédateur.

— Mais t'en es un, poto. T'en es un… Ce qui te sauve, c'est que t'as jamais perdu le contrôle, mais je te surveillais. Et je flippais, mec. T'as pas idée comme je flippais… Parce que si je t'avais surpris à déconner avec l'une d'elles, ne serait-ce qu'une fois, si t'avais passé la frontière, du bout de l'orteil, je t'aurais cassé toutes tes dents. Une à une. Et crois-moi, ça m'aurait brisé le cœur. Mais je t'aurais cassé les dents…

C'est réconfortant de savoir que son meilleur ami veille sur soi. Même si ça veut dire se faire ravaler la façade.

— Mais là, depuis quelques jours, tu me surprends,

dans le bon sens. Très honnêtement, je crois qu'on se fait mythoner, et que les deux cent cinquante k, on va pouvoir se les coller bien profond, mais c'est pas grave, tu sais pourquoi ?

— Parce que je suis amoureux ? répond Zack avec cynisme.

— Non. Parce que tu t'comportes en mec bien.

Zack se tait, pas enclin à accepter un changement en lui. Pourtant Baloo a raison. Celle-là, il ne veut pas la faire souffrir. Les autres non plus, mais il s'en foutait. Il a bien conscience de son démon intérieur. Ne pas être vertueux, c'est une chose, devenir monstrueux, il n'y a qu'un pas. Avec la meuf d'un soir, celle qu'il lève dans un coin de bar, il se sert. Du cul sans lendemain, ou s'il y en a, c'est pour peaufiner les galipettes, se complaire dans le trash, mais jamais, au grand jamais, en vue d'un partage émotionnel. Il n'y a pas d'humain dans tout ça. Que de la chair. De l'addiction qui te fait te sentir vivant. Et mort à la fois.

L'abîme de la solitude.

Avec Maxine, c'est différent, il a tout de suite eu envie de plus. Ironie, il n'a même pas réussi à coucher avec elle. Allez comprendre. La fin de l'égoïsme machiste, quand le changement opère, ça peut faire peur. Ce que confirme son psy :

— Ça a pris du temps, on n'était pas sûrs que t'y viennes, mais ça y est : t'es devenu un mec bien.

— Heureux d'avoir gagné ta bénédiction.

— T'as gagné plus que ça, mon pote, t'as obtenu ma clémence. Je vais pas avoir à te défoncer, et ça, c'est une bonne nouvelle.

Zack vient de sauver son âme en même temps que ses dents dans un même sermon. Il en a une larme à l'œil. Quelle belle preuve d'amitié.

— Suis fier de toi, poto.

La CB du Tundra se met à grésiller, la voix d'un routier à résonner :

— *Gros Loup à Broute-Minou. Poulette bien roulée sur la bretelle pour la D250. R5 rouge, porte bleue. Renifle-moi ça, comme c't'appétissant...*

Baloo suit sur son GPS le prochain embranchement qui le mènera à la D250.

— Et c'est reparti.

— *Ici Broute-Minou. Reçu 5 sur 5. La poulette vient de me doubler. T'as raison, mon Gros Loup, sacré morceau, j'm'en ferais bien une tranche.*

Baloo baisse le volume dans un grognement. La teneur des échanges lui confirme que leur filature risque de se montrer utile.

Plutôt tôt que tard.

Commence l'errance. Maxine emprunte détours et raccourcis pour fuir son passé, s'éloigner de sa destination, éviter la confrontation. Avec Colbert. Et avec elle-même. Alors elle joue, de bars-tabacs en casinos minables. Elle se ment en se disant qu'elle prépare son mental, sachant bien, au fond d'elle-même, lors de rares éclairs de lucidité, qu'elle se saborde en s'abrutissant. Telle une alcoolique à coups d'ivresse, elle croit se donner du courage en faisant l'inverse : elle alimente sa peur.

Zack et Baloo suivent l'odeur de l'argent. Le dicton dit qu'il n'en a pas. Vaste connerie. S'il y a bien un composant chimique sur cette terre qui renifle à des kilomètres, c'est l'argent. Euros, dollars, yens, CFA, les noms ont beau varier autant que les illustrations sur le billet, toutes les monnaies dégagent la même sale fragrance.

Baloo s'inquiète du timing.

— Elle t'avait pas dit que la partie aurait lieu ce soir ?

— Sur ce point, m'est avis qu'elle a menti. Y a pas de contact, pas plus que de date fixée. Mais la partie aura lieu.

— Qu'est-ce qui te rend si certain ?

— Son regard, quand elle m'a fait la proposition. Elle improvise. Elle a pas besoin de rendez-vous pour débarquer chez son daron, elle a besoin de courage.

De graissages de pattes en tables de poker encore tièdes, le chat remonte la piste de la souris. Dans un pays où la délation est encore de mise, les chasseurs de primes ne rencontrent que peu de résistance. Rien qu'un billet de vingt glissé dans une paume graisseuse ne puisse dégripper.

— Un mètre soixante-dix environ. Châtain doré. Les cheveux bouclés. Un regard de dingue.

— Je vois pas, dit le énième tenancier d'hôtel qui, faussement réticent à l'idée de divulguer des informations sur ses clients, secoue la tête à la description.

Bifton discret fourré dans le tablier, et l'hôtelier à la conscience professionnelle hypocrite pointe du doigt le rond-point en face de son respectable établissement.

— Elle a pris la D982. Y avait un gosse avec elle. Elle est pas restée longtemps, le temps de prendre une douche, j'dirais. Pourtant elle a payé sa nuit. J'ai pas cherché à comprendre.

Bingo. L'argent a bien une odeur, il suffit d'en propager le fumet pour ouvrir les appétits. Et délier les langues.

Quelques départementales plus au sud, dans un village perdu où l'unique panneau de circulation indique *Toutes directions* tant on est ici nulle part et qu'on ne peut se rendre qu'ailleurs, subsiste un irréductible commerce, un PMU qui sent la désillusion et le tabac froid.

Maxine dévoile son brelan aux trois acolytes à sa table, des naufragés échoués dans ce village sinistré de province, coupés du monde et de son évolution. Deux d'entre eux, des loubards restés bloqués dans les années 1980 et dans leurs blousons noirs imprégnés de sueur et de Picon, n'apprécient guère de voir une gonzesse les détrousser. Le troisième, un ouvrier assommé par trop de dettes accumulées aux loto, paris hippiques ou jeux à gratter, n'a même plus la force de contester. La Française des jeux fait son beurre sur le dos de ces désœuvrés qui, à force de se dire que dix euros c'est pas grand-chose, engloutissent leur loyer, se rabattent sur les prêts à la consommation pour boucler les fins de mois, et se noient dans les agios. Un cercle vicieux duquel seul un nouveau grattage pourrait les extirper. À coups de mauvaise bibine, l'ouvrier se matraque le jugement pour éviter de voir qu'il a perdu, aujourd'hui encore, et qu'à ce rythme-là, ce qui l'attend, c'est le surendettement, et, pour s'en sortir, un coup de chevrotine entre les dents.

Maxine étale sa main gagnante sans arrogance. Pourtant, les loubards atteints dans leur virilité le prennent personnellement. L'un d'eux alpague par le bras la pétasse qui riposte en lui tordant le doigt à l'en casser. Un bruit sec, secondé par un cri imbibé de bière, lui confirme que l'articulation a cédé. Fallait pas l'emmerder. La suite pourrait virer au vinaigre, mais Maxine sort toujours couverte. Les pochetrons aux réflexes ralentis par les vapeurs d'alcool n'ont pas le temps de comprendre ce qui se passe qu'elle les braque de son revolver. Simple avertissement. Pauvres loubards, ils se sont fait dépouiller sans percuter ce qui leur arrivait. Ils auraient mieux fait de rester les tiags au chaud dans leur squat avec une bonne tisane.

Prochaine étape, un strip-club dont Maxine a noté

la pancarte sur la route en venant. *Le Blue Devil*. Le néon extérieur représente un diable fessant une stripteaseuse de son trident. « De parfait bon goût », pense-t-elle en poussant la lourde porte insonorisée pour isoler ce temple de la luxure décomplexée.

La lumière des néons rebondit sur les murs laqués, uniformisant les visages et les corps d'une teinte bleu électrique. Et l'éternelle même odeur, à laquelle se mêle cette fois celle du stupre. Des filles dénudées secouent leur croupe chastement couverte d'une vulgaire ficelle. D'autres, les seins gonflés à la silicone, se contorsionnent sur une barre de *pole dance* dans des positions d'équilibristes qui, à défaut d'être gracieuses, divulguent une vue imprenable sur les moindres recoins de leur anatomie. Et il y a quand même des gros bœufs alignés à l'abreuvoir pour baver devant ce spectacle peu ragoûtant. « Misère », soupire Maxine avant de jeter son dévolu sur une table de beaufs à qui proposer un petit poker.

Minuit bien sonné. Maxine rentre au sinistre étape-hôtel où elle a échoué, passe devant le réceptionniste à gueule de fouine, elle ne l'aime pas celui-là, quelque chose dans son air de pas y toucher ne lui revient pas. Instinct de joueuse, elle s'en méfie. Qu'importe, tout ça sera bientôt derrière elle, elle s'apprête à plier. Elle esquisse un bonsoir muet à l'attention de la fouine avant de disparaître dans le couloir défraîchi qui la mène à sa chambre.

À peine a-t-elle disparu de sa vue que la fouine compose le numéro qui s'échange sous le manteau des modestes commerçants depuis quelques jours. Sa tête est mise à prix. Mille euros de récompense. Le genre de petite annonce qui circule vite dans une région sinistrée par la basse saison.

Une voix nasillarde répond – le type a le nez pété, ou il est sacrément enrhumé, s'est dit la balance lorsqu'il l'a contacté plus tôt dans la soirée, après le check-in de la cliente qui semblait correspondre au signalement :

— Allô.
— Elle vient de rentrer, informe la fouine.
— On arrive.

Seul, comme c'est le cas depuis des nuits que son héroïne a perdu le cap, Jean dort dans l'étroitesse du lit oppressé par le papier peint jauni d'un champ de coquelicots rouge sang. La serrure crisse, la porte couine, des pas feutrés sur la moquette pelée tentent de se faire discrets. L'indigne mère de substitution entre sur la pointe des pieds, chaussures à la main, s'assure de loin que le bambin va bien, puis bifurque vers la salle de bains. La douche se met à couler.

Le son de l'eau perce au travers du placo au rabais et tire Jean de son sommeil. L'enfant endormi se frotte les yeux puis vient s'asseoir le long de la porte derrière laquelle il ressent la présence de celle devenue bien trop rare ces derniers jours.

— Maxine, qu'est-ce qu'on fait là ? Pourquoi je te vois plus ?

Assise sous le lavabo, celle qui l'a entraîné dans son errance essaie de ravaler ses sanglots absorbés par le bruit de l'eau. Maxine s'est laissé submerger par la tristesse. Ses gestes tremblotants ont repris leur rituel sacrificiel. La lame du scalpel trace un sillon cousin des précédents.

— Tu dors pas, chéri ? Recouche-toi, il est tard.
— Je peux pas dormir si je me pose des questions.

Le soulagement ponctuel succédant habituellement à la scarification n'opère pas. Maxine coupe. Plus fort, plus profond.

Et la voix enfantine d'insister :

— Pourquoi tu me réponds pas ?

Elle a toujours su s'arrêter à temps, ne pas dépasser la ligne, l'abandon à la folie, la mutilation fatale.

Jusqu'à présent.

La peur s'incruste. Elle n'aura pas le courage d'affronter son père. Jamais elle n'arrivera à se venger. Elle est brisée. Dans l'impossibilité de se reconstruire. Le regard blanc de Maxine se vide alors que la lame lui lacère la cuisse avec une régularité métronomique.

De l'autre côté de la cloison, la voix de Jean. Telle une comptine dont les mots ne lui parviennent plus. Juste les sons. Cette voix qui la tire. Et la ramène. À la lucidité.

Réflexe de survie, sa main libre bloque celle armée du scalpel.

« Jean… »

À force de se perdre, Maxine l'a oublié. Elle s'est menti en se disant qu'elle le sauvait. Comment a-t-elle pu l'entraîner dans cette folie ? Un gamin. Après ce qu'elle a vécu, elle.

Maxine jette la lame à l'autre bout de la salle de bains. L'instrument rebondit sur les dalles, striant le sol de traînées de sang. Pollock pris d'une inspiration de *dripping* gore sur carrelage crème. Sa main compresse la peau lacérée d'une gaze sitôt imbibée. Mouvements précipités, soudain précis, réfléchis, cliniques. Maxine a repris le contrôle d'elle-même. Elle enfourne une serviette dans sa bouche, dévisse le flacon d'alcool et en badigeonne sa chair en charpie. Hurlement molletonné. Ses yeux dégueulent de larmes acides. Le désinfectant la purifie tout en la ramenant à la réalité.

Les mots de l'enfant lui parviennent, intelligibles à nouveau.

— Tu m'aimes plus ? demande Jean qui se sent trahi par la figure maternelle pour la seconde fois de sa vie.

Comment a-t-elle pu ? La culpabilité lui donne la nausée. Elle recrache son bâillon ensanglanté.

— Mais si... je t'aime...

Tout en se mordant l'intérieur de la joue, elle parvient à contenir son tremblement. Écartelée entre l'envie d'en finir et le besoin de s'épargner, elle ramasse son bâillon, ses doigts insèrent le fil dans l'aiguille et entreprennent la suture. Le goût du coton dans la bouche, l'odeur du sang aux narines, elle brode sa peau. Et ce constat, toujours le même : ces blessures-là cicatriseront. Alors que celles laissées par son père, jamais.

Après avoir nettoyé les traces d'hémoglobine et caché les indices de la scène d'horreur, Maxine s'emmitoufle dans un peignoir élimé et ouvre la porte. Agenouillé à ses pieds, Jean lui dit avec des yeux chargés de chagrin :

— Pourquoi t'es si triste depuis qu'on est partis ?

Elle s'accroupit et l'enlace. Pour le rassurer lui, autant qu'elle voudrait se rassurer, elle.

— Dors. On va se lever tôt demain.

Sa décision est prise, elle ne peut plus continuer à se mentir davantage.

— On rentre à la maison.

Jean blêmit. Retourner chez lui le terrifie. Il aimerait la remettre dans le droit chemin. Celui qui pourrait les sauver tous les deux.

— Tu voulais pas voir ton père ?
— Si. Mais on va rentrer finalement.
— Ah… Mais pourquoi ?
— Parce que… j'ai trop peur.

Les roues du pick-up glissent sur l'asphalte humide sans perturber la quiétude nocturne. Les lèvres en sourdine, Baloo conduit en sifflotant *Il en faut peu pour être heureux* sans emphase. Zack scrute la route, joue comprimée contre son poing sur lequel repose sa tête alanguie, les paupières qui battent à un rythme alourdi. La lassitude s'est installée, la tension a baissé, l'attention au diapason s'est relâchée. La piste de Maxine s'est refroidie et, avec elle, la passion de ses traqueurs.

— Mais qu'est-ce qu'elle fout ? Ça fait deux jours qu'on traîne dans la région. Et quoi ? Rien ? râle Baloo à la fin de son refrain sans entrain.

— Elle est pas prête. Je parie que son père est dans le coin. Cette partie, elle l'évite depuis longtemps, alors elle flippe.

Le pick-up passe devant un hôtel sans ralentir. Sur le parking est garée une R5 rouge à portière bleue. Baloo pile, incrustant de larges traces de pneus derrière son camion. En poste de guet, le monstre de la route, les quatre roues ancrées sur la largeur de la voie, ronronne dans la nuit. Le gaz d'échappement s'évapore en fumée blanche dans l'obscurité d'un ciel sans étoiles. L'anonymat préservé par les vitres teintées, Baloo et Zack épient le parking sans mouvement autre que la vibration du moteur V8.

— Ben, qu'est-ce que tu branles ? dit Baloo, consterné par l'inertie de son compagnon.

— Quoi, qu'est-ce que je branle ?

Empêtré dans ses atermoiements, l'amant ne montre aucun signe d'allant.

— T'as la pression, hein ? Ah, c'est sûr, on parle pas de tringler une meuf sans conséquence entre deux portes d'immeuble. Y a de l'implication, là, va falloir te mettre à poil. Sauf qu'on veut pas voir ta teub, on veut voir tes sentiments.

— Merci, vraiment, tu m'aides bien.

Baloo ressent la vulnérabilité de son ami, c'est bien la première fois. Un vrai parcours initiatique, ce road trip. Histoire d'éviter que son moralisme balourd ne devienne contre-productif, il change son fusil d'assaut d'épaule.

— Meuh, non, j'déconne. Allez, vas-y, fais pas le pudique. Tu te morfonds comme un con, mais j'suis sûr qu'elle attend qu'un truc, c'est que t'ailles lui parler. Tu sais, les femmes, elles sont bizarres, des fois. T'as l'impression qu'elles t'arracheraient bien le cœur pour le jeter dans le mixeur, mais, en fait, elles sont super intimidées et elles aimeraient juste que tu leur poses un petit bisou délicat sur le bout des lèvres. Avec leur autorisation, on s'entend, hein. Mais c'est un langage à elles. Une fois que t'as le décodeur, t'as plus qu'à…

Le claquement de la portière interrompt le flow du prédicateur qui se redresse et aperçoit son jouvenceau évangélisé s'éloigner vers l'autel de l'amour. Baloo se congratule de sa force de persuasion, et se renfonce dans son fauteuil.

— Tu te décides enfin à écouter le gros Baloo, hein?

Zack marche d'un pas décidé, contourne le parking pour se diriger vers l'entrée de l'hôtel, puis vire à cent quatre-vingts degrés, s'orientant vers les haies qui bordent l'allée en maugréant pour lui-même.

— Ça te va bien de me donner des leçons. Toi aussi, t'es empêtré dans tes putain de névroses. Depuis quand je t'ai pas vu avec le sourire d'un lendemain de cul?

Le bougon se campe face aux roses trémières, jambes écartées, se débraguette et commence à uriner.

— T'en foutrais, moi, des petits bisous délicats.

La silhouette longiligne d'un promeneur, détourée par la lumière de l'unique réverbère à éclairer les alentours, s'approche derrière lui et dit, d'une voix familière que Zack, trop occupé par son activité, ne prend pas la peine de relever:

— Z'auriez pas du feu, mon bon monsieur?
— Ben, comme vous voyez, j'ai les mains prises.
— Je vois ça.

L'ombre du promeneur esquisse un rictus carnassier. Zack ne le voit pas, pourtant il le sent briller de toutes ses dents dans son dos. S'ensuit une douleur aiguë derrière ses genoux que Bastien vient de défoncer de son plus beau swing de batte de base-ball. Zack se maudit d'avoir ainsi baissé sa garde à force de suivre sa belle aveuglément, d'en être si obnubilé qu'il a oublié le maniaque laissé dans son rétroviseur, agonisant, pour mieux le retrouver dans son dos, triomphant. Un coup de crosse de colt le propulse dans un trou noir, loin de son autoflagellation.

— Deux pour le prix d'un. Un timing pareil, c'est Noël, jubile l'ombre.

La tronche de Zack s'écrase sur le gazon sur lequel il pissait une seconde plus tôt, sans connaissance, de ce qui vient de lui tomber dessus, et de ce qui l'attend. Il ne serait pas assommé, il ouvrirait les paris sur des pronostics pas très encourageants, mais comme il gît sans défense, et que Baloo n'a pas noté sa disparition, il n'en fera rien et se laisse embarquer sans moufter dans un van inquiétant vers un avenir incertain.

Un pansement sur son nez empâté, les deux yeux au beurre noir, Gaspard aide son capitaine ivre de vengeance à charger le paquet de viande pas encore morte, destination l'abattoir, puis referme les portes arrière du véhicule sur le corps ligoté de Zack. Bastien enclenche le moteur et se tourne vers son sbire.

— Tiens, les mille balles pour l'hôtelier. Ramène-moi Maxine, je vais me chauffer sur son petit copain en vous attendant.

Gaspard empoche le cash et acquiesce sans un mot – la complexité du plan n'exigeant pas de grande rhétorique. Hors de vue de Baloo qui, perdu dans ses pensées à triturer la tôle déchirée de son pendentif, monte le guet de l'autre côté du bâtiment, le van suspect se débine dans la direction opposée avec son pote maintenu prisonnier à l'intérieur. Et tandis que son homme de main part à l'abordage de l'hôtel, son arme au poing en guise de carton d'invitation pour la miss, Bastien annonce le programme à son paquet ficelé :

— Toi, mon ami, j'te réserve une surprise. Après on se finira sur ta copine.

Le souffle velouté d'un ange endormi berce la chambre aux coquelicots jaunis. La nuit s'écoule sans heurts.

Jusque-là.

Réveillé par l'alerte nocturne de sa vessie remplie à ras bord des deux canettes de Coca qu'il a englouties avant de se coucher, Jean s'extirpe de ses draps pour constater que Maxine s'est absentée, une fois encore.

Le bambin délaissé se lève en songeant à l'abandon de sa tutrice qui n'aura pas su le protéger jusqu'au bout de leur fuite, et en s'interrogeant sur son avenir à lui. Obligé d'accepter avec fatalité sa condamnation à retourner entre les griffes de son dragon, Jean s'écrase contre le mur d'une évidence qu'il a longtemps niée : il n'est qu'un enfant pris au piège du monde des adultes.

La mauvaise influence de l'entourage côtoyé depuis le début de cette cavale ayant tout de même du bon, il s'autorise à braver les interdits et se hisse sur un tabouret pour pisser dans le lavabo.

Au même moment, Gaspard, moins tiraillé par les introspections philosophiques que l'enfant intelligent, arpente le couloir de l'hôtel en tripatouillant le pansement sur son nez. Une batte à la main, ses questions existentielles à lui se résument à la date de péremption de Maxine quand il aura mis la main dessus. C'est-à-dire «dans quelques secondes», pense-t-il alors qu'il s'approche de la chambre sur la pointe des pieds.

Cette connasse lui a fait passer la pire nuit de sa vie au palmarès déjà bien minable qui ne méritait pas une telle précipitation à toucher le fond. L'agression sexuelle de Bastien le hante. Étrange sensation pour un violeur que de partager l'état de choc du violé. La souillure, l'envie de gerber, quand les images reviennent en mémoire, les cris de douleur, les gémissements et les larmes. Et cette supplique en boucle, «Pitié! Arrête! Non, pitié!», qui pilonne le crâne de l'agresseur. Une migraine de dégoût à en invoquer la trépanation.

Maxine a réussi, d'une pierre deux coups, à traumatiser deux connards de machos en les mettant dans la peau d'une femme victime de viol.

Là où s'arrête l'effet miroir, c'est que la victime n'est pas restée prostrée dans son mutisme et sa honte, en état de catalepsie post-traumatique. Au contraire, après l'acte immonde, le mâle agressé a mis un pansement sur son nez fracturé, avalé deux aspirines, quatre amphétamines, un demi-litre de whisky, et, du haut de ses quatre-vingt-dix kilos de bidoche dopée à la testostérone, c'est à grands coups de batte dans la gueule de la moralisatrice qu'il compte faire passer la pilule. Et pourquoi pas, l'achever en lui pétant le cul de son autre gourdin, celui dans son calbut. Retour à l'envoyeuse.

Sur ces jolies pensées altruistes, Gaspard crochète la serrure à l'aide d'une tige de métal, entrouvre la porte et pénètre dans la chambre, batte en l'air et bave aux lèvres.

Face à lui, un gamin de sept ans se tient en arrêt, tête

inclinée sur le côté, comme un chien qui cherche à comprendre si cet os lui est bien destiné. Son voyage retour de la salle de bains interrompu, Jean dévisage l'intrus en toute candeur.

— Vous vous êtes trompé, monsieur, c'est notre chambre ici.

Gaspard a bien reconnu le môme du bar, mais son poids têtard ne représentant pas une menace imminente, il s'occupera de son sort plus tard. Son effet de surprise gâché, il n'a pas une seconde à perdre s'il veut éclater le crâne de l'étrangère sans risquer un retour de bastos. Le malabar bouscule le têtard avec un grognement et se rue sur le lit en cognant aveuglément un peignoir vide.

— Prends ça, sale pute !

La brute laboure le traversin caché sous le peignoir jeté négligemment là par sa proie, sans se rendre compte qu'il bourrine du duvet d'oie.

— Il faut pas laisser vos pulsions vous dominer comme ça, mon brave.

Jean s'est rapproché avec curiosité pour mieux analyser le comportement de ce cobaye particulièrement intéressant en ce qui concerne son étude de la bêtise humaine et le remède intellectuel qu'il pourrait en tirer en cas de dissection.

Le dernier coup de batte, plus lourd, plus haineux, étripe le traversin qui éjecte des plumes partout dans la chambre éteinte. Gaspard garde les yeux écarquillés sur le traversin éventré.

— Toi, le moutard, tu vas apprendre le respect.

Il fait volte-face, prêt à répandre de la cervelle de marmot sur les champs de coquelicots. Mais son champ de vision à lui se trouve obstrué par la carrure de Baloo qui s'inquiétait de ne pas voir son ami revenir et, après un court interrogatoire auprès de la fouine à la réception, a entrepris l'inspection des lieux. Nez cassé contre la poitrine du colosse, Gaspard, les miquettes dans la moquette, relève des yeux inquiets et se fait empaler par un regard meurtrier. Un lapin qui achève son bond entre les pattes d'un grizzli. Baloo craque ses doigts et crache son souffle chaud sur sa truffe humide.

Sentant l'orage prêt à éclater, Jean ferme les yeux et se bouche les tympans. Les coups pleuvent. Sacrée averse. Une fois la tempête calmée, Jean décolle les mains de ses oreilles, puis rouvre ses billes pétillantes.

Aux pieds du titan noir gît un reste informe de brigand passé à la moulinette façon purée maison, sa batte toujours à la main en guise de rouleau à pâtisserie. Il faudra plus qu'un dentiste pour lui arranger le râtelier, à celui-là. Il devra sauter directement à la case chirurgie esthétique. Ce qui, dans son cas, ne peut impliquer qu'une amélioration. Les dégâts intérieurs, Jean ne saurait juger, mais pour ce qui est des apparences, Gaspard s'est fait démonter comme un Lego. Baloo se frotte les mains avant de s'occuper enfin de l'enfant tétanisé face à lui, non d'effroi mais d'intérêt.

— Ça va, petit ? Il t'a pas fait peur ?
— Non.

Baloo entreprend de fouiller la chambre, s'assurant qu'aucune autre menace ne se cache derrière le rideau, ni sous le bidet.

— Je venais chercher Zack. Tu l'as vu ?
— C'est qui, Zack ?

— Mon pote. La trentaine bien sonnée, beau gosse, un chouille arrogant mais bon gars au fond.

— Ah oui, je l'ai vu chez Maxine. Il y a quelques jours. Mais pas depuis.

— Il est pas venu ici ?

— Non.

— Et Maxine ?

— Elle est sortie. Je sais pas où.

Jean, la liste des absents ne l'intéresse pas. Un monde vient de s'ouvrir à lui. Une révélation. Il était perdu dans une quête d'identité depuis sa naissance et un espoir de protection depuis sa maltraitance, et voilà que son existence prend enfin un sens. Le géant venu à son secours vient de réécrire la définition dans le dictionnaire du mot « cool ».

— Je m'appelle Jean et… vous êtes vachement costaud, hein ? Vous m'apprendrez à être costaud comme vous ? Et noir aussi. Vous m'apprendrez comment on peut devenir noir ?

Le gros Baloo zieute le petit bout d'homme, déstabilisé par sa requête, et bien loin d'imaginer ce qui se trame à quelques kilomètres de là, alors que Bastien gare son van sur un parking en retrait dans un village de vacances bourré à craquer d'invités déjà bien avinés, venus célébrer un mariage. Pas vraiment l'endroit le plus discret, mais Bastien est également joueur. Et sadique.

Il sort de son coffre un coupe-boulon professionnel, enserre de ses mâchoires spécial blindage le cadenas de la porte de la piscine, fermée pour l'occasion, et d'un coup sec, libère l'accès à sa salle de torture.

Verre d'eau dans la tronche. Réveil du condamné. Zack émerge dans la douleur. Ses genoux le lancent. Il voudrait les masser mais comprend rapidement que, dans la catégorie urgence, ses ligaments croisés peuvent attendre. Mains ligotées dans le dos et gorge enserrée par une corde, le captif est entravé comme un gibier, prêt pour le civet. Ou la potence.

« La situation est grave, mais pas désespérée », clamait son grand-père qui lui a appris les rudiments des échecs. Zack se remémore cette phrase tous les matins, un leitmotiv dont il ne se lasse pas, et qui pourrait résumer sa vie. Sur ce coup-là, pas sûr que son grand-père ait raison.

Une rapide inspection des lieux lui en révèle plus. Une piscine publique, les basses d'une musique qui groove au loin, et une corde au cou qui le lie au pommeau d'une douche. Une corde très courte. Qui l'étrangle. Pas suffisamment pour qu'il étouffe. Mais assez pour qu'il commence à sérieusement flipper.

— Bien dormi, mon poussin ?

Le Joker du bord de route ouvre le bal. Pas la peine de chercher plus loin, la partie est engagée, Zack n'a pas de jeu, ses arrières ne sont pas assurés, et ses jours sont comptés. Voire ses minutes.

— Je pensais pas te mettre le grappin dessus avant ta copine, ça chamboule un peu mon planning des réjouissances mais qu'à cela ne tienne, je peux aménager l'ordre du menu pour mon invité surprise.

En désespoir de cause, Zack se lance dans la partie à coups de bluff. Il n'a rien à perdre. À part la vie peut-être ? Tout dépend du degré de démence de son interlocuteur. Il va pouvoir vérifier ça très vite.

— J'ai des dés dans ma poche. Un double six et tu me laisses partir. Et si je perds, tu...

Bastien enroule un linge autour du visage de son prisonnier.

— Ta gueule.

Puis tire le tissu et le serre de façon à le mouler intégralement.

— ... J'l'ai assez vue pour ce soir, ta gueule.

Par cette verve poétique, il met fin à la conversation et sort un couteau à la pointe acérée d'un étui en cuir, niché dans le revers de sa veste.

— Retiens ta respiration, ça risque de piquer un peu au début.

— Quoi ?

Le joueur en perdition abandonne son *poker face* sous la couverture du tissu. Cette mise en scène lui fait redouter le pire. Bastien l'a perçu dans le trémolo de sa voix et en éprouve du plaisir. Très coupable, le plaisir. Et tout à fait assumé.

Le boucher plante l'abdomen de son gibier. Pas trop profond. Bastien est un psychopathe, mais pas un meurtrier. Il ne cherche pas la blessure mortelle. Juste le jeu. Et la souffrance. La balafre est superficielle mais douloureuse. Zack fait un bond en arrière. Son dos choque le mitigeur et enclenche la douche. L'eau se déverse sur sa tête, humidifie le tissu, resserre les fibres imbibées, rendant le masque opaque, qui l'empêche de respirer. Zack étouffe sous l'eau. Il est pris de convulsions.

Ce jeu vicieux provoque l'hilarité du capitaine à

l'honneur outragé qui illustre sa torture d'une anecdote dont il est friand :

— Comme disait ma grand-mère avant d'amputer le pied gangrené de mon grand-père avec un vieux hachoir de fortune : « Faut bien qu'tu sentes que ça pique sinon tu sauras pas à quel moment t'es vivant et à quel moment t'es mort. Tant qu'ça pique, t'es vivant. »

Le mitigeur revient en position neutre. La douche s'arrête de couler. Zack s'escrime à aspirer des fragments d'air entre les mailles mouillées, en prenant soin de tenir ses reins éloignés du robinet, et de laisser suffisamment de mou à la corde qui enserre son cou. Le manège a à peine commencé qu'il est déjà à bout de forces.

— Mon grand-père a pas survécu à l'opération, mais ma grand-mère était une femme d'une grande sagesse.

Bastien le plante. Zack fait un bond. Son dos enfonce le mitigeur. Et c'est reparti pour une bonne douche. Il risque d'être long, ce jeu.

Mortel, même.

*Au groin de la rue*, un restau du terroir qui, comme son nom l'indique, fait l'angle d'une rue déserte dans un village tranquille, sert de l'andouille, des pieds de porc panés, et occasionnellement de tripot.

Avachie à une table, nappe en toile vichy et godets de gros rouge pour décorum, Maxine joue sans implication avec deux acolytes aux mines plutôt sympathiques. Poulou, cibiche éteinte au bec, béret et salopette, accompagné de son indécrottable compagnon, le maigrelet Bébert, qui ne quitte jamais ses bottes en caoutchouc, ni son bleu de travail, que ce soit pour brosser le cul de ses vaches ou pour se livrer à un poker entre amis les samedis soir. Ils ne connaissent pas le repos du week-end, dans l'agriculture, ça ne les empêche pas d'avoir envie de s'encanailler de temps en temps. Et avec la souris des villes venue jouer le rat des champs, ils en ont pour leur argent. Trop même. Ils culpabilisent. Parce qu'ils voient bien que la petite n'est pas dans son assiette. Déjà qu'elle n'a pas touché à ses tripoux. Maigre comme elle est, faudrait pourtant qu'elle se remplume. Même côté oseille, d'ailleurs, parce qu'elle a plus grand-chose à miser, on dirait.

— Tu perds de plus en plus facilement, Maxine, dit Poulou penaud en mâchonnant son mégot. Je m'en veux de te prendre ton argent.

— T'es chou de te soucier, mais ça me fait du bien de perdre.

Maxine pose sa menotte sur la paluche ravinée par le dur labeur du conducteur de tracteur qui pique un fard en en appréciant la douceur. C'est pas souvent qu'il en savoure, une pareille douceur, le Poulou, féminine de surcroît. Surtout pas avec sa Martine de femme, avec qui il partage son plumard. Elles ne sont pas loin d'avoir le même nom, toutes les deux, Poulou s'en est fait la remarque quand l'étrangère s'est présentée, mais le *x* de Maxine donne au sien, en contraste avec celui de sa rombière, une touche exotique, voire sexy, comme ils disent à la télé, qui l'a tout de suite émoustillé. Mais en tout bien tout honneur, hein. Poulou a beau être un poil rustaud, côté bonnes manières, il n'en reste pas moins un gentilhomme de la campagne.

— Ça va pas, hein ? Les copains et moi, on s'est bien rendu compte. On se disait : c'est pas normal qu'une mignonne comme elle, qu'a de l'éducation, et pis qu'a de la classe comme pas beaucoup, elle se retrouve à not' table. C'est forcément qu'y a un petit quelque chose qui va pas dans sa tête. Moi, je pense même que c'est dans le cœur.

— Un peu les deux...

Maxine pensait avoir les épaules pour piéger son père. Retour de flammes, son mental est parti en torche. Elle met fin à sa croisade ratée en s'infligeant ce châtiment humiliant : se laisser battre par des petits joueurs.

— ... mais tu deviens sentimental.

Elle retire sa main et prive Poulou de cette parenthèse sensuelle dont il profitait en cachottier.

— Sers-moi plutôt deux cartes et un whisky.

Poulou s'exécute sans renâcler, soupire en pensée, il contemple Maxine, puis visualise Martine, et se dit qu'à deux lettres près sa vie aurait pu avoir un goût de paradis.

— Bonsoir, Maxine. Ça fait plaisir de te revoir.

Bastien vient de planter ses guêtres dans le troquet et prend place, sans qu'on l'y invite, sur une chaise vide face à l'interpellée. Poulou, dont l'intrusion de cet énergumène grippe l'hospitalité, se charge des politesses.

— La place est réservée. On n'accepte plus de joueurs.

Bastien pose sur la table un colt, mal nommé « Peacemaker » – un six-coups à barillet, symbole de l'Ouest américain, l'homme est collectionneur –, et clôt ainsi le débat. Poulou ravale son amorce d'assurance. Tous deux, avec son compagnon Bébert, pensent à leur fusil rangé au-dessus de leur cheminée, mais comme ils ne les ont jamais utilisés pour autre chose que pour chasser la gallinette cendrée, ils bifurquent vers une stratégie plus pacifique et matent leurs godillots.

— Sympa, ce bouge, ironise Bastien. Pas grand-chose d'ouvert dans le coin pour jouer à cette heure-ci, hein ?

Pendant que ses partenaires prennent leurs distances, Maxine s'assombrit à la menace sous-jacente de l'arme, mais ne panique pas pour autant.

En apparence.

Parce qu'à l'intérieur il en va différemment : « Merde, le revolver ! » Dans son sac à main. Accroché au portemanteau. Bien en vue. Et scellé. Sous la fermeture éclair. Donc inaccessible. Quand on a un colt sous le nez. La prochaine fois, elle sera plus prudente. Si prochaine fois il y a.

— C'est l'hôtelier qui m'a vendue ?

— On peut rien te cacher.

— Avec sa tête de fouine, ça m'étonne pas.

Posé non loin du colt de collection vibre l'iPhone dernière génération de Maxine. L'écran tactile affiche *JEAN* et un charmant selfie du petit ange à qui manque une dent de lait. Les vibrations égrènent les secondes.

— Tu réponds pas ? demande Bastien, fort compréhensif au demeurant.

— Il laissera un message.

— C'est peut-être important.

Probablement, que c'est important. C'est même potentiellement grave. Maxine n'a pas pour habitude de s'inquiéter, mais Jean n'a pas non plus celle de l'appeler au milieu de la nuit. Seulement, elle a l'autre fou à gérer. Priorité au danger immédiat.

— T'en as mis du temps à me retrouver.

Poulou est surpris du sang-froid qu'affiche la souris, contrairement à lui qui sent une goutte de sueur froide lui couler de la nuque à la raie des fesses. Et il ne peut pas dire que la sensation le mette en émoi.

— T'insinues que tu m'attendais ? dit Bastien, tout aussi intrigué que Poulou par le ton détaché de la belle.

Parce que lui connaît l'historique de leur différend. Que le colt sur la table n'est pas là pour décorer. Et que Maxine en a bien conscience. Donc son calme glacial l'interpelle.

— Te laisser derrière moi, ça faisait partie du jeu. Le soupçon de risque qui fait qu'on se sent vivant.

Bastien agrippe le colt, en le laissant couché sur la table.

— Content de savoir que tu te sens encore vivante.

Poulou n'est peut-être pas très futé, mais il a compris le sous-entendu. Ses tripes lui ordonnent d'intervenir, ce qu'il fait sans hésiter mais sans grande conviction.

— Écoute, mon gars...

— Reste en dehors de ça, Poulou, le somme Maxine. On se connaît pas, tu vas pas risquer ta peau pour moi. Tu sais pas si j'en vaux la peine.

— Mais...

Le brave chevalier servant vient de se faire couper l'herbe sous le pied par la damoiselle en détresse. Il se sent émasculé, mais vivant, donc, malgré lui, soulagé. Il a fait son devoir d'homme. Noble, cela va sans dire, et totalement inutile, cela va de soi.

— Tu vas te lever doucement et tu vas me suivre, ordonne Bastien. Je me suis occupé de ton ange gardien. À ton tour.

Une vague de froid mord le ventre de Maxine.

— T'as touché au petit?

— Non. Au grand. Il fait moins le malin quand y a pas son macaque pour le protéger.

— Zack? Qu'est-ce que tu lui as fait?

— Mal. Je m'apprêtais à poursuivre avec toi, mais quand je suis repassé à ton hôtel, t'y étais plus et j'ai retrouvé Gaspard bon pour la casse. Je mets ça sur le compte du singe.

— Je comprends pas.

— Je vais t'expliquer. Suis-moi.

La situation est plus grave que Maxine ne le craignait.

Elle sait que, si elle suit Bastien, c'est la fin. Mais après tout, pourquoi ne pas tenter le diable ? Quitte à se charcuter au scalpel, autant accélérer le processus.

— OK, je te propose un nouveau jeu. Plus définitif, celui-là. Je veux pas que tu me règles mon compte sur un parking lugubre. Ça se passe autour d'une table ou ça ne se passe pas.

Bastien tique. Étonnante requête, qui cache quelque chose, il en mettrait son crochet à couper.

— Pourquoi j'accepterais ?

— Parce que je braque mon flingue sur tes couilles depuis cinq bonnes minutes et que je suis encore d'humeur joueuse… heureusement pour toi. Sinon j'aurais déjà tiré.

Bastien inspecte les expressions de la bluffeuse en quête d'un indice, un geste, un tic, un spasme. Mais rien ne la trahit. Il se tâte.

— Tu te demandes, hein ? Mais tu peux pas vérifier.

Effectivement, malgré la pancarte à l'entrée, Bastien ne sait pas si c'est du lard ou du cochon. Parmi la clientèle autour, on pousse la réflexion moins loin. On a simplement arrêté de respirer. Effet de surprise réussi, Maxine a l'écoute de tous et expose ses règles :

— Maintenant, pose ton flingue sur la table, vide le barillet, et moi, je mets une balle dedans. Une seule. Roulette russe, tu connais, non ? Cinq tirs pour moi, un pour toi. T'as peu de chances de perdre.

— Je joue pas à ce genre de jeu.

— T'as pas le choix.

Bastien redresse le dos d'un coup. Quelque chose vient de lui toucher l'intérieur de la cuisse. Froid, dur et menaçant. Qui s'apparenterait à un canon de revolver. Maxine lui confirme son intuition :

— Tu le sens, là, mon flingue ?

Bastien déglutit. Il n'aime pas la tournure que prend la partie. Son adversaire semble aussi folle que suicidaire.

— Cinq pour toi et seulement après un pour moi ? On a des témoins.

— Ouais. Faudrait que tu sois pas verni, hein ?

L'étincelle au fond de l'œil de Maxine brille d'une intensité ambiguë. À croire que ce jeu l'excite. Et qu'elle a vraiment envie de se faire sauter la cervelle.

Acculé, Bastien vide son barillet avec des gestes lents et assurés que les témoins en apnée ne lâchent pas de leur attention captivée. Il dispose le flingue puis les six cartouches sur la nappe. Maxine dégage sa main libre de sous la table, conservant sa menace de l'autre, empoigne la crosse du colt, ouvre le barillet et y glisse une unique balle. Elle tend le colt en direction de son partenaire de poker déboussolé.

— Poulou ? Tu peux faire tourner le barillet ? J'ai la main prise.

— Moi ? Mais je…

— S'il te plaît ?

Ah, le charme de Maxine… Poulou ne peut rien lui refuser. Du bout de ses doigts rugueux, le brave homme entraîne le barillet dans une ronde folle, et s'en veut aussitôt.

— Maxine, arrête, c'est…

— Chhhhhhh…, murmure Maxine dans un calme méditatif.

Le barillet tourne dans le vide. La roue de la mort. Bastien essuie ses paumes moites sur sa veste. Maxine, elle, ne montre aucun signe de fébrilité. Coup de poignet sec. Le barillet se bloque. Face au chien armé. Le colt est prêt. Maxine pose le canon sur sa tempe.

— Tu te crois fort ? Alors compte.

Le bluff de Maxine n'en est en fait pas un, d'où son calme désarçonnant pour son adversaire. Quelle que soit la résolution, elle en sort gagnante. Option un, elle se tire une balle dans la tête. Si elle est honnête avec elle-même, c'est l'alternative qu'elle préfère. Une façon peu constructive mais efficace d'abréger ses tergiversations et d'en finir une fois pour toutes avec son traumatisme. Option deux, la chance lui sourit – enfin façon de parler – et la balle s'est logée dans la dernière chambre du barillet. Auquel cas, au sixième coup, elle aura en main un pistolet chargé. À elle de décider à ce moment-là ce qu'elle fera de ce dernier tir.

Son doigt s'enroule sur la gâchette. Elle serre les mâchoires. Ne ferme pas les yeux. Au contraire, elle les plante dans ceux de Bastien. Un regard déterminé comme si elle défiait la Mort en personne. Et elle appuie sur la gâchette.

Son doigt, pris d'une syncope compulsive, tire, tire...

Et tire encore.

Entraînant le barillet dans un tourniquet saccadé, scandé du bruit du chien qui choque chaque chambre vide. Les chances d'en réchapper s'amenuisent à chaque clic. Le risque que la prochaine soit la bonne devient inéluctable. Une larme strie sa joue d'une trace de rimmel.

— Maxine, non!!! crie Poulou.

Cinq fois.

Sans respirer.

Puis, sans laisser à quiconque le temps de réagir, elle retourne le colt sur un Bastien sidéré et lui tire dans l'épaule. L'unique balle. La dernière chambre. Le sixième coup.

La balle traverse l'épaule, la ravage au passage, et finit son trajet dans une poutre. Bastien tombe à la renverse dans un cri et entraîne les restes de tripoux dans sa chute.

Maxine reprend sa respiration. Referme les paupières. Une seconde. Et prend conscience : elle est toujours vivante. Elle a trompé la mort.

Puis elle les rouvre, repose la bouteille de bière, qu'elle tenait cachée sous la table en guise de leurre de revolver, et recharge le colt des cinq cartouches mises de côté. Enfin libre de laisser ses émotions s'exprimer, elle se jette sur Bastien et, sans aucune intention de faire la paix, lui plante le Peacemaker sous le nez.

— Dis-moi ce que t'as fait de Zack ou c'est plus l'épaule que je vise.

Le corps de Zack gît dans une cabine de toilettes parmi une rangée d'autres. Tuméfié de partout, double coquard, constellation d'ecchymoses, le nez en compote, l'abdomen lacéré de coups de couteau et maculé de sang coagulé. Échoué sur une cuvette. Seul au monde.

Et à poil.

Zack revient à lui lentement, comme les souvenirs de son passage à tabac par le Joker du Limousin. S'ensuivent les réminiscences de la douleur qui remonte progressivement. Puis d'une salve. Zack pousse un gémissement guttural. C'est d'abord sa main droite qui se rappelle à lui. Ses doigts le lancent. Parce qu'ils sont pétés. Tous les cinq.

Bastien, si fou soit-il, ne l'aurait pas abattu, il voulait sa vengeance, mais pas la mort. Entre scélérats, on n'a pas de morale, mais on a un code de l'honneur. « Tu me baises, je te baise. » Bastien, c'est Maxine qui l'a baisé, dans tous les sens du terme, donc, les représailles fatales, il les réservait pour elle. Zack n'ayant fait que s'interposer, il n'a payé que son tribut. Une punition symbolique. Bastien lui a broyé la main droite. Le joueur ne s'en sort pas si mal, il est gaucher. Et puis, il aurait pu tomber sur un véritable psychopathe et finir coulé dans une dalle de béton. Reste que sa main lui fait un mal de chien écrasé. Son annulaire accidenté de la route le tracasse moins d'un coup.

Trop d'informations, faut prendre le temps de trier. Zack émerge avec difficulté et se tient les côtes en grognant. Son corps n'est que douleur. Il n'y a pas été de main morte, l'autre dingue. Il ne l'a pas tué, mais c'est tout comme. À choisir, vu son état, l'option direct au cimetière aurait peut-être été préférable. Zack a du mal à respirer. Il touche son nez, douleur aiguë. La fracture a bouché ses cloisons nasales, et sur ses doigts, du sang. L'état des lieux n'est pas glorieux, pas sûr qu'il récupère sa caution.

Zack tente d'oublier son corps concassé et inspecte autour de lui : où se trouve-t-il ? Ses sens se réveillent les uns après les autres et distillent les indices. Comme le froid de l'émail sous ses fesses qui lui fait prendre conscience, à cet instant seulement, qu'il est nu. Vu la conjoncture, ce n'est pas le plus grave, ça rajoute juste une couche d'humiliation à une soirée qui n'en manquait pas.

Zack tire des kilomètres de papier-toilette du distributeur et les presse sur son ventre. Ses blessures ne saignent presque plus. Contrairement à la chance qui lui fait défaut ce soir, Zack ne manque pas de plaquettes. Alors qu'il essuie son ventre marbré de sang séché, il repense à son adolescence où il en faisait don et où il a sauvé Baloo, et ses réminiscences mélancoliques lui redonnent un soupçon de moral.

Pendant qu'il panse ses plaies, ses yeux errent sur les cloisons illustrées de graffitis inspirés, de tags fleuris et de numéros de téléphone proposant pipe, *golden shower* et autres services relevant du trafic de narcoleptiques. Affleurant de cette littérature urbaine, un tag attire son attention : *Ta mère est cool*. Pensée positive du jour, marque d'affection filiale affichée sans pudeur qui force l'admiration. «Il est pas si moche, ce monde», se dit Zack en jetant le papier sanguinolent dans la cuvette avant de tirer la chasse. L'eau monte, mais ne s'évacue pas. Le PQ ensanglanté flotte à la surface. Chiottes bouchées.

«Monde de merde.»

Zack se décide à ouvrir la porte du box et se risque dans le vestibule. De la musique et des rires percent de la salle voisine. Sur la pointe des pieds, il se dirige vers la sortie. En chemin, il aperçoit son reflet dans le miroir. Il n'est pas beau à voir, euphémisme de garagiste prêt à vous annoncer que votre caisse est bonne pour la casse : contusionné des pieds à la tête, lacéré, ensanglanté, et crade. Un mort-vivant sorti d'un film qui a poussé trop loin les potards de l'épouvante bon marché.

Zack enfouit cette image dans un recoin de son subconscient et poursuit son avancée. Arrivé sous le signal *Sortie*, il tend l'oreille, puis entrebâille la porte et passe la tête à l'extérieur. Une soirée de mariage, deux cents invités sur la liste, on danse, on boit, on dîne.

La putain de salle des fêtes.

— Joli coup, Bastien.

Deux mecs bien éméchés titubent vers l'entrée des sanitaires. De peur de se faire gauler dans le plus simple appareil, et dans un état de délabrement physique difficile à expliquer aux flics sans finir en garde à vue prolongée, Zack referme la porte et court s'enfermer dans sa cabine. Pourquoi la même ? Il ne saurait dire. Sorte de réflexe tribal. Il s'y est senti à l'abri à son réveil, dans sa grotte recouverte de peintures d'hommes des cavernes modernes, son instinct l'a naturellement poussé à s'y réfugier à nouveau. Ça n'a aucun sens, il s'en rend bien compte, mais son cerveau ne fonctionne pas au maximum de ses capacités, il va lui laisser encore un peu de temps pour reconnecter.

C'est en voyant le PQ ensanglanté flotter dans la cuvette pleine à ras bord qu'il réalise que ce n'était pas la meilleure idée. Trop tard, les deux garçons d'honneur débarquent en fanfare. Zack est bloqué, il écoute les éclats de rire, il ne partage pas l'humeur. Même si leur conversation pourrait paraître divertissante de prime abord.

— Je te dis qu'y va pas tenir, leur mariage. La mariée, je la connais, j'l'ai sautée hier, et hier encore elle me disait…

La fin de la phrase se noie dans un vomissement dont la mélodie contagieuse fait poindre en Zack un haut-le-cœur.

Le DJ de province, qui se la joue « on est trop des déglingos », dégaine de sa cagette de trente-trois tours sa carte secrète, son tube au groove imparable pour mettre le feu au dancefloor. Hystérie collective aux premières notes de La Compagnie créole qui entame joyeusement son ode à la vie, aromatisée aux odeurs de dégueulis de la cabine voisine :

> *Ça fait rire les oiseaux*
> *Ça fait chanter les abeilles*

*Ça rajoute des couleurs*
*Aux couleurs de l'arc-en-ciel !*

Zack roule les yeux de dépit.
« Ils commencent à me gonfler, tous, avec leurs chansons positives… »

« Ah, cette douceur... »

Poulou en extase s'enivre du parfum entêtant de Maxine alors qu'elle l'enlace à proximité de Bébert qui poireaute pour son tour sur le pas de la porte d'*Au groin de la rue*.

— Vous vous en occupez ?
— T'inquiète, la rassure Poulou, il t'emmerdera plus.

Maxine esquisse un sourire pudique. Elle ne les connaît guère, ces deux énergumènes, elle ne sait rien d'eux, pourtant, elle a la certitude qu'elle peut leur confier cette tâche. Si vitale soit-elle. Un service qu'elle ne pourrait attendre d'un ami, même de confiance. De toute façon, elle n'en a pas. Mais ces deux-là, avec ce qu'ils viennent de vivre ensemble, elle sait qu'elle peut compter sur leur loyauté. Ses beaux yeux en amande en débordent de reconnaissance.

« Ah, ces yeux ! »

Poulou, en pâmoison, fond à ce regard de biche auquel il ne peut rien refuser. Comble pour un chasseur. Il va d'ailleurs peaufiner son alibi avec ses autres camarades de bar, pour faire accuser le bandit à l'épaule fracassée, venu braquer avec son colt de cow-boy bon pour l'HP la caisse de la tenancière en menaçant les clients. « Vous comprenez, monsieur l'agent, pourquoi il nous a fallu tirer ? » Légitime défense. Même pour des chasseurs pas toujours adroits du fusil, l'excuse devrait passer. Elle sera corroborée par tous les habitués. Le seul à donner une version différente des faits sera l'accusé lui-même. Autant dire que le compte de Bastien est bon.

Avant que l'étrangère ne disparaisse dans la nuit, vers d'autres horizons, les cheveux au vent sur son cheval sauvage, loin du rêve éthéré qu'il s'est imaginé partager avec elle, une question turlupine Poulou :

— Pourquoi t'as fait ça, tout à l'heure ?

La réponse, Maxine se la donne à elle-même :

— Pour me prouver que j'étais vivante.

Poulou trouve ce rébus bien obscur, encore un concept de citadin dans son délire de développement personnel. Mais Maxine, elle, semble sûre du cheminement de sa pensée. Elle relève des yeux déterminés vers ses loyaux serviteurs.

— Maintenant je suis prête.

— Je te comprends pas mais... tu sais que si t'as besoin de compagnie, y aura toujours une table ici où tu seras la bienvenue. On sera contents de te voir.

— T'es gentil, Poulou.

Maxine lui pose une bise sur la joue – « Aaaaaaaaaaaah, cette douceur » –, sort les clefs de sa R5, leur envoie un dernier sourire complice, saupoudré d'un clin d'œil sexy, et s'enfonce dans la nuit, laissant derrière elle une impression de vide et une évocation de paradis. Hermétique à la solennité du moment, Bébert vient piétiner de son tact bourru l'émoi de son compagnon amoureux.

— Bon, on va s'en jeter un p'tit ?

Pied au plancher dans sa R5, Maxine roule à bride

abattue, cravachant sans les ménager ses cinq chevaux fiscaux sous le capot, puis elle s'exclame à voix haute :

— Jean !

Obnubilée par l'urgence de secourir Zack, elle en a oublié l'appel de l'enfant livré à lui-même. Elle s'empare de son téléphone et le rappelle sans prendre le temps d'écouter son message.

— Allô, répond la voix de l'enfant à l'autre bout de l'iPhone.

— Allô, Jean ? Qu'est-ce qui se passe ? Tu m'as appelée tout à l'heure, tu dors pas ?

— Non, je suis avec Baloo. C'est un homme très grand, très noir et très fort. Il est vachement gentil. Il a cassé le type qui voulait te frapper.

À quelques départementales de là, Jean, noyé dans l'immensité du fauteuil en cuir du Toyota Tundra, parle dans sa relique de Nokia – sa mère se méfie de l'obsolescence programmée d'Apple, et n'a, quoi qu'il en soit, pas un rond pour succomber à la mode du vol organisé par les géants de la téléphonie – avec un enthousiasme déroutant pour l'instinct maternel de Maxine passée en « alerte enlèvement enfant ».

— Qu'est-ce que tu racontes ?

Percevant la voix métallique de Maxine, Baloo, qui fait rugir les deux cent soixante-dix chevaux de son monstre à lui, tend une main ferme vers le gamin.

— Ah ça y est, elle rappelle enfin ! Passe-la-moi !

Globes oculaires écarquillés, Jean admire le gigantesque de la paluche sous son nez et y dépose son téléphone moins smart que lui. Baloo colle le miniportable à son oreille.

— Ouais, Maxine, c'est Baloo. T'inquiète, je veille sur le petit. Fais gaffe, y a le ouf que t'as humilié qu'est après toi. J'ai défoncé son pote, mais je me suis barré de l'hôtel pour mettre le gamin à l'abri, au cas où l'autre énervé aurait encore des gars à lui qui se ramènent.

— Sois tranquille, c'est géré. Le type en question nous emmerdera plus.

Maxine conduit, un œil sur son revolver posé sur le siège. Non pas le colt de Bastien, qu'elle a confié à Poulou pour pièce à conviction, mais celui qui a sommeillé près d'elle tout le long de l'altercation. Bien au chaud dans son sac, et inaccessible. Dorénavant, elle le gardera sous la main.

— Quoi, tu l'as vu?

— Oui, je m'en suis occupée, je te dis.

— Et Zack? demande Baloo, fébrile.

— Je sais où il est.

— Où?

Le ton de Baloo s'est durci. Il a tout du mec cool, mais quand il s'agit de protéger son frère, il peut virer colère. Voire sanguinaire.

— Je m'occupe de Zack.

Baloo resserre son poing sur le volant dont le cuir émet un gémissement.

— Dis-moi où il est!

— Je te rappelle dès que je le trouve. Aie confiance. Demande à Jean, on peut avoir confiance en moi.

— Non, putain, ne…!

Trop tard, elle a raccroché. Baloo s'apprête à balancer le vestige de portable par la fenêtre, mais contient son emportement. Il frappe son volant qui couine sous les coups. Les graves de ses grognements font trembler le pick-up jusque sous les fesses de Jean qui ne prend pas peur pour autant et tempère d'une assurance enfantine qu'il déguise en maturité :

— Si Maxine te dit qu'elle gère, elle gère.

Baloo tourne des yeux dubitatifs vers le petit d'homme qui se prend pour un ourson.

— Toi qui la connais, on peut lui faire confiance à Maxine ?

— Toujours, quand c'est la femme qu'on aime.

Ne se doutant pas que la cavalerie arrive, Zack attend sagement, assis dans son cabinet. Seule la fin des festivités lui permettra de décaniller sans risquer de se retrouver à l'asile. Ou pire, chez les flics. Il a tout de même osé quelques allers-retours jusqu'aux lavabos pour y nettoyer ses blessures. Entre deux urgences de festoyeurs bourrés, il s'est refait une beauté. Enfin une beauté, c'est vite dit, mais si on prend en considération son état initial, on peut parler d'amélioration.

Au détour d'un de ses voyages sanitaires, il a remarqué une pharmacie de premiers soins au-dessus du sèche-main. Il l'a éventrée et y a déniché de l'alcool à 90° pour désinfecter ses plaies et se rincer le gosier. À situation désespérée... Des deux sensations, brûlure des chairs ou des boyaux, il ne pourrait dire laquelle était la plus déplaisante, mais les deux ont fait le job.

Il a fini par élire domicile dans une nouvelle cabine, en vérifiant que la chasse fonctionnait cette fois. Il ne sait pas pour combien de temps il est là, autant tenir le siège dans des conditions confortables. Depuis, il attend.

— Ça fait des bonnes journées…
— Arrête de geindre, t'es plus seul.

La voix de Maxine. Taquine. Rassurante. Belle. Zack, illuminé par la grâce, n'arrive pas à y croire. La main d'une déesse, pure et lumineuse, le tire hors de l'humeur noire dans laquelle il se morfondait.

— Maxine ?
— Elle-même.

Perdu dans son mouron, Zack ne l'a pas entendue entrer, encore moins s'asseoir sur les WC de la cabine voisine. Ils se parlent sans se voir. Une cloison les sépare. Un confessionnal constellé d'insanités, de mots orduriers, de photos de croupes offertes, de sexes turgescents et de nichons gluants de liquide visqueux. Décor idéal pour ouvrir son cœur, et se dire des vérités, enfin.

— Alors ? Je mérite toujours mon nom d'inopportune ?
— Pas vraiment, non, dit le prince en miettes, soulagé par l'arrivée de la demoiselle soi-disant en détresse venue le secourir, ironie des rôles inversés, leçon à retenir à l'avenir.

Zack s'octroie un sourire pudique, heureux que ce soit elle qui l'ai retrouvé avant Baloo.

— Comment t'as su où j'étais ?
— Bastien a voulu s'occuper de moi aussi. On dirait que je suis plus coriace que toi.
— On dirait.

Zack ne peut que reconnaître la supériorité de sa rivale. Quand il constate son état, prostré sur sa cuvette, comparé à elle, victorieuse de ce psychopathe, il ne peut être qu'en admiration. Effet secondaire, cette révélation accentue le sentiment de *lose* dans lequel il patauge depuis des heures.

— T'es dans quel état ?

— Ça aurait pu être pire. Je dois avoir le nez pété, une ou deux côtes fêlées. Bon, j'ai aussi le ventre lacéré et tous les doigts de la main droite fracturés, mais ça va, je suis vivant.

Maxine siffle à l'énumération mortifère. Le ton de la voix du blessé est assez calme pour qu'elle n'appelle pas le SAMU en urgence, mais les dégâts ont l'air plus sérieux qu'elle ne les appréhendait.

— Ce qui m'emmerde le plus, c'est que ce mec manquait sévèrement d'imagination.

La curiosité titillée par l'insinuation, Maxine grimpe sur sa cuvette et jette un œil par-dessus la cloison. Dans la cabine voisine, trop en vrac pour se cacher derrière un quelconque soubresaut de pudeur, Zack, en costume d'Adam passé au sanibroyeur, lui fait un coucou pathétique. Maxine se pince les lèvres, sans succès, elle esquisse un sourire. Même dans cet état de délabrement avancé, elle le trouve charmant.

Retournant sur son siège, elle poursuit la confession.

— Effectivement… C'est un peu ma faute. Désolée.

— C'est moi qui t'ai suivie. Je savais à quoi m'attendre.

À Maxine d'être émue par le sacrifice de son mercenaire bienveillant. Les apparences se fissurent, fini de jouer, place à la sincérité. Honneur aux dames.

— Tu sais, je croyais que… enfin j'avais l'impression qu'à part toi-même tu te foutais de tout, et…

— J'ai rien fait pour te faire penser différemment.
— Si. Depuis l'accident, tu veilles sur moi.
— Tu m'as vu ?

« Ah bah putain, bravo, le bluff... » Zack s'est fait démasquer comme un bleu. Faut dire qu'il est amoureux, ça brouille les cartes, et ça te grille sur les radars.

— Je t'ai toujours dit que tu cachais mal ton jeu.

Le sourire avec lequel Maxine le tacle, Zack le ressent même au travers de la cloison, il vient lui asséner un coup de boost dans l'ego. Et dans le cœur.

À petits pas félins, la belle se glisse jusqu'à la porte de son voisin. Elle y pose le plat de la main, et pousse le plus discrètement possible. Rien ne se passe. *Occupé*, affiche le loquet rouge. Zack, en animal blessé, se protège. Maigre obstacle que l'ingéniosité de Maxine ne saurait contourner. Elle sort une épingle à cheveux de ses boucles d'or et crochète le verrou. Embourbé dans son mea culpa, Zack n'entend rien.

— Tu sais, quand je disais que je pouvais pas avoir confiance en toi, je me suis rendu compte que... qui je suis pour juger ? T'avais raison : je suis qu'un branleur solitaire. Ma vie, c'est du rien, je passe mon temps à me mentir, et toi... Ben, toi, t'es tellement plus forte que moi...

Débarquent dans la salle, sans tambour mais pompettes, deux jeunes femmes très joyeuses et aux rires éméchés. D'un doigt sur la bouche et d'un clin d'œil polisson, Maxine leur implore complicité et discrétion. Prière entendue par les filles avinées mais solidaires, qui accusent réception d'un clin d'œil et s'éclipsent en gloussant.

Maxine s'introduit dans le box de Zack.

— Tais-toi.

Elle l'a chuchoté. Un souffle chaud. Le ton a changé. Place à la sensualité. Zack ne dit rien. Il la contemple. Maxine fait un pas en avant, lui prend le visage entre ses doigts et l'attire contre son ventre, tout doucement.

«Ce parfum…»

Il y a trois jours qui lui paraissent quatre siècles, Zack a passé toute une journée bloqué dans une bagnole concassée à humer cette essence envoûtante sans pouvoir y goûter. Il peut enfin plonger son nez contre le ventre offert et ne s'en prive pas. Il étend ses mains sur les reins de celle tant désirée. Il est parti. Loin. Très loin. À mille lieues de ces gogues nauséabonds. Tout entier envoûté par la volupté de sa belle et de son parfum divin.

Le moment tant attendu. Et tant évité. Et pour cause, Maxine a eu des amants, bien sûr. Ça s'est rarement bien passé. Elle pourrait dire jamais. Pour cette raison, elle a fini par préférer payer. Au moins, avec l'échange pécuniaire, les mecs ne prenaient pas la mouche quand elle les rejetait. Selon les nuits, l'acte s'est déroulé de façon plus ou moins douloureuse. L'acte. Terme clinique. Comme le ressenti.

S'il lui est arrivé d'éprouver un embryon de plaisir, au mieux mécanique, jamais elle n'a aimé ça. Ce soir, c'est différent. Elle le ressent, dans son ventre. Elle s'ouvre. Une sensation nouvelle. Elle n'éprouve pas de dégoût, pour son corps, ni pour elle-même. Elle ne craint pas l'autre. Elle a cerné Zack et ses travers, mais par-dessus tout, elle a perçu sa bienveillance.

— Doucement, elle lui supplie à l'oreille. Va doucement.

Elle lâche prise. S'abandonne. Dans leurs regards entendus, les bluffeurs ne mentent plus. Elle est vulnérable, le lui montre, elle lui donne sa confiance et lui demande sa précaution en échange.

Zack a pour habitude le sexe à la dure, sans ménagements. Des échanges de râles et de semence, rien de plus. La sensualité, il l'a souvent niée. Pas assez rude, pas assez rugueuse. Il préférait pilonner. Un aller-retour sans partage et sans saveur, comme un shoot de speed suivi de la descente qui assomme. Devant tant de dénuement, il tombe l'assurance du queutard. Baloo l'avait averti, ce soir, il est à poil. Plus qu'il ne l'a jamais été. Parce qu'il ne va pas la sauter, il va devoir l'aimer.

Autrefois, il n'y a pas si longtemps, à peine quelques jours, il se serait repu de sa nudité, de ses formes, de tout ce qu'il y a de sexuel en elle. En cet instant de grande fragilité, ce sont ses yeux dont il ne peut se détacher. Comme Maxine s'accroche aux siens pour ne pas se noyer. Lui la tient par le bout d'un soupir.

— T'en fais pas, je vais pas te lâcher.

Zack prend mille pincettes alors qu'il la déshabille. Il voit sa cuisse. Le bandage ensanglanté. La blessure fraîche. Il a l'élégance de ne rien demander. Si durant l'accident il l'a poussée dans ses retranchements, c'était pour tester la joueuse, sa future associée, pas la femme.

Lorsqu'il entre en elle, c'est avec la plus grande délicatesse. Et pour une fois, aussi loin qu'elle puisse s'en souvenir, elle ne ressent pas la pénétration comme une invasion, ou pis, un déchirement. Elle ne crie pas. Elle a mal mais la voix de Zack l'aide à rester à la surface. Il lui susurre des mots qu'elle n'entend pas, mais leur douceur la rassure. Elle s'y accroche.

Et, ce qui ne lui était jamais arrivé, la douleur passe. Avec elle, la peur. Son corps se détend. Son cœur cesse de suffoquer. La souffrance fait place au plaisir, l'appréhension, au désir.

Zack profite de chaque baiser, de chaque caresse. Le souffle de Maxine dans son oreille, il n'a jamais rien entendu d'aussi érotique. Le frémissement de son ventre, sa main qui s'accroche à son avant-bras.

— Doucement..., elle répète.

Pour lui. Pour elle-même.

Ils s'embrassent, ils ont envie l'un de l'autre, à s'en faire péter les blessures non cicatrisées. Des jours de jeu, de traques, de non-dits, de bluffs, de séduction, de préliminaires. Ils ne sont pas excités, ils sont explosifs.

Sa main pétée le lance, ses plaies rouvertes le laminent, chaque baiser lui défonce le nez, pourtant Zack vibre comme jamais.

Maxine, elle, fait l'amour comme une noyée repêchée reprend sa respiration.

La cafétéria d'une station-service ouverte 24 heures sur 24, 7 jours sur 7. Une île déserte offerte à tout radeau de la méduse à la dérive sur cette autoroute de solitude. Exactement l'oasis dont Baloo avait besoin pour divertir le petit en attendant des nouvelles de Maxine. Pas un client à la ronde, seuls les employés neurasthéniques nettoient le sol et la friteuse sans s'intéresser à ce qu'il se passe autour d'eux. Ça aussi, c'est une qualité de cet endroit de désolation. Personne pour trouver louche que vous veniez vous sustenter d'un dessert à 2 heures du mat' avec un marmot en pyjama.

Jean finit d'engloutir sa glace géante et poursuit la psychanalyse de son patient, entamée au sortir de sa chambre d'hôtel, il y a trois vies, semble-t-il à Baloo, tant la conversation l'a chamboulé.

— Tu peux me dire à moi pourquoi tu veux te suicider.

L'interrogé n'ose répondre, pourtant il sait qu'il va céder, une fois de plus. Le gamin le cuisine depuis qu'il l'a secouru, et, sans savoir pourquoi, Baloo lui déballe tout. Sa vie, ses recoins, ses tabous, ses zones d'ombre. Ce gamin, il a un truc, une sorte de pouvoir. Il voit que t'as tout verrouillé, pourtant il t'oblige à ouvrir ton cœur. Non, il ne t'oblige pas, t'es consentant. Pourquoi ? Il fait ça bien. Il gagne ta confiance, sans efforts, parce que sans manipulation. Il s'intéresse, vraiment, alors il écoute, et toi tu parles. Ce que fait Baloo. Depuis des heures déjà.

— Pour me sentir vivant.

— C'est paradoxal.

— J'ai pas dit que j'étais logique. J'te parle d'un traumatisme. Y a pas de logique dans un traumatisme.

— Traumatisme? Le mot est lancé. T'en as dit trop ou pas assez, et je penche plutôt pour la deuxième option.

«Ce gosse...» Baloo hésite entre lui coller deux baffes et recommander deux glaces pour poursuivre la séance.

— C'est pas des conversations pour enfants.

— Oh, mais j'ai que ça, moi, des conversations pour enfants. C'est bien tout mon problème. Et puis ça fait des heures qu'on parle sans limite d'âge, tu vas pas faire le timide.

Le gamin montre un don de mimétisme fascinant. À croire que depuis le début de la partie, il décortique son sauveur pour lui piquer ses tics et attitudes. Comme si, en épluchant la morphologie comportementale de ce surhomme, Jean pouvait en devenir un.

Un vrai singe savant, ce gamin.

«Et puis après tout, pourquoi pas?» Tant qu'à moisir comme des cons dans une cafétéria cafardeuse, autant en profiter pour faire le ménage et balancer les casseroles par la fenêtre. Avec un gamin de sept ans, la morale est en droit de le réprouver, mais la DDASS ne risquant pas de pointer son étendard ici à cette heure indue, personne ne le jugera. Baloo inspire un stock d'oxygène aussi large que ses immenses poumons peuvent en contenir et se met à déballer son sac :

— C'était en août, le 12 pour être exact, on partait en vacances en famille, avec mon daron, ma daronne et mes deux frérots. On se la racontait parce que tous les juillettistes étaient rentrés, et nous, on avait attendu bien sagement comme des cons à zoner à Créteil Soleil, et c'était à notre tour de nous la donner à la plage. On roulait tranquille sur l'autoroute des vacances, mon père piquait une petite pointe, après avoir passé deux heures dans les embouteillages à la sortie de Lyon, il avait besoin de se dégourdir les jantes. Nous, on chantait par-dessus Technotronic qui beuglait « Pump Up the Jam » à la radio. C'était la teuf dans la caisse. Et puis mon daron, il a rien trouvé de mieux que de nous faire un infarctus. C'était déjà pas une bonne nouvelle en soi, vu qu'il est mort sur le coup, et qu'on gueulait comme des cons sans nous en rendre compte, mais résultat des courses, il a pas eu le temps de ralentir. Encore moins de se ranger sur le bas-côté. Le temps que ma mère comprenne ce qui se passait, on est partis en tête-à-queue. Un camion-citerne a fini le sale boulot. Je vais pas te faire un dessin, t'es trop intelligent pour ça. Je suis le seul à avoir survécu. J'te passe la suite, le sentiment de culpabilité, l'injustice, la solitude… Perdre sa famille dans ces conditions, t'admettras que ça coupe la chique. Maintenant, tu comprends pourquoi j'ai moyen la joie de vivre.

— Effectivement, t'as des circonstances atténuantes.

Jean ne montre aucun signe de compassion doucereuse. Étrangement, Baloo, ça lui fait du bien que cette conversation ne verse pas dans le mielleux. Le fait qu'il puisse en parler avec une telle légèreté lui révèle qu'il a peut-être fait plus de chemin qu'il ne le pensait dans le processus de guérison. Comme quoi défoncer des violeurs, c'est peut-être un placébo, mais ça démontre l'efficacité de l'autoprescription.

— Ça prouve une chose, dit Jean en essuyant sa bouche pleine de chocolat fondu.

— Quoi ? fait Baloo qui se demande ce que cette bête de foire va encore lui sortir.

— Qu'il faut jamais conduire quand on est mort, c'est dangereux.

Baloo écarquille des yeux globuleux, bluffé par l'aplomb du gosse, prend un temps pour percuter – « Il a quand même pas dit ça, ce con ? » – puis explose d'un rire tonitruant.

Les passeurs de serpillière tournent leur grise mine vers le drôle d'énergumène, potentiel kidnappeur d'enfants, puis s'en retournent à leur labeur, en se disant que tout ça ne les concerne pas, et reprennent leurs décomptes des jours restant avant leurs RTT.

Baloo se marre à s'en étouffer. Des larmes joyeuses tracent des sillons brillants sur ses joues noires. Il tape du poing sur la table, les boules de glace vanille en font un double salto dans la coupe du gamin gourmand, et il tente de contenir son rire avant de pouvoir rajouter :

— Grave ! Ils devraient faire une campagne là-dessus, la sécurité routière, au lieu de nous emmerder avec leurs radars !

Il n'a pas fini sa phrase qu'il repart dans un fou rire irrépressible, accompagné du mignon ricanement enfantin de son compagnon.

— Mouahahaah! T'imagines sur les panneaux d'autoroute : *Restez vigilants, ne conduisez pas si vous êtes morts !* Ah putain, énorme !

Baloo déverse des années de ressassement dans une cascade d'hilarité. Au bout de cinq bonnes minutes de concerto solo, il se dit qu'il ferait mieux de se faire plus discret s'il ne veut pas que le staff, si apoplectique soit-il, appelle les condés, et remballe ses rires dans son étui à violon.

— Ah putain... Ils ont raison, ça vaut un bon steak.

— Quoi ? demande Jean, un peu paumé à force.

— Rien, laisse tomber. Ben dis-moi, t'es un sacré bonhomme pour un p'tit mecton.

Jean bombe un torse fier en reposant sa serviette constellée de taches de chocolat, tout comme sa chemise qu'il a dégueulassée avec un savoir-faire qui rappelle son âge malgré ses efforts redoublés pour le cacher.

— Ouais, Maxine dit souvent qu'elle connaît des adultes plus puérils et moins virils que moi. Plein.

Baloo se fend d'un sourire attendri. Il est chou, ce petit d'homme.

— Tu l'aimes vraiment, hein, cette Maxine ?

Jean reporte sa concupiscence sur son sundae. À lui d'ouvrir son cœur, et, comme tout patient à qui on écartèle la cage thoracique pour voir ce qu'il y a à l'intérieur, il regarde ailleurs.

— Elle a des yeux qui mentent pas. Mais bon, je sais bien que notre histoire est impossible. Faut regarder les choses en face, on a vingt-cinq ans d'écart. Je vais pas lui demander d'attendre encore que je passe ma puberté, que je maîtrise ma masculinité, que j'aie accès à mon livret A. Non, c'est trop compliqué.

Baloo mate le gamin, séché par tant de sincérité mêlée à tant de maturité. Être honnête avec soi-même à ce point-là, Baloo, ça le subjugue. Plus ça va, plus il l'apprécie, ce gosse. Comment, en si peu de temps, a-t-il pu prendre une place aussi indispensable dans sa vie ? Il ne saurait pas dire, mais l'évidence est là.

— T'es un drôle de bonhomme, toi.
— Pourquoi tu t'appelles Baloo ?
— C'est une blague de Zack. Mon vrai nom c'est Basile, mais, comme j'ai des tendances suicidaires, il m'appelle Baloo.
— Je vois pas le rapport. Pourquoi ?
— Parce que...

Baloo soupire, prospecte aux alentours – rien à signaler, ça nettoie sans enthousiasme, pas de gêne en vue –, alors il se met à chanter sa réponse :

— *Il en faut peu pour être heureux...*

Jean s'illumine à ce moment magique. Baloo se plaque le front dans les pognes.

— Putain, mais pourquoi je te raconte ça ?
— Parce que ça te fait du bien.

Jean irradie du plaisir d'être là, le foie en vrac, éclaté par l'attaque glycémique de son cinquième sundae, mais heureux, lui aussi, d'avoir un nouveau copain.

Baloo sourit. Décidément, ils ont raison chez Disney.

Imbriqués l'un dans l'autre, lui assis sur la cuvette, elle sur ses genoux, Zack et Maxine sont repus. Elle lui caresse les cheveux, il lui embrasse le cou.

— Après le Mexique, on pourrait enchaîner sur Las Vegas, murmure Zack entre deux baisers sur la nuque à la peau brûlante de sa belle. Ensuite on irait se reposer dans les îles. Y a toujours des richards à arnaquer là-bas.

Maxine savoure, par petites bouchées. Elle sait que la fête est bientôt terminée, alors elle prend. Tout le plaisir qu'elle peut. Avant la fin.

— D'abord j'ai une dernière partie à jouer.

Zack l'appréhendait depuis un moment, ce revirement. Par ses caresses habiles, malgré sa main flinguée, il a tenté de le retarder au maximum. Il savait que Maxine s'offrait là un détour, mais qu'il ne parviendrait pas à lui faire changer de direction. La finalité était inéluctable, elle doit se confronter à son père, ce n'est plus un secret pour personne. Et après les épreuves qu'ils ont dépassées, Zack comprend qu'elle soit dans une énergie jusqu'au-boutiste.

— Je m'en doutais…

Le temps de la rescousse a sonné, il revêt donc son costume de justicier et son bagout de circonstance.

— Bon, je suis pas super présentable, mais on va se le faire, ton paternel.

— Non, Zack. Ça fait trop longtemps que je fuis, c'est à moi de la jouer, cette partie.

Maxine a passé le cap de la victime. Elle est prête à affronter son bourreau elle-même. Zack manque de se viander dans le freinage de sa rescousse virile, mais, entendant la requête, ravale son amour-propre rudoyé.

— OK, mais je t'accompagne au cas où ça tourne mal.

Reconnaissante de sa délicatesse, et rassurée, non pas par sa protection, mais par sa simple présence, Maxine lui sourit en silence. Un sourire d'une tristesse à vous coller le vertige.

— Merci, dit-elle d'une voix déjà vide.

— Mais avant, faut que je trouve un moyen de sortir de là, dit l'homme toujours à poil.

— J'ai les fringues de Bastien dans mon coffre.

— Comment t'as su que j'en aurais besoin?

— Vu la thématique de la soirée, je me suis doutée.

— Tu m'as pas dit que tu l'avais confié à ton gars, là, Poulou? Pour qu'il le balance aux flics? T'as pas peur que ça fasse suspect?

— Au contraire, braquer un troquet cul nu, ça légitime encore plus la défense de la clientèle, non?

— T'es dure avec lui.

— C'est lui qu'est revenu me voir.

Zack se gausse en pensant à l'autre con, sa balle dans l'épaule et son zgeg à l'air au milieu de chasseurs venus bouffer du boudin forestier sauce au poivre. Démonstration que Maxine n'a pas besoin de protecteur, elle se débrouille très bien toute seule. Contrairement à lui. Ce qu'elle lui fait remarquer en passant de la guerrière à l'infirmière :

— Mais d'abord, il faut qu'on s'occupe de tes blessures.

— Impossible. L'hôpital, c'est la case police direct. Avant la partie, c'est trop risqué. Faut rester discret.

— Mais faut aussi rester vivant. J'ai remarqué une pharmacie ouverte sur le chemin. On va y faire un crochet.

Double castration pour le héros de pacotille. Mais il est amoureux, et en morceaux, il accepte donc l'aide, bien content d'enfin abdiquer son trône émaillé.

Après s'être garée sur la place handicapé du parking – si on considère l'état de délabrement avancé de son passager, l'infraction se justifie –, Maxine fait irruption dans la pharmacie de garde et y achète le nécessaire pour colmater les brèches de son bonhomme en ruine.

Bien au chaud dans le cocon du néon blafard des toilettes de la station-service – cadre glamour récurrent pour cette nuit intime –, Maxine s'attelle au rafistolage du martyrisé de la salle des fêtes. Elle déverse sur le rebord du lavabo défiant toutes les normes d'hygiène hospitalière le contenu du sac à pharmacie bourré à craquer. À croire qu'elle a dévalisé de quoi amputer un grand blessé de guerre.

— Eh ben, c'est pour moi tout ça ?

— Ôte ta chemise.

Avec un haussement de sourcils séducteur, Zack mime un strip-tease tout en se déboutonnant.

— Tu vas moins faire le malin dans deux minutes, l'avertit son infirmière.
— C'est pour détendre l'atmosphère, se justifie le Casanova en papier découpé.
— Ah, mais moi je suis très détendue.

Maxine trifouille dans son sac à main. Elle en sort une flasque chromée, tout comme son revolver. Coquette jusqu'au bout de la déglingue. Elle tend l'anesthésiant de fortune au futur opéré.

— Bois, ça aidera à faire passer la douleur.
— Prévoyante, décidément.
— Habituée, disons.

Zack avale une lampée. Whisky de qualité. Cette fille sait vivre. Et soigner. Elle l'asperge de solution saline.

— Qu'est-ce que tu fais ?
— Je nettoie tes plaies.
— Ah... Faut pas désinfecter ?
— Si. Après.

Elle imbibe un coton de Betadine et lui badigeonne hématomes et coupures. Zack se laisse dorloter. Ironie du contexte, il vit la nuit la plus romantique de sa vie. Ce qui ne l'empêche pas de noter le savoir-faire de son infirmière. Des années d'expérience, semble-t-il. Il sous-entend, du bout des lèvres :

— Tu fais ça bien...

Maxine se doute qu'il cherche à aborder le sujet. Il a vu l'intérieur de ses cuisses. En acceptant de faire l'amour avec lui, elle a accepté d'en dévoiler beaucoup sur elle. Plus que son intimité. Une partie de son secret. Elle n'en a jamais parlé à personne. En dehors du corps médical.

— Oui, je me suis recousue plus d'une fois.

Sans poser le regard sur elle, Zack lui caresse le bras, pour lui signifier que si elle est prête à parler, il est là.

— J'ai commencé à me couper à quatorze ans…

Elle freine tout commentaire d'une percée d'aiguille à travers l'épiderme. Zack tique. Son œil cligne. Rasade de whisky non superflue tandis que Maxine le suture.

— Ça paraît violent comme ça, mais ça me sert de disjoncteur. Quand j'ai trop mal, ça coupe la douleur, et ça m'empêche de devenir folle. Ça semble paradoxal mais c'est efficace.

— Si jeune…? C'était quoi le déclencheur?

— Le suicide de ma mère… Enfin, c'est pas la raison, c'est la conséquence.

Zack se risque sur le terrain du drame commun, bien qu'il suppute que celui de Maxine soit plus tortueux. Il ne veut pas tirer la couverture à lui, juste lui faire savoir qu'ils ont partagé la même déchirure, qu'il est bien placé pour comprendre.

— La mienne est morte quand j'en avais cinq…

Maxine lève les yeux sur lui, avec un sourire authentiquement compatissant.

— Je suis désolée.

Pourtant la tristesse dans son regard dit: «Mais t'as pas idée à quel point t'es loin du compte…» Non pas qu'elle veuille comparer, perdre sa mère est un drame, qu'importent les circonstances. Quoique…

Première entaille recousue. Travail bien fait. Zack n'a rien senti, ou presque.

— Qu'est-ce qui l'a poussée à faire ça ? creuse Zack. Une mère qu'est mal au point d'abandonner sa gosse, c'est…

— À cause de moi…, l'interrompt Maxine, préférant garder les rênes de la révélation. Elle a fait ça à cause de moi.

Maxine a du mal à déglutir. Zack lui tend la flasque. Elle boit, ses yeux s'évadent sur le sol insalubre, elle ne peut s'empêcher de trouver étrange le choix de ce bloc opératoire pour ouvrir son cœur. Une voix murmurante la tire de sa pensée absurde.

— À cause de toi ?

Zack la surprend. Quand elle l'a rencontré, elle n'a vu que le joueur en acier trempé. Elle découvre un homme capable de délicatesse. Elle n'avait pas lu cette carte-là. Heureuse découverte.

— Quand elle a compris que je ne mentais pas… Que je ne cherchais pas à faire mon intéressante… Que j'avais bien été violée…

La confidence est d'une violence glaçante, Maxine n'en continue pas moins de raccommoder Zack comme elle broderait un patchwork au coin du feu. Comme si raccorder des pièces de chair en lambeaux l'aidait à se rassembler elle-même.

— Elle était au ski quand c'est arrivé. Un week-end entre amies friquées pour se détendre loin des contrariétés des femmes au foyer oisives. Trois années de suite, elle avait refusé d'accompagner ses amies dépressives de luxe. On en a peu quand on gravite dans ce monde de privilégiés, si elle ne voulait pas se retrouver entièrement isolée, il fallait qu'elle accepte ce genre d'invitation à se faire chier ensemble de temps en temps… Mauvais timing.

Ses mains se raidissent, ses gestes deviennent moins précis, elle lui fait mal, mais Zack ne moufte pas.

— J'ai mis des semaines à oser lui dire. J'avais honte. J'avais surtout peur, vu la «façon» dont ça s'était passé… J'étais terrifiée… Par les répercussions… Sur elle, sur moi… Par la réaction de mon père…

Les mots restent un instant bloqués dans sa gorge. Un relent d'aigreur lui tord la trachée et lui colle une sale envie de vomir.

— Est-ce que c'est cette peur qui m'a rendue moins crédible auprès d'elle ? Ou est-ce que c'est la culpabilité d'avoir été absente quand c'est arrivé ? Alors que ça s'est passé sous son propre toit. Qu'elle n'était pas là. Pour s'interposer… Pour me protéger…

Maxine se tait, pince ses lèvres. Du revers du doigt, Zack essuie une larme apparue entre les cils de sa brodeuse qui s'interdit le misérabilisme, se ressaisit et recoud la plaie suivante, sans plus de tremblements.

— Quand je lui ai dit, elle a pas voulu entendre. Elle a pris mon père à partie, non pas pour se confronter à lui, mais pour avoir sa version des faits. Et ça s'est retourné contre moi. Mon père m'a engueulée. Il a pas hurlé, non. Il a fait comme si c'était une banale dispute avec une ado rebelle… La putain d'injustice que j'ai ressentie à ce moment-là… Y avait des ciseaux sur la table. Je me suis dit que ça me ferait moins mal s'il me les plantait dans le bide… J'ai insisté. Je me suis pris une gifle. Ou deux, je sais plus. Comment je pouvais oser insinuer ça ? «Des fariboles», il a dit. Des fariboles… J'étais une gamine pas facile, recluse dans ce manoir qui ressemblait à un donjon, tu peux vite être catégorisée comme ado en crise. Ç'a d'ailleurs été l'argument de mon père : « Elle ment pour faire son intéressante. » Argument con, classique, indiscutable.

Les derniers fils de suture noués, Maxine bande le ventre de Zack et le pique avec l'épingle à nourrice.

— Aïe…

— Dis donc, qu'est-ce que t'es douillet.

Venant d'une fille qui se mutile, la moquerie anodine est d'autant plus cinglante. Zack se sent un peu con. Il en apprend des choses, cette nuit, à tous les niveaux.

— Je me suis barricadée dans ma chambre pendant deux jours. Sans manger, sans parler, sans me laver. Et avec la paire de ciseaux que j'avais embarquée. Quand ils ont enfoncé la porte, il y avait du sang partout. Pas en grande quantité, juste assez pour que je sois hospitalisée. Il a fallu ça pour que ma mère me croie. Même le déni a ses limites. Pareil pour la force d'acceptation. Ma mère ne l'a pas eue. Elle a pas pu affronter la vérité.

Maxine vide flacons et tablettes de médicaments dans le creux de sa main. Ses gestes, presque mécaniques, l'aident à poursuivre son récit sans s'effondrer. En mobilisant son attention sur le rapiéçage de Zack, elle se détourne de sa propre émotion. Bluffeuse sous toutes les coutures.

— Prends ça.

— C'est quoi?

— Antidouleurs, antiseptiques, anti-inflammatoires, anti-tout. Bois.

Ordre de l'aide-soignante. Sans rechigner, Zack se

gave des médocs qu'elle lui tend, fait glisser le tout en buvant au robinet du lavabo.

— J'ai appris son suicide après mon séjour à l'hôpital. C'est mon père qui me l'a annoncé... J'avais tout perdu. Ma mère, la liberté, la raison aussi, je crois.

Elle confectionne au mieux une attelle pour la main brisée qu'elle fait reposer en bandoulière.

— T'as pas porté plainte ?

— À quatorze ans ? Alors que ma mère était plus là et que j'étais chez... « lui » ?

Maxine se fait plus piquante que son aiguille.

— Non, je me doute, se vexe Zack d'être ainsi rabroué, mais... après.

— Pardon, se radoucit-elle. J'ai attendu d'avoir l'âge légal pour m'échapper du manoir et porter plainte. Mais tu sais le nombre de viols qui sont condamnés, surtout si longtemps après l'acte ? C'en est une putain de mauvaise blague. Je les ai bien fait marrer au commissariat avec mon histoire. En plus, j'ai le tort d'être jolie. Y a des fois où ça joue contre toi. Au vu des sarcasmes des flics qui prenaient ma déposition, j'ai compris que c'était inutile. Je l'ai même pas signée, cette putain de déposition.

Dernier coup de désinfectant sur la pommette fendue, sparadrap sur l'arcade sourcilière.

— Je veux qu'il paie. J'ai pas la loi avec moi. Le poker, c'est ma seule arme pour le punir.

Zack se saisit du flingue qui dépasse du sac béant de Maxine. Jusque-là, il s'est montré patient et compréhensif, mais le récit de celle dont il est tombé amoureux – Baloo avait raison, comme souvent – a précipité son envie de radicaliser la méthode. Ce soir, pour la première fois, il comprend les élans punitifs de son pote justicier.

— J'ai une autre solution qui ferait bien l'affaire sinon.

— Non, Zack, pas comme ça.

— Je m'en occupe pour toi, tu seras pas inquiétée.

— C'est pas la question. Je veux qu'il reconnaisse les faits. Pas qu'il meure.

— Pourquoi ?

— Parce que... c'est pas lui qui m'a violée...

— Quoi ?... Mais...

D'un geste de la main, pudique mais inflexible, elle met fin à l'interrogatoire. Elle ne le regarde plus, concentrée sur le rangement de ses ustensiles chirurgicaux.

— Tu comprendras... si tu m'accompagnes.

Zack se mire dans la glace. Il est réparé, à peu près, et propre, de façon aussi approximative. Un sou pas si neuf, mais il fera illusion pour la première mise.

L'heure n'est plus à la confession, mais à l'action.

— Bien sûr que je t'accompagne.

Remis sur pied, Zack et Maxine débarquent dans le réfectoire de la cantine du bord d'autoroute. Partis à la rescousse du pauvre Baloo pris dans les filets du surdoué, ils font une halte brusque, éberlués par le tableau des deux larrons en grande conversation.

— ... et j'appelle le bébé « Zack », dit Baloo. Et j'le fais de plus en plus souvent ce rêve.

— Ouais, logique, à force de veiller sur lui. Tu joues

les caïds, mais le fond du problème, c'est que t'as juste envie d'être papa. C'est rien, c'est l'horloge biologique.

Baloo cogite – « Mmmm, y a une certaine logique » – puis observe le gosse en pyjama qui bâille après avoir résolu sa problématique existentielle aussi aisément qu'une charade de *Picsou Magazine*.

— T'es vraiment trop vieux pour ton âge, toi.

Jean finit de faire fondre le cœur du géant d'un :

— Heureusement tu m'as moi, maintenant.

Touché-coulé. Baloo aime ce petit et jamais il ne le laissera repartir chez les siens.

— Ben je vois que t'as trouvé un nouveau copain, dit Zack avec une pointe de jalousie.

— Ça, mec, ça c'est un vrai pote ! dit Baloo qui n'a jamais autant ressemblé à l'ours auquel il a emprunté son sobriquet.

Puis, posant sa grosse patte sur la mini-épaule de l'enfant :

— Jean, faut que t'apprennes l'humanité à ce type.

Maxine, rassérénée par cette bouffée de joie, repose sa tête contre la poitrine de Zack.

— Quoique j'aie comme l'impression qu'il va devenir plus docile ces prochains temps, dit Baloo en plaquant un billet de cinq dans la main tendue du rejeton.

— Qu'est-ce qui vous prend ? demande Maxine, en mère scandalisée.

— On a parié cinq euros sur vous, dit Jean. Moi que vous alliez conclure. Du coup, il a perdu.

— Quoi ? Mais… Tu joues à des jeux d'argent avec un gosse ? T'es malade, Baloo ! s'insurge la pseudo-mère responsable.

«C'est l'hôpital qui se fout de la charité», pense le baby-sitter disputé avant de se justifier, en toute mauvaise foi :

— C'est pas un gosse, c'est un surdoué.
— Et t'as misé contre moi ? s'offusque Zack.
— Ben... j'étais pas sûr, dit Baloo, bien empêtré. Vu ton passif avec les gonzesses...
— Continue donc à sauter du deuxième étage, et on reparlera de mes problèmes relationnels.

Jean pare la vanne de Zack en sortant de sa boîte de chewing-gums le pendentif de Baloo qu'il brandit au-dessus de sa tête, tel Arthur avec son épée. Scié, Zack se retourne vers son pote suicidaire qui hausse les épaules :

— Quand je dis qu'il est surdoué, ce gosse.

Silhouette fantomatique émergeant de la brume nocturne, le manoir de la Châtre, bâtiment à la magnificence ostentatoire caché au fond d'un bois, plastronne sa richesse assumée derrière grilles et remparts fortifiés, dressés pour décourager la curiosité des badauds, se préserver de la prospection des importuns, ou contrer les attaques de descendants belliqueux en quête d'explication musclée. Et cette nuit plus que toute autre, de protection, le maître des lieux va en avoir besoin. La bataille se prépare, elle sera sanglante, et sans pitié.

Les troupes ennemies s'approchent. Le cheval de Troie a pris la forme d'un pick-up Tundra qui roule au ralenti, phares éteints, le long de la grande allée, et se gare à moins d'un jet de catapulte de la grille d'entrée.

Arrêt du moteur. Maxine, Zack, Baloo et Jean se tiennent immobiles dans l'obscurité. L'assaut, c'est à elle de le lancer. Quand elle en aura le courage. Et pour ça, il faut qu'elle le rassemble. En attendant, ses alliés respectueux observent un silence de soutien.

Les secondes s'écoulent. Puis les minutes.

Trop de patience tue l'impulsion. De peur que Maxine ne revienne sur sa décision, Zack ose briser le silence de son ton le plus bienveillant.

— Prête?
— Attends.

Levée de bouclier. Processus de galvanisation en cours, Maxine a besoin de ressasser, sa vie, sa jeunesse, tout ce qui l'a amenée ici, à l'origine du mal. La raison de cette confrontation, la cause de sa peur. Cette peur qui lui glace les entrailles. Trop pour mener à bien cette bataille si elle n'attise pas d'abord ses pensées de ses souvenirs d'un passé affligé. Progressivement, la colère l'envahit et défonce les dernières barricades derrière lesquelles elle se terre. L'envie de vomir s'amenuise, l'envie de mourir s'éloigne et celle de faire payer le responsable prend le dessus.

— Prête.

Même au travers de l'obscurité, Zack a remarqué le rouge au fond de ses pupilles. La tension qui émane d'elle, jamais il ne l'a connue. Cette nuit, elle peut tout perdre. Plus que son butin, c'est son âme qu'elle va miser.

Elle se tourne vers Baloo et Jean à l'arrière du véhicule.

— Vous, vous restez là.

— T'es sûre que tu veux pas que je m'en occupe à ma façon ? demande Baloo.

— Non !

C'est Zack qui a répondu à la place de Maxine, avec une fermeté sans appel. Il aimerait autant éviter un bain de sang, il sait son pote dans sa période grand nettoyage.

Sous les pieds de Maxine repose le sac de sport qu'elle trimballe depuis son départ. Elle tire la sangle à elle et claque la portière. L'air frais de la nuit aère ses alvéoles. Cette pureté lui fait du bien. Elle la hume, s'en nettoie la tête, mais pas trop, il lui faut conserver la colère. Zack rêve d'une cigarette mais ne voudrait pas que la flamme de son briquet donne l'alerte aux potentielles caméras de surveillance. Les assaillants rejoignent la grille. Zack appuie sur la poignée métallique.

— Fermée.
— Qu'est-ce que tu crois ? Mon père sait se protéger.
— Je sonne ?
— Pas la peine.

Maxine sort de son sac à main une longue clef en ferraille.

— T'as gardé un double ? Malin.
— J'avais prévu de revenir.

Le noir dans sa voix, Zack en éprouve un frisson. Maxine insère la clef dans la serrure, prend une profonde inspiration, puis la tourne. La grille grince et s'ouvre sur des hectares de jardin à la française et de bois sauvages.

— Le jardin de ma jeunesse.
— Impressionnant.
— C'était ma prison... C'était même pire.

Zack pose une main qui se veut réconfortante sur son épaule. Maxine, le regard noyé de sang, se fragilise un instant. Puis la colère reprend l'ascendant. D'un coup d'épaule, elle se dégage de la compassion de son amant.

— Bien pire.

Ainsi clôture-t-elle les évocations passéistes, loin d'être bucoliques malgré l'illusion du décor, et lance la charge. Le mental d'un joueur avant un match, ça se bichonne. Il ne faut y glisser aucune distraction, le moindre obstacle et c'est la débandade, alors Zack ferme son clapet et lui emboîte le pas.

Le chemin qui les mène au manoir s'étend à outrance,

dans le but évident de faire prendre conscience aux invités de l'importance du maître des lieux, de sa richesse, mais surtout de sa supériorité. Cette démesure flirte avec l'indécence. Zack savait Colbert riche, il découvre l'étendue de sa puissance.

Arrivée à proximité de la porte d'entrée, Maxine se cramponne à son sac de sport. Zack s'attend à ce qu'elle utilise ses clefs, mais non, elle sonne. Elle ne regarde plus son compagnon depuis un moment, trop absorbée dans son monde. Un monde de douleur. Zack n'a plus accès à elle que par intermittence. Il la fixe, espérant qu'elle connecte avec lui, avant l'entrée dans la cage de sa bête noire. Mais Maxine garde les yeux rivés sur la porte.

Des pas s'approchent de l'autre côté de l'huis, étouffés par la densité du bois. Des talons claquent sur un carrelage. De plus en plus fort. De plus en plus oppressants. Maxine retient sa respiration.

Aux aguets, Zack pose sa main valide dans son dos, contre son flingue enserré dans son pantalon, sous sa veste propre. Heureuse prévoyance, il avait chargé des fringues de rechange dans le pick-up. Un costume nickel, sans impacts de balle, ça présente tout de même mieux à l'heure de rencontrer beau-papa.

La majestueuse porte au bois sculpté et aux ferronneries dentelées s'ouvre. Les gonds ne grincent pas, témoignant de la bonne tenue de la maison, et laissent au silence tout le loisir de s'étirer. Un majordome apparaît, et sur son visage se dessine une expression de stupeur.

— Bonjour, Edgard.

— Mademoiselle Maxine, salue le majordome avec la révérence de mise.

— Dites à mon père que je veux le voir. Et préparez la table de jeu.

Zack n'en revient pas, Maxine parle avec naturel à ce laquais sorti d'une caricature d'aristocratie, sauce Agatha Christie, et elle-même semble tristement dans son élément.

Le majordome bafouille :

— C'est-à-dire que... Je...

— Edgard, s'il vous plaît.

Maxine le rabroue d'une autorité royale et Edgard obéit, comme il se doit, à la maîtresse du domaine.

— Tout de suite, mademoiselle Maxine.

Le majordome pivote pour leur libérer l'accès, et s'en va quérir son maître à l'étage. Avec solennité, il grimpe marche à marche l'infini des escaliers de marbre au centre du hall époustouflant qui étale son opulence à leur égard. Zack veut garder sa concentration sur sa protégée, mais la splendeur du lieu l'interpelle. Statues de marbre, tableaux de maîtres, rideaux de velours brodés d'or jusqu'au plafond qui s'élève bien à huit mètres de haut. Le terrain de jeu de la petite, donc.

Et sa salle des tortures.

Maxine se contracte de toute part. La colère dispute la priorité à la douleur. La tristesse est revenue lui garrotter la gorge. L'envie de vomir aux dents, Maxine les serre à s'en faire péter les maxillaires. Convoquer la colère. Le père, il va arriver, il ne devrait plus tarder, il faut qu'elle soit forte, il ne doit pas voir sa tristesse, l'attente va cesser. La colère, elle doit la libérer.

— Maxine, mais qu'est-ce que c'est que ce caprice ?

Cette voix... Elle ne l'a pas entendue depuis des

lustres… Pourtant jamais elle ne l'a quittée. Elle la hante, chaque soir, chaque jour, chaque putain de seconde. Cette voix, si froide, si hautaine, si… paternelle.

Zack reconnaît l'homme qui noue sa robe de chambre en soie sauvage rouge et or du haut des grands escaliers de marbre blanc. La photo dans le journal ne lui rendait pas honneur. La soixantaine distinguée, Colbert dégage une prestance qui, dans la réalité, impose le respect.

— Tu as vu l'heure ? Tu n'as même pas prévenu Edgard. Il va te préparer une chambre mais…

Maxine se force à ne pas écouter. Ne pas se faire vampiriser, garder le cap. Elle ouvre son sac et déverse sa fortune accumulée sur le plancher, puis vomit sa colère en écho.

— Un demi-million, papa. C'est ce qu'il faut pour jouer contre toi, non ? Alors, sors les cartes et joue.

Zack écarquille les yeux à la vue des paquets de billets répandus à ses pieds. Des éclaboussures de centaines de milliers d'euros sur ses pompes.

« Ah ouais, quand même… »

Colbert, lui, pouffe d'un rire de dédain.

— Mais enfin, ma chérie, tu es incroyable. Tu n'as pas changé. Je ne te vois pas pendant seize ans, tu surgis au beau milieu de la nuit sans crier gare et tu me proposes une somme exorbitante pour un poker. Qu'espères-tu ? Que je…

Maxine secoue la tête, suivre le plan, ne pas lui laisser la main. Elle le coupe :

— Et je veux qu'un notaire supervise la partie. Un demi-million, papa. Tu cracheras pas dessus. Pas toi.

L'effrontée plante son regard le plus provocateur dans

celui boursouflé d'ego de son père. Son point faible. Elle sait que l'amour-propre du joueur ne se laissera pas humilier par l'affront. Surtout celui de sa fille. D'autant plus devant témoin. Colbert pèse le pour, le contre.

— Et vous êtes ?

Bingo. L'aristo se saisit de la bienséance pour faire diversion et s'adresser à son invité cabossé. La gouaille avec laquelle rétorque Zack déplaît aussitôt à son hôte, qui, il ne s'en cache pas, n'a jamais aimé la plèbe.

— Son ange gardien.

— La superstition et le jeu ne font pas bon ménage, persifle Colbert.

« Merde, ce mec, c'est un serpent. »

La main toujours sur son arme, Zack préfère arrêter là l'échange d'amabilités. Le duel se joue entre Maxine et son père. Lui se donne pour rôle de surveiller les coups bas, mais il ne s'interposera pas.

Long silence. Échange de regards tendu entre les duellistes. *OK Corral* dans la Creuse. On entendrait presque le cri d'un rapace au-dessus d'eux. Mais non, c'est un hibou.

Colbert brise le silence comme une flûte en cristal qui éclaterait sur le sol marbré.

— Bien… J'espérais des retrouvailles plus chaleureuses mais puisque tu le prends ainsi.

Maxine desserre les mâchoires. Juste assez pour reprendre sa respiration. Son père a mordu à l'hameçon, il s'adresse à son majordome.

— Edgard, appelez maître de Gore.

Une salle dédiée aux jeux, le rêve de tout enfant, le fantasme de tout accro. Table de billard – français évidemment –, craps, black-jack, roulette, échecs, fléchettes, toute une panoplie de jeux d'adresse et d'argent. Qu'importe l'appellation, qu'importe la variation, pourvu qu'on ait l'ivresse.

Et bien entendu, trônant au centre de ce paradis du *gambling*, la table. De poker. Tapissée d'un revêtement doux, « bien trop doux pour être du simple néoprène », se dit Zack en en tâtant la surface du bout des doigts.

— Chinchilla, l'informe Maxine, au visage plus fermé qu'un cachot.

Zack a du mal à savoir si elle lui a dit ça pour le rappeler à l'ordre, et qu'il arrête de se comporter comme un gamin dans un magasin de jouets, ou si elle lui divulgue des indices qui traduiraient les différentes facettes de la tortueuse personnalité de son père. Confectionner un tapis de table en fourrure, taillée à ras, de bestiaux écorchés vifs pour en optimiser le soyeux, ça pose l'ambiance. Faut aimer le sang. Et la souffrance. Ou, comme dirait Zack, être un bel enculé.

Assis à la table perdue dans l'immensité de la salle vide, Maxine et Zack patientent à la lumière des bougies – pas d'éclairage artificiel, Colbert aime les rituels et les mises en scène – dans l'expectative de l'arrivée du notaire qui tarde.

En l'absence du maître de maison, parti se préparer, l'attente est un supplice. Pas con, le daron, il les fait lanterner. Sa stratégie n'a pas échappé à Zack. Le meilleur moyen de maintenir la tension, c'est de provoquer l'impatience. Et par là même, l'exaspération. Résultat infaillible de l'opération, le mental de l'adversaire tressaille. Un œil sur Maxine qui joue nerveusement avec un jeu de cartes, les liasses de billets étalées devant elle, Zack constate que le stratagème du paternel prend, et tente de désamorcer l'explosion imminente, tout en maintenant la compétitrice en condition.

— Lui laisse pas avoir prise sur toi. Sécurise ton mental. Verrouille ta concentration.

Maxine reste muette. Surtout ne pas regarder autour d'elle. Cette salle. Trop de souvenirs. Ne pas se laisser submerger par l'émotion. Elle préserve ses mots, elle retient la vanne. Éviter que tout pète. Les grandes eaux. Surtout pas. Ne pas laisser la colère se disperser. La canaliser.

— Je suis là, je te lâche pas.

Zack enroule les doigts autour de sa main qui lui semble soudain minuscule. Une main sans vie.

« Merde, elle est glacée. »

Le sang ne circule plus. La main d'un cadavre.

Maxine n'accueille tout d'abord pas ce geste. Puis, sentant la chaleur lui parvenir à travers sa main qui grelotte, elle ouvre les doigts et les referme autour de ceux de son compagnon rassurant. Elle serre. Fort. Et clôt les paupières.

«La colère. Contenir la colère.»

— Vous désirez boire quelque chose?

Alexandre Colbert vient de faire son entrée. Tout pomponné, les cheveux cendrés gominés en arrière, menton rasé et poudré, parfumé aux essences les plus délicates. «Mais pourquoi ne s'est-il pas changé?» se demande Zack. L'aristocrate a orchestré une apparition remarquée, et il est vrai qu'il présente superbement, pourtant il n'a pas quitté son peignoir. Il aurait pu enfiler une tenue plus adéquate pour une partie aux enjeux si personnels. Un complet-veston, une chemise, un pantalon, même un jogging aurait fait l'affaire. Mais rester dans une robe de chambre, en soie sauvage, certes, c'est cracher à la gueule de sa fille le peu d'intérêt qu'il porte à cette partie, et afficher tout le mépris qu'il a pour elle.

À peine son père met-il la pantoufle en hermine dans la pièce, que Maxine sort de sa litanie, et bondit de sa chaise.

— Le notaire est là?

— Il est dans le hall, répond Colbert qui empeste le calme condescendant. Ne t'inquiète pas, ma chérie, il arrive.

«Elle va pas tenir la partie si elle part déjà à ce point dans le rouge.» Inquiet, Zack veut lui reprendre la main, mais Maxine l'envoie balader, d'un geste agacé. Le daron est dans la place, fin des effusions, début des barricades émotionnelles, paré pour les hostilités.

Colbert se dirige derrière son bar et se sert une liqueur dans un petit verre en cristal fin.

— Rien, c'est sûr?

Maxine ne répond pas, un regard noir fera l'affaire.

303

Zack reste solidaire, donc muet. Colbert ouvre une cave en verre qui recèle des bouteilles de collection.

— L'ange gardien non plus ? Certain ? J'ai des cognacs millésimés absolument divins.

« Ah, le salaud, il la joue petit », se dit Zack qui en testerait bien un. Il a toujours eu un faible pour le cognac, et ceux du père Colbert ne peuvent être qu'exceptionnels. Mais Zack refuse l'offre faussement généreuse d'un geste dédaigneux de la main, oubliant au passage qu'elle est pétée, et se mord l'intérieur de la joue pour ne pas crier.

Maxine soutient le regard inquisiteur de son père, écartelant le silence jusqu'à l'inconfort. Colbert porte son verre à sa bouche avec un sourire suffisant.

— Alors ma fille, que deviens-tu ? Tu n'as pas donné beaucoup de nouvelles ces seize dernières années.

— Ne parle pas, papa. Je suis venue pour jouer au poker.

— Toujours aussi arrogante. Quel dommage. Tu aurais pu être quelqu'un de tellement…

Le notaire fait irruption en pleine déception paternelle, essoufflé par son ascension, et déclame son introduction sans se rendre compte que son hyperventilation de goret interrompt un moment de malaise.

— Je vous prie de m'excuser de vous avoir fait attendre mais ces escaliers finiront par avoir raison de mon pacemaker. Maître de Gore, enchanté.

Le notaire rougeaud tend sa main boudinée à Zack en priorité – « Bonjour la galanterie » – puis à Maxine qui la serre d'une poigne ferme et rétablit l'équité en se présentant la première :

— Maxine. Colbert.

Ce nom lui arrache les lèvres. Elle ne l'a pas accolé à son prénom depuis son départ du manoir. Seize ans qu'elle vit avec un patronyme de substitution. «Diamant», elle trouvait ça joli. Mais plus jamais elle n'a assimilé le nom de son père au sien. Pourtant, ce soir, face à cet homme de loi, elle se doit d'utiliser son identité véritable. Et légale.

— Enchanté, dit le notaire avec l'excès de politesse inhérent à son métier. Et vous êtes? demande-t-il en se tournant vers Zack.

— Son ange gardien, moque Colbert en se joignant à eux.

— Ah, ah, très amusant, dit le notaire avec des yeux authentiquement rieurs.

Apparemment, le garçon n'a pas encore saisi tout le sérieux de la réunion.

— Pardonnez-moi d'insister, mais étant donné les circonstances légales pour lesquelles vous m'avez appelé, je me dois de noter les noms des témoins ici présents.

Zack maugrée, il n'a l'a pas vue venir, celle-là. Mais pas de cachette en vue, il doit sortir à découvert.

— Charlier, Jacques, dit-il entre ses lèvres pincées.

Lui non plus, il n'a plus l'habitude de son vrai nom. Il lui rappelle sa mère, et son handicap, pas méchant, un cheveu sur la langue, qui a déformé son prénom toute son enfance, prénom qu'il a décidé de garder ainsi modifié après son décès. Jacques est devenu Zack, avec un $z$ et un $k$, pour faire racé, et du même coup falsifier la raison originelle de ce changement: sa mère zozotait.

Maxine ne relève pas, concentrée sur la gestion de sa colère. Néanmoins son amant ne peut s'empêcher de spécifier:

— Mais tout le monde m'appelle Zack.

Gloussement de Colbert qui pose son précieux séant sur la chaise Louis XV face à eux. Le notaire valide de la tête, n'ayant cure de cette précision, et note les deux noms de naissance sur son papier officiel.

— Bien, j'imagine que vous ne voulez pas perdre de temps. Les sommes en jeu étant considérables, il est juste que vous ayez fait appel à moi pour superviser cette rencontre. Je me chargerai également de distribuer, si vous n'y voyez pas d'inconvénient.

De Gore s'empare des cartes et bat, souriant plus qu'il ne devrait. Maxine bouillonne, ce qui n'échappe à personne. Surtout pas à son père.

— Maxine, ma chérie, tu es mon bébé adoré, tu le sais. Normalement je n'aurais jamais accepté de jouer cette partie mais l'impertinence dont tu as fait preuve mérite une bonne punition. C'est beaucoup d'argent, j'espère juste que tu as su assurer tes arrières.

Colbert se complaît à humilier sa rejetonne. Il veut la dominer, l'avilir. Comme à son habitude. Maxine ne cède pas à la tentation de prendre le revolver dans son sac et d'en tirer une balle dans la tête de son cher géniteur. Elle aura sa revanche, mais pas de cette façon. Il faut que tout ça reste dans les règles. Que ce soit légal. Mais il ne faudrait pas que son père l'asticote trop non plus, même si elle sait qu'il va passer la partie à s'en donner à cœur joie. Elle aurait peut-être dû laisser le flingue dans la voiture, c'eût été moins tentant, pense-t-elle une seconde, puis aussi vite refoule l'image d'un :

— Distribuez, monsieur le notaire.

Maître de Gore bat les cartes, coupe le paquet et distribue. Zack est épaté par la dextérité de ses petits doigts boudinés. Les gens de la haute, tout de même, ils sont impayables, ils ont même des notaires croupiers.

Mais avant ça, le notaire a pris bien soin de recompter l'apport de Maxine, pour le lui échanger contre des jetons de la même valeur. En tant que croupier, de Gore fait office de banque et, même si, comme pour tout établissement arborant cette enseigne, on est en droit de douter de son intégrité, il assure la sécurité d'un coffre-fort en forme de sac de sport dégorgeant d'un demi-million d'euros en petites coupures.

Colbert, lui, est à n'en pas douter solvable. De Gore lui a tendu l'équivalent de l'apport de Maxine en jetons sans demander de garantie. Cynique illustration du fonctionnement de notre système économique.

La partie peut commencer. Le notaire annonce :

— Mise de départ, deux mille euros.

Zack étouffe un ouf d'ébahissement. D'ordinaire, quand il repart avec cette somme en poche à la fin d'une partie, il s'estime satisfait. Là, c'est le point de départ. Les joueurs misent sans sourciller. La table est encore froide que mijotent déjà quatre mille balles dans le chaudron. De la menue monnaie. « D'ordinaire, mon cul. Sont complètement azimutés dans cette famille. »

Le ballet commence. Deux pour Colbert, une pour Maxine. Les doigts grassouillets de la banque font voler les nouvelles donnes.

Colbert glisse les cartes dans son jeu en y jetant un regard aussi furtif qu'acéré. Le gars est une machine. Aucune émotivité, pas de sensibilité apparente, et une absence totale d'humanité.

Maxine, elle, prend plus de temps pour analyser sa main. Aucune émotion ne transperce. Elle pose son jeu à couvert sous ses doigts impassibles en attendant la mise de son père. Ce qu'il fait avec une certaine noblesse, il faut le reconnaître.

— Je lance de cinq mille.

— Tes cinq mille, plus dix, enchérit sa fille.

Et ainsi de suite. Manipulés sans préciosité, les jetons, à un SMIC l'unité, s'entassent au centre de la table sans plus de considération que si c'étaient de vulgaires allumettes.

— Tu as gagné en assurance, ma fille. Je t'ai connue plus fébrile.

— Monsieur le notaire, je vous prierai de demander à cet individu de s'en tenir à des échanges concernant le jeu.

Le notaire assume son rôle d'autorité :

— Monsieur Colbert.

— J'ai très bien compris, maître. Tes quinze mille, ma chérie. Pour te voir. Je veux dire ton jeu, bien entendu.

Le détachement narquois avec lequel Colbert considère les enjeux d'une valeur vitale pour sa progéniture rappelle à Zack ces politicards qui font fermer une usine en livrant aux licenciés des excuses à base de stock-option, dégraissage, marge, délocalisation, frais de gestion, des excuses que les ex-employés ne peuvent et ne veulent pas comprendre. Les puissants, eux, en ont pleine connaissance, se foutent ouvertement de leurs gueules, et leurs revendications, ils se torchent avec. Et c'est exactement ce que Colbert est en train de faire avec sa fille.

— Full aux deux par les cinq.

Maxine n'a pas répondu à la provocation de son père par les mots, mais par les cartes. Elle étale son impressionnante combinaison. Difficile à battre. Elle attend tout de même la réaction de son père, par respect, factice, et pour installer le rapport de force, lui montrer qu'elle ne cédera pas aux effets de démonstration. Elle veut gagner dans la dignité.

Colbert sourit. Il lit parfaitement dans son jeu et pose le sien. Il fait durer le bras de fer quelques secondes de plus, pour faire savoir à sa rivale qu'il n'est pas dupe. Puis l'invite, d'un geste outrancièrement désinvolte, à ramasser la mise. Maxine récolte son dû, sans laisser paraître la moindre satisfaction.

Son tic a bien failli se réveiller, mais son annulaire et son auriculaire étant fracturés, Zack ne pense plus à les frotter, ce qui ne l'empêche pas de se ronger les nerfs.

Colbert ouvre un tiroir de sous la table. Réflexe de l'ange gardien, Zack pose sa main sur son flingue, prêt à dégainer si l'autre face d'empaffé s'amuse à faire le con avec une arme cachée dès le premier tour. Mais il n'en est rien. De la boîte en acajou qu'il tire de sa cachette, Colbert extrait un fume-cigare – en ivoire, cela va de soi – et les cigarillos de luxe qui vont de pair.

— Ça ne te dérange pas, ma chérie ? demande-t-il, en portant l'embout d'ivoire à sa bouche.

— Comme si ça t'empêchait.

Colbert allume son cigarillo aussi puant que lui.

— Non, effectivement, je suis chez moi.

Il souffle en direction de sa fille une longue bouffée qui la plonge dans un épais nuage de fumée. Elle se retient de tousser, le plus longtemps possible. Puis, n'y tenant plus, elle laisse échapper une quinte qu'elle regrette aussitôt. Le tabac ne l'incommode pas, elle-même succombe à la tentation d'une menthol de temps à autre. Mais les cigarillos de son père, à un moment charnière de son existence, il y a eu saturation. Elle ne pouvait plus les supporter. Justement parce que c'étaient ceux de son père.

— Et je suis allergique à tes cigarillos. Mais tu l'as probablement oublié.

Colbert inspire une nouvelle bouffée qu'il souffle à la gueule de sa fille.

— Pas du tout.

Charmant, le papa. Vraiment.

Trois quarts d'heure plus tard, la partie bat son plein. Le tas de jetons a pris du volume face à Maxine qui ne perd rien de sa concentration. Elle pose ses cartes et commente en épiçant d'un soupçon de provocation :

— Désolée pour ta double paire.

Première phrase adressée directement à son père qui, par son sous-entendu, n'a pas un lien direct avec le jeu. L'annonce a été faite, la manche officiellement gagnée, Maxine, en s'autorisant cette pique, entame une autre forme de dialogue avec son paternel qui commence à s'agacer.

— Tu as une chance insolente.

— Tu l'as dit toi-même : je SUIS insolente. Mais monsieur le notaire, ici présent, peut témoigner qu'il ne s'agit que de chance, si insolente soit-elle.

Maître de Gore affiche un regard approbatif derrière ses binocles de myope et confirme d'un hochement de tête : tout se déroule bien dans les règles.

L'irritation marquée par les rides du front, sa majesté malmenée lui fait signe de distribuer.

Le pouls de la partie reste stable, pas d'accélération incontrôlée. Les joueurs se toisent, exhibant leurs plus beaux sourires hypocrites, et poursuivent la joute. Colbert a un brelan de dames et entretient la spéculation.

— Trente mille de plus.

— Tes trente mille et vingt mille, dit sa fille qui ne veut pas plier face aux fluctuations du marché.

— Tes vingt mille, dit Colbert pour clôturer la bourse en hausse.

Maxine révèle sa double paire. Cette fois, c'est Colbert qui empoche.

— Comme un jeu de miroirs. On se ressemble tellement, toi et moi.

Zack tient les comptes et ne saurait rester optimiste. La partie est serrée. Maxine a une technique remarquable mais son daron a pour atouts une main de fer, une expérience de pro, beaucoup d'argent et pas de cœur, ce qui fait de lui un adversaire redoutable.

La partie dure. Les bougies, comme les nerfs des joueurs, se consument. Edgard, en bon laquais, les remplace au fur et à mesure, s'assurant de l'éclairage impeccable de ses chandeliers.

Les verres se vident, le cendrier se remplit.

Colbert, moins soigneusement coiffé, s'allume un énième cigarillo. Edgard, en majordome précautionneux, ouvre une fenêtre. Maxine, au bord de l'écœurement, n'y prête pourtant pas attention. Sa voix ne parvient plus à dissimuler une naissance de fébrilité. Les annonces claquent comme des balles. Les joueurs ne prennent même plus la peine de commenter leurs coups. C'est tout juste s'ils s'autorisent à respirer entre deux enchères.

À Maxine de lancer l'offensive. Pas besoin de revérifier son jeu, elle n'a rien. Colbert, quant à lui, est devenu prudent, il la suit en jouant plus petit. La partie s'est envenimée et il cherche à colmater l'hémorragie. Maxine, elle, vise les points névralgiques, elle veut que ça saigne. Alors elle frappe à grands coups et remet cent mille dans le chaudron. L'art du bluff, surenchérir quand on n'a pas de jeu, et ne rien laisser transparaître.

— Cent mille, hein ? C'est une grosse somme et…

Colbert jette un œil à son tas qui a diminué de moitié. Le meilleur moyen de contrer un bluff, c'est de ne pas se soucier de l'argent.

— Mais je suis riche, qu'importe. Je te suis, ma chérie. Et je relance de vingt-cinq mille.

Sans réfléchir, Maxine chevauche l'enchère de son père. Même appel, même somme. Cent mille de plus. Comme un impôt sur la fortune qui te tombe sur le coin de la gueule sans avertissement préalable de ton comptable. Le sourire faussement paternel s'efface. Car tout le monde se soucie de l'argent. Surtout ceux qui en ont.

Maxine a l'air sérieux, elle a relancé sans montrer l'ombre d'un doute. Colbert ne saurait plus dire si elle a du jeu ou si elle est devenue folle.

Zack se pose la même question. Une goutte de sueur perle sur sa tempe. Il la sent et voudrait l'éponger discrètement. Impossible sans se trahir.

Colbert se couche. Maxine pousse ses cartes sur le côté et rafle la mise. Le père désigne le jeu couvert de sa fille :

— Tu permets ?

— Je t'en prie, l'invite-t-elle comme elle lui tendrait un verre d'arsenic.

Colbert découvre les cartes sans valeur. Le bluff lui percute l'estomac et lui coupe la respiration.

— Petite…

Le mépris qu'il y a dans ces trois petits points. Comment, en en disant si peu, le père peut-il en insinuer autant ?

Un bluff exposé peut entraîner des explosions en chaîne. À Colbert de sentir une goutte de sueur poindre sur sa calvitie. Il l'essuie, sans craindre de perdre la face, c'est déjà fait. Zack profite de la diversion pour éponger la sienne en toute discrétion.

Son adversaire vacille, il baisse sa défense. Maxine doit préserver le peu de forces qui lui restent pour le coup de grâce.

Et justement, on y est.

La dernière partie file en un battement de cœur. Celui, douloureux, annonciateur de l'arrêt cardiaque. Maxine l'emporte. Quelques jetons traînent encore devant son opposant. Pas de quoi continuer. Colbert, en mauvais joueur doublé d'un mauvais père, déverse son fiel sur sa mioche victorieuse.

— Eh bien, bravo ma fille. Te voilà plus riche d'un demi-million d'euros. Que comptes-tu en faire? T'acheter un pavillon dans une banlieue cossue où tu pourras admirer tes bâtards tomber dans la même déchéance que leur mère?

— Non, les miser contre toi.

Première bombe.

— Je ne suis pas sûr de vouloir continuer à jouer avec toi. Ton impertinence m'agace.

Les attaques constantes de sa fille ont eu raison de son blindage. Colbert vient de perdre un demi-million, il est prêt à décocher des baffes à la gamine qu'il a élevée, et qui vient de le lui soutirer, hélas, en toute légalité. Ce qui ne l'empêche pas d'avoir les phalanges qui le démangent.

Maxine se redresse et se déchire les cordes vocales:

— Cette partie n'est pas finie. Tapis!

Elle pousse le million d'euros sur la table.

Deuxième bombe.

L'explosion fait sursauter Zack. «Merde, qu'est-ce qu'elle fout?» En parfait banquier privé d'émotion humaine, de Gore, lui, cale ses binocles sur son groin, prêt à ouvrir un nouveau tableau de comptes. Quant à Colbert, il n'a aucune réaction. Il dévisage sa fille avec ce mépris constant, dans lequel s'est cependant faufilée une lueur. Maxine a éveillé son intérêt.

— Ça te démange, hein ? C'est pas l'argent qui t'embête, c'est que je puisse gagner. T'as envie de me mettre une bonne correction. N'est-ce pas ?

Elle a raison, son père voudrait la corriger, elle et son air de gamine qui provoque ses parents d'une grimace après avoir salopé la moquette neuve avec ses feutres. Une grimace qui dit : « Oui, j'ai fait exprès. Oui, je mérite une fessée. Mais pas cap que tu le feras. » À l'heure qu'il est, la fessée, elle vaut un million. Et Colbert rêve de la lui coller, cette raclée, à la pisseuse.

— Eh bien... D'accord. Pourquoi pas ? Ça peut être amusant.

— Sauf que c'est pas ton argent que je veux, si tu perds. C'est une signature.

— Une signature ? Mais enfin, qu'est-ce que cela signifie ?

Colbert s'enquiert auprès de son notaire tout aussi déconcerté que lui. De Gore hausse les épaules et lui manifeste son impuissance. Zack est tout autant aux fraises, mais il aime la tournure que Maxine fait prendre aux événements. Elle déroule sa stratégie, elle l'a mûrie longtemps, il ne faut pas qu'elle se plante. Un coup après l'autre, elle place ses pions. Elle parfait son embuscade autour du roi, et elle ne se contentera pas de le mettre mat. Elle a la ferme intention de lui couper la tête.

Maxine tire de sa poche une feuille qu'elle tend à son père. La curiosité piquée au vif, Colbert se penche au-dessus de la table pour se saisir de la lettre.

— J'ai pris des libertés dans les tournures mais le fond y est. Alors ? Est-ce que cette signature vaut un million d'euros ? Est-ce que tu vas tenter ta chance ? Tu sais que tu peux gagner. Tu sais aussi que tu peux me laisser partir avec ton argent mais, tout de même, quelle humiliation !

Colbert lit la lettre, abasourdi, et en tombe sur sa chaise.

*« Je soussigné, Alexandre Colbert, avoue devant la loi être coupable des faits ci-après relatés... »*

La jeune fille n'aimait pas les soirées poker de son père. Elle n'aimait pas les hommes qui y rôdaient. Elle s'y retrouvait encerclée par des types gluants. Pas au sens collant du terme. Au sens visqueux. Quand sur son passage, elle croisait leurs regards. Et suscitait la tentation sans le savoir. Il est vrai que ses traits finement dessinés promettaient un épanouissement en une femme désirable. Mais à quatorze ans, elle n'était encore qu'une adolescente tout juste sortie de l'enfance. L'acuité remplaçant progressivement la naïveté, elle discernait une lubricité dans ces œillades qui la mettaient mal à l'aise. Ces œillades qui se voulaient discrètes, mais qui ne faisaient rien pour l'être. Car ces messieurs se trouvaient entre hommes de bonne compagnie. Pas de voyous, ici. Pas de tordus. Entre gens de qualité, on se comprend. On se soutient aussi, on se protège. Tous avaient remarqué la jeune fille en fleur. Chacun avait fait les louanges de sa joliesse, de façon plus ou moins suggérée, parfois raffinée, d'autres fois résolument grivoise. Mais, d'un rire de connivence, ils se défaussaient, insinuant qu'il ne s'agissait là que d'une plaisanterie. Bon enfant, la plaisanterie, bien entendu.

Le père ne s'offusquait pas. Pourquoi l'aurait-il fait ? Une compagnie d'une telle qualité, sélectionnée parmi la crème de la crème. Il avait conscience que sa fille, si juvénile fût-elle, était déjà pourvue de beaux attraits. Lui avait le droit de s'amuser de l'ambiguïté de sa silhouette de nymphette : « Ne vous y fiez pas, messieurs, elle reste une enfant à qui il faut régulièrement rappeler les limites de l'insolence. Il m'arrive de regretter l'époque où je pouvais la punir d'une bonne fessée. » Ces messieurs applaudissaient la marque d'autorité paternelle, un émoi rougissant au front, un raclement à la gorge. La punition était encouragée par la communauté des patriarches.

Tous aimaient saluer la jeune fille avant qu'elle n'aille se coucher. On ne serre pas la main à une demoiselle, une bise s'imposait. Sur le front, sur le sommet de sa chevelure bouclée, certains singeaient les aristocrates d'un baisemain hypocritement pudique, d'autres se délectaient de sa joue de porcelaine. Une obligation dégoûtante pour l'adolescente. Un de ces collets montés avait même poussé l'impudence jusqu'à lui voler un baiser sur les lèvres. Un chaste baiser, pour souhaiter à une jeune fille, non une jeune femme, une douce nuit.

La mère avait été témoin de la chose et s'était insurgée. En toutes circonstances savait-elle préserver la bienséance, mais la vision de cette lèvre rêche, parsemée de poils drus, sur celles délicates de son innocente petite l'avait fait s'interposer, sans plus aucun égard pour le rang de l'assemblée. Le père avait marqué, d'une brimade silencieuse, son désaccord quant à cette intrusion. La mère, en refermant ses bras sur la poitrine fraîchement éclose de sa fille, avait clôturé le malaise d'un lapidaire : « Il est tard, Maxine doit aller se coucher. »

Le lendemain, la mère et le père avaient eu une conversation houleuse à propos de l'incident. « Une maladresse, minimisait le maître de famille, Maxine, en gigotant, lui aura tendu la bouche par accident. » La mère avait beau condamner le débordement de l'invité, le père solidaire prenait la défense de son congénère.

— Monsieur le maire est un homme d'une respectabilité inaltérable. Comment oses-tu la remettre en question ?

— C'est ta fille, Alexandre.

— C'est également ma maison, et j'entends que mon épouse et ma progéniture se comportent de manière exemplaire auprès des nobles invités qui me font l'honneur de leur présence chez moi.

Débat clos. Enfin pour que débat il y ait eu, encore eût-il fallu qu'écoute et échange de points de vue aient été possibles. Cause perdue avec Alexandre Colbert.

Maxine, elle, était trop immature aux yeux de son père pour émettre une opinion. Il n'empêche qu'elle percevait en ces hommes quelque chose de malsain. Elle n'aurait pas su définir quoi. Souvent un frisson la parcourait lorsque leurs yeux concupiscents se posaient sur elle. Leur peau luisante et leurs baisers rugueux la répugnaient. Quand ils l'embrassaient, elle se sentait salie. Elle aurait pu dire souillée. Mais elle ne savait pas ce que c'était.

Du moins, pas encore.

Maxine avait pris l'habitude de se retrancher dans sa chambre, loin du brouhaha de ces maîtres du monde qui se gargarisaient de leur abondance en tout domaine quantifiable : finances, pouvoir, influence, femmes…

Chaque veille de réunion avec cette confrérie ô combien importante, son père lui rabâchait d'adopter une attitude irréprochable et de parader comme une jeune fille modèle, ou plus exactement comme une bête de concours, pomponnée, obéissante, quelques tours afin de montrer au jury comme l'animal était bien dressé. Et docile.

«Des magistrats, des juges, des notables», lui serinait sa mère en lui brossant ses intenables bouclettes dorées, dont seule une barrette dompterait les débordements. Même elle – avec qui Maxine était pourtant fusionnelle –, son alliée, son amie, sa maman, lui sommait de bien se tenir. Il fallait que son père soit fier. De sa fille chérie. Qu'il allait exhiber à ces messieurs, tel un trophée, ou un objet de valeur lors d'une vente aux enchères.

— J'aime pas les amis de papa.

— Comment peux-tu dire ça? Ce sont tous des gens extrêmement haut placés.

— Il me donne l'impression d'être une poupée.

— Parce qu'il est fier de toi. Tu es sa fille adorée.

Puéril soupir alors que la brosse se coinçait dans sa chevelure bouclée. La mère tirait, avec cette douceur maternelle, sans lui faire mal. Maxine avait toujours aimé ces moments privilégiés, depuis la plus tendre enfance, où sa mère la coiffait. Sauf les soirs de rencontre de son père et de ses partenaires. Les gestes de sa mère restaient doux mais se faisaient plus tendus, ils perdaient en harmonie.

— Il faut que tu comprennes que ces gens sont très importants pour la carrière de ton papa. Je sais que tout ça ne t'amuse pas, mais je te demande de faire un effort. Si tu ne le fais pas pour lui, fais-le pour moi.

Malgré le sourire forcé de sa mère, Maxine sentait son inconfort. Le poids de la bienséance.

Ce soir-là, après la révérence usuelle, Maxine s'était enfermée dans sa chambre. À double tour. Sa mère partie au ski pour le week-end, l'adolescente se sentait vulnérable. Même si elle ne prenait plus refuge dans les jupes de sa mère depuis belle lurette, une présence, maternelle mais surtout féminine, lui manquait face au troupeau de mâles dont émanaient des effluves écœurants de cognac et de cigares. Après avoir rempli, comme exigé, son rôle de jeune fille modèle digne d'un conte de la comtesse de Ségur, Maxine s'était repliée dans ses appartements et lisait, en attendant que ça passe. Elle se dérobait dans des mondes imaginaires prodigués par la littérature. Seul le tapage qui perçait à travers le plancher la gardait connectée à la réalité du manoir. Échauffements et fâcheries émanant du dessous l'empêchaient de s'évader totalement. Malgré le chahut, elle avait fini par s'endormir. Au moment où le sommeil l'avait terrassée, son livre lui était tombé des mains sans qu'elle ne se réveille. Sa lampe de chevet éclairait encore sa peau nacrée lorsque les rouages de sa serrure avaient émis un bruit de déroulement. Par deux fois.

La porte avait grincé. Était entré dans sa chambre son papa au visage contrit.

— Tu dors, ma chérie ? avait-il murmuré dans le silence de la nuit.

Tirée des vapeurs cotonneuses du sommeil, Maxine

avait ouvert une paupière de plomb et émis un gémissement interrogatif.

— Papa ?

— Oui, c'est moi, ma chérie.

— Mais quelle heure il est ?

— Un peu tard.

Les pas de son père avaient fait grincer le parquet. Malgré la torpeur, Maxine en avait perçu d'autres qui suivaient. Son père n'était pas seul à pénétrer dans sa chambre.

Maxine s'était redressée d'un élan raide, comme si on venait de lui jeter un seau d'eau au visage, et avait couvert son corps de ce plaid à froufrous qu'elle affectionnait depuis toute petite.

Son père lui avait souri d'un rictus brisé. C'était à son tour d'avoir le front perlé. Mais cette sueur-là n'avait rien à voir avec celle de ces messieurs. Son père avait mal, ou peur, sa fille n'aurait su dire.

— Maxine, je te présente Jean-Hubert. C'est un très bon ami, il va falloir être très gentille avec lui.

— Quoi… ? Qu'est-ce que tu dis… ?

Les mots, Maxine les avait articulés. Mais ses cordes vocales asséchées par l'effroi n'avaient pas vibré, et aucun son n'était sorti.

Les autres pas, plus lourds que ceux de son père, s'étaient approchés. Des pas d'ogre. Maxine ne discernait pas les traits de l'homme à contre-jour avec la lumière émanant du couloir. Elle parvenait à peine à distinguer son père penché sur elle, éclairé par sa lampe de chevet, et ses yeux cernés de honte. Sa frange, d'habitude toujours impeccable, était en pagaille, ses gestes tremblants, il fuyait son regard. Son père, le magnifique, avait perdu toute sa prestance. Elle ne l'avait jamais vu ainsi, elle ne pensait pas que c'était possible. Dans sa perception encore candide, c'était un homme, donc puissant, charismatique. Et par-dessus tout, c'était son père. Jamais elle n'aurait imaginé qu'il puisse être ébranlé d'une quelconque manière. Un père est un roc, quoi qu'il arrive, devant l'adversité, le danger, un roc derrière lequel se cacher, pour toujours être protégée. Mais ce soir-là, dans les yeux paternels, Maxine avait perçu un abysse qui l'aspirait. Le roc s'était transformé en coquille vide. Son père avait utilisé son double des clefs pour laisser entrer un ogre et lui livrer sa fille en pâture. À deux heures d'hélicoptère de là, sa mère se reposait de sa longue journée de ski. Maxine n'avait personne à qui hurler sa peur, à qui quémander de l'aide. La tétanie l'avait saisie de la tête aux pieds. Elle n'avait pas cherché à s'enfuir, ni même à griffer, elle avait simplement baissé la tête. Essayant de s'échapper de cette réalité, elle avait focalisé son attention sur le cliquetis de son réveil Mickey dont la mécanique hoquetait.

*Clic, clic, clic...*

Les bras tendus de Mickey se tordaient dans des positions morphologiquement contre nature, même pour un personnage dessiné, comme s'ils cherchaient à désigner une issue de secours. La jeune fille aux boucles d'or observait les bras de la souris contorsionnée, mais n'y trouvait point d'échappatoire.

*... clic, clic, clic...*

Un énorme doigt s'était glissé sous son menton pour le relever et la rassurer.

À moins que ce ne soit pour vérifier la marchandise.

— Papa, dis-lui de partir, avait murmuré l'adolescente d'une voix de petite fille.

Son père n'avait rien dit. Il avait regardé ailleurs. Avait essuyé une larme furtivement. Puis il s'était levé.

— Dis-lui de partir, avait insisté la voix d'enfant…

Espérant qu'en ne se retournant pas, ce qui se déroulerait dans l'obscurité de cette chambre ne serait pas réel, le père s'était dirigé vers la lumière du couloir. Tout ça ne serait qu'un mauvais moment à passer. Bientôt qu'un mauvais souvenir.

Pour lui.

Pour elle.

— Papa…

Échine pliée, sourcils noués, la conscience entravée par le déni, le père avait refermé la porte derrière lui, abandonnant sa fille à son ogre.

… *clic*.

Quand il s'était éloigné dans le couloir qui ne lui avait jamais paru aussi long, ce n'étaient pas des hurlements qu'il avait entendus sortir de la bouche de sa fille, c'était son âme qui se dévidait.

— Maxine, espèce de petite…

Le vitriol dans la voix de Colbert, offusqué par les mots calomnieux couchés sur le papier, passe paradoxalement du baume sur les plaies non cicatrisées de sa progéniture.

Il a lu.

Première étape de la revanche.

Zack n'a pas idée du contenu de la lettre, Colbert ne l'a pas lue à haute voix, mais il en a saisi les grandes lignes.

— Je fais des cauchemars toutes les nuits, répond Maxine à l'outrage paternel, j'arrive plus à dormir sans cachetons. Par contre, j'ai une certaine maîtrise du scalpel.

— Fariboles, tout ça.

« Fariboles »… Ce terme. Toujours le même. Le dénigrement d'un père pour un acte innommable qui a mené sa femme au suicide et sa fille, à la frontière de la démence.

— C'est ça, « fariboles », reprend Maxine avec le même sarcasme glacé. Je me suis entraînée comme une dingue pour te les faire payer, ces fariboles. Maintenant que je te tiens, je vais plus te lâcher.

Authentiquement heurté dans son amour-propre, car de son point de vue accusé à tort, Colbert entre dans une fureur aveugle, ce qu'espérait Maxine, au point de le faire basculer dans son piège.

— Ces accusations incessantes doivent finir une bonne fois pour toutes. Pour avoir cru que tu pouvais traîner ton père dans la boue de cette façon, tu vas perdre ton argent et cette insupportable arrogance. Maître de Gore, prenez note que j'accepte de signer cette horreur si ma fille a encore le culot de gagner. Veuillez distribuer.

Le piège s'est refermé. Les pions sont en place. La mise à mort peut commencer. Parvenir à cet instant, Maxine en a rêvé des années durant. La lettre. Et l'acceptation. Du duel.

Donc des faits.

Mais à présent, bien qu'elle se sente sur le point de défaillir, il faut le livrer, ce duel. Et le gagner. La combattante n'a droit qu'à une chance. Une seule. Si elle rate sa cible, c'est elle qui mordra la poussière. À la régulière ou d'une balle dans le dos, Colbert, lui, ne la ratera pas. Après le viol, il avait choisi de se montrer odieux envers elle pour tourner le dos à sa honte. Reporter le tort sur elle pour ne plus se sentir sale, lui. Dans son esprit tourmenté, il est parvenu à se convaincre que c'était Maxine, la fautive. Trompé par son propre mensonge, il n'a eu aucun remords à l'époque. Il n'en a pas plus à la perspective de mettre sa fille à terre cette nuit.

Une fois de plus.

Maxine a peur. Elle défie son monstre. Elle le fait tête haute, regard droit, posture fière.

Et mains tremblantes.

Les participants reprennent leur place autour de la

table qui n'a pas eu le temps de refroidir. Silence solennel. De Gore distribue les cartes. Chaque frottement cartonné résonne dans la salle à en ébranler les fondations.

Les doigts secoués de frissons, Maxine s'empare de ses cartes. Son père se ressert et vide la bouteille de liqueur dans son verre de cristal, dont il fait tinter la fragilité au moyen de sa bague en or massif, puis l'avale cul sec.

Première donne.

— Trois, dit Maxine sobrement.

— Trois également, enchaîne son père sans plus d'effusions.

Le notaire deale sous l'œil professionnel de Zack. Pas d'entourloupe, sans quoi, il serait obligé de faire parler la poudre, ce qui foutrait le plan de Maxine en l'air. Le justicier reste vigilant pour que de Gore ne serve pas trop généreusement la main qui le nourrit.

Maxine regarde son jeu. Elle n'a qu'une paire de valets… Tout ce chemin, ces prises de risque, ces dangers, tout ça pour une putain de paire de valets. Sa vie repose sur une des mains les plus faibles du poker. Elle tenait sa revanche au bout du carton et le diable s'est joué d'elle. Maxine ferme les yeux et déglutit, écœurée par tant d'injustice. Une larme coule le long de sa joue diaphane et s'écrase sur la peau d'animal écorché qui leur sert d'aire de jeu.

— Allons, petite peste, un peu de dignité ! Tu ne peux pas montrer tes sentiments au poker !

La fatigue aidant, son père se laisse submerger par un relent autoritaire. Le feu aux poudres. Maxine éclate.

Les jeux sont faits, plus rien ne la retient de lui cracher ses quatre vérités à la gueule.

— Jamais, papa! Jamais tu peux montrer tes sentiments! C'est pour ça que t'es si fort. Mais là, on s'en fout. On joue pas au bluff. C'est ce que t'as dans les mains qui compte. Tes sentiments, on s'en branle!

— Alors montre-moi.

Tremblant comme la feuille de papier que le notaire garde précieusement dans son attaché-case, Maxine retourne deux de ses cartes sur la table.

Sa paire de valets.

Sa petite, misérable, putain de paire de valets.

Maxine a du mal à respirer. Colbert, tout aussi tendu, relâche la pression dans une grimace de soulagement, prémices de la victoire, et découvre une paire de trois, puis un troisième trois.

Brelan.

Zack frotte son annulaire contre son auriculaire sans ressentir de douleur dans ses doigts cassés. Maxine éclate en sanglots. Colbert respire et achève l'adversaire à terre :

— Désolé, ma chérie. Mais c'est comme ça qu'on apprend.

— AaaaaaaaaaaaaaaAAAAAAAAAAHHHHHHH !

La rage de la guerrière qui mène la charge, défonce les barrières ennemies, glaive haut brandi, dans un assaut final contre le roi. Avec une seule idée en tête : sa décapitation.

Maxine se dresse et cloue une autre carte sur la table.

Un troisième valet.

Brelan.

La prestidigitatrice.

« ... Parce que le monde est ainsi fait que tout ne va pas toujours vers un bon dénouement, et je dis "bon" dans la définition biblique du terme. Alors des fois faut aider un peu le destin pour avoir une fin morale. C'est paradoxal mais c'est pas moi qui ai fixé les règles. »

Cette parole d'évangile, elle l'avait délivrée à Jean après avoir puni Bastien. Et c'est armée de ce même précepte qu'elle vient une nouvelle fois de manipuler le destin en tordant le cou au hasard. Qu'importe le chemin, tant qu'à l'arrivée elle obtient son dû : la punition.

Maxine agite sa main gagnante sous les yeux incrédules de son père.

— Salaud ! Salaud ! Tu les vois celles-là ?! Tu les vois bien ?! Tu t'en souviendras, hein ?! Tu crois toujours que tu peux faire ce que tu veux de moi ?! Tu crois que je suis docile ! Je suis pas docile, connard !

Colbert se décompose. Le notaire inspecte le reste du jeu de son client : il n'a rien.

La bave aux lèvres, Maxine rugit :

— Signe, maintenant ! Tu vas signer ce putain de papier ! Tu vas le signer et je vais le faire publier ! T'entends, ignoble connard ?! Je vais te montrer si je suis docile, moi ! Signe !

Colbert tente de garder contenance et revêt son masque de politicien. Un politicien pris la main dans le sac, en flagrant délit, qui va payer, il le sait, mais qui se débat pour s'extirper des filets de la justice.

— Maxine, enfin ma chérie, calme-toi. Ne perdons pas de vue que ce que tu as écrit... enfin tu t'es emportée...

— SIGNE !

Ses effets de manche pathétiques n'ayant aucun succès, Colbert se retranche derrière une mauvaise foi outrancière.

— Je ne signerai pas ce papier ! Ce sont des mensonges ! En tout cas des exagérations ! Tu le sais !

— Signe, ordure ! hurle-t-elle, puis elle fustige le notaire. Vous, là, faites-le signer ! Vous êtes venu pour ça ! Faites-le signer !

Le notaire hésite à trahir son allié politique, aussi véreux soit-il. D'un coup de talon sous la table, Zack attire son attention. De Gore aperçoit le revolver posé sur ses genoux, en toute discrétion mais pointant dans sa direction. Dédé avait prévenu Zack : ces gars-là ont la loi avec eux. Par mesure préventive, il a bétonné sa défense au cas où ces crapules auraient besoin d'un coup de pouce calibre .45 pour rester du bon côté de la justice.

Plus lâche que corruptible, le notaire, sentant le vent tourner, vire sa cuti et répond avec le flegme inhérent à un représentant de l'autorité légale.

— Monsieur Colbert, je vous prie.

Maître de Gore tend au père crucifié lettre et stylo. Colbert rejette l'offre d'un geste indigné.

— Vous ne pensez pas que je vais signer ça. Vous savez les répercussions désastreuses que ça entraînerait sur ma vie politique ?

Se tournant vers sa fille, Colbert entame les négociations, en désespoir de cause, sans plus aucun amour-propre.

— Maxine, écoute, on peut s'entendre. Je te demande pardon, je…

Maxine le toise. La colère s'est tempérée, la tristesse a été ravalée, ne reste que la vérité.

— Pour quoi, papa? Pour quoi tu veux que je te pardonne? Pour m'avoir utilisée comme mise quand j'étais gamine. Qu'est-ce que t'as à te faire pardonner, papa? Une nuit. C'est rien du tout. Une nuit entière à me faire violer. Parce que ton ami Jean-Hubert, il payait pas de mine comme ça, mais une gamine de quatorze ans, ça l'excitait sacrément, et crois-moi, il a pas débandé. Et il avait même une imagination débordante pour varier les plaisirs.

Les faits. Ignobles, inconcevables pour tout esprit sain. La vérité. Celle de Maxine. Celle de sa jeunesse, broyée, entre les bras d'un pervers. Cédée par ceux, cupides, de son père, au-delà de toute frontière de moralité.

Zack a imaginé le pire, depuis qu'elle lui a révélé son lien à Colbert. Il a envisagé les traumatismes les plus atroces qui ont pu la pousser à une telle pulsion de revanche.

Mais pas ça.

Il a connu des parties sales où les pires ordures ne craignent pas d'avoir recours aux coups les plus moches. Il a vu des joueurs s'abîmer dans des dettes vertigineuses, des règlements de comptes s'opérer au marteau ou à la tronche coincée dans l'étau. De vrais petits bricoleurs, en matière de relevé des compteurs, les truands, pourris jusqu'au noyau par le vice du jeu, ne sont jamais à court d'idées farfelues pour se faire payer. Pas de censure pour verser dans le glauque. Des jeux sales, sans morale, Zack y a assisté plus souvent qu'à son tour. Mais la perversité à laquelle Colbert et son petit copain se sont livrés, il n'aurait pas pu l'imaginer. Même le malfrat le plus déglingué n'aurait pas troqué sa fille au poker. Encore moins en étant aussi blindé de thunes. La prostitution ordinaire, oui. Mais cette complicité dans la perversion décomplexée, il n'y a que chez les gens de la haute qu'on peut la trouver. Les politiques, les aristos, les puissants, ils sont capables d'abominations à côté desquelles tout truand de la rue, si obscène soit-il, passerait pour un agneau. Et protégés par leur statut d'élus, ces privilégiés se complaisent dans les vices les plus sordides sans se sentir les mains sales, et gardent l'âme au propre.

— T'as toujours eu une très haute opinion de toi-même, dit Maxine. Mais ce soir-là, tu t'es surestimé. Tu as perdu. Beaucoup trop, indéniablement… Jusqu'à ce que cette horrible brute mentionne mon nom… Pour rayer ta dette. Et toi… TOI ! Tu as accepté !

Passé maître dans l'évitement, Colbert rétorque d'un vague :

— C'était plus compliqué que ça.

— Plus compliqué ? ironise Maxine. Vas-y, explique-moi. Je suis peut-être trop conne pour comprendre, mais tente toujours.

— Je n'avais pas le choix…

— Pardon ?

Colbert recoiffe sa frange de manière compulsive.

— Je n'avais pas le choix…

— Pas le choix… ? s'étouffe Maxine. De vendre ta fille à un putain de violeur… ?

Colbert montre des signes d'agitation. La couardise

lui fait lever les yeux au plafond, comme s'il cherchait une justification valable dans la fresque de Rubens reproduite sur la voûte. *La Fête de Vénus*. Une farandole orgiaque de nymphes forcées par des satyres libidineux trônant au-dessus de la salle de jeu de ces messieurs. Œuvre magnifique, acclamaient-ils, en fins connaisseurs. Elle a bon dos, la déco.

— Il m'a menacé. Il aurait pu ruiner ma carrière. Nous aurions tout perdu. La maison, le confort de notre vie... ma réputation...

— Mais j'ai tout perdu, papa. J'AI tout perdu ! tente de lui faire réaliser Maxine. Ce soir-là, entre les mains de cette brute, pendant qu'il m'utilisait comme sa chose, qu'il me déchirait de partout, j'ai tout perdu. Et c'était bien plus qu'une putain de maison confortable... !

Maxine s'obstine à vouloir l'atteindre. Mais à peine les prononce-t-elle que ses mots, trop chargés d'incompréhension, s'écrasent au sol.

— Et c'est toi qui m'as vendue... Mon propre père.

Colbert passe de la bacchanale mythologique à ses pantoufles en hermine.

— Tu ne comprends pas. Il me tenait, il aurait pu me ruiner, dit Colbert, espérant, en se montrant honnête, obtenir, si ce n'est son pardon, du moins son indulgence.

Maxine lui retourne son attente de compassion dans la gueule.

— Oh ? À ce point ? Alors dis-moi, combien tu m'as vendue, papa ? Hein ? Ça me ferait du bien de savoir ce que je vaux aux enchères. Elle avait quel prix, ma vie ?

— Tu n'es pas morte.
— Mais c'est tout comme.
— Tu exagères...

Les larmes retenues lui empourprent les rétines, mais Maxine n'en démordra pas. Elle le tient, elle ne lâchera rien, elle reviendra à la charge, sans fléchir, tant qu'il n'assumera pas.

— Ah bon? OK, admettons. Et maman, alors? Sa vie, elle valait combien? Elle aussi, tu vas me dire qu'elle est pas morte?

Piteux, Colbert plie l'échine, comme il l'a fait lorsqu'il a refermé la porte sur les cris de sa fille et qu'il a choisi d'enterrer ce souvenir au tréfonds de lui.

— Regarde-moi, quand je te parle!

Maxine lui décoche une baffe. Colbert sursaute. Il pose ses doigts sur sa joue rougie. Sa fille qui porte la main sur lui? Comment ose-t-elle? Comment en sont-ils arrivés là?

— Ordure! Signe! hurle-t-elle.

Zack se lève et braque son arme sur le roi vacillant. Cette fois, plus de discrétion:

— Signe.

Zack l'a attendue longtemps, son entrée en scène. Depuis le début de la partie, il a la désagréable impression d'être une pièce rapportée. Un pion inutile sur l'échiquier. Maxine a bravé ses démons pour se confronter à son père, son unique rôle à lui revient à la seconder pour mettre à exécution la sentence. Pour ça, plus besoin de cartes, ni de bluff, il laisse son Glock semi-automatique faire autorité.

Maxine examine Zack comme si elle remarquait

seulement sa présence. Happée par son duel, elle l'avait oublié. Cette intrusion armée lui semble irréelle, puis, une fois ses esprits rassemblés, bienvenue.

Face au canon pointé sur lui, Colbert ne trouve plus ni excuse ni esbroufe politicienne, il a peur pour sa vie. Le gangster devant lui a beau ne pas briller par son intelligence, il est déterminé, et prêt à tirer. S'accrochant à la fragilité de ce qui lui reste d'existence, le souverain déchu quémande le secours du représentant légal à ses côtés.

— Mais enfin, vous n'allez pas laisser faire…
— Monsieur Colbert, je considère ce geste comme une autorité secondant la loi. Vous devez signer.

Maître de Gore s'exprime avec l'impartialité d'un juge qui s'apprête, sans hausser la voix, à condamner dans son tribunal un pédocriminel. Justement, c'est exactement ce qu'on attend de lui.

Le ton de Maxine change. Elle expose sa vulnérabilité. Sans retenue. Elle parle. Comme si elle était à nouveau cette adolescente de quatorze ans qui cherche à comprendre, inlassablement, sans y être jamais parvenue :

— J'ai hurlé… Papa, qu'est-ce que j'ai hurlé… Et toi, t'as rien fait… T'es jamais revenu… Je me suis toujours demandé… Entendre ta gosse hurler pendant des heures comme ça, comment t'as fait pour supporter ?

Colbert décroche son regard. Il ne parvient plus à faire face au miroir que lui tend sa fille.

— Je…
— Me dis pas que tu m'as pas entendue. Te fous pas de moi, tu m'as assez insultée comme ça.

Pétri de honte, le père admet :

— J'ai mis des boules Quies.

Estomaquée au point d'avoir du mal à reprendre sa respiration, Maxine a besoin de répéter l'énormité de l'explication pour lui donner une réalité.

— Pendant que ta fille se faisait violer… ? Tu as mis… des boules Quies… ? dit-elle, d'une voix hachée.

Assailli par la remise en question, Colbert se met à bredouiller comme un vieil homme sénile.

— C'était une nuit… Juste une nuit…

— J'avais quatorze ans ! hurle Maxine, espérant toujours ramener son tortionnaire à la responsabilité de son acte. Quatorze ans ! Mais t'as raison, une nuit dans les bras d'une brute, c'est rien du tout. SIGNE !

Colbert parcourt la salle des yeux à la recherche d'une issue pour le secourir, comme sa fille autrefois s'est accrochée aux aiguilles de Mickey.

Zack tire.

Colbert sent une brûlure au côté droit. Trop d'adrénaline lui brouille les sens. Il sursaute, non de douleur, mais d'effroi. Il n'a pas encore compris que la balle lui a arraché l'oreille. Zack maîtrise tous les jeux d'adresse, même le tir. La prochaine, le vendeur d'enfant la prend entre les deux yeux. Le message est limpide.

— Signe.

Colbert empoigne le stylo tendu par le notaire et se met à pleurer. Colbert, le magnifique, l'homme politique redouté, le joueur admiré, le traître de père, part en lambeaux sous les yeux de sa fille.

Secoué de spasmes, il n'arrive pas à stabiliser la feuille. Impossible de signer. De Gore plaque le papier sur la table. Pris de convulsions, Colbert vomit, s'essuie la bouche du revers de sa manche en soie, hoquette au milieu de ses pleurs, puis s'incline, appuie la pointe de la plume sur la feuille, et signe.

En deux exemplaires.

Bouche grande ouverte, Maxine prend une vaste et interminable inspiration. L'air s'insuffle dans ses poumons.

La vie.

Celle étranglée entre les bras de l'ogre quand elle avait quatorze ans. Celle qu'adulte elle n'a cessé de malmener, meurtrie par la souillure, torturée par l'incompréhension, tiraillée par la culpabilité.

Le sang, chaud cette fois, s'écoule dans ses veines jusqu'à son cœur, lui qui s'était arrêté lorsque son cher papa avait honoré sa dette et que le vainqueur était entré dans sa chambre y récolter son dû.

À la vue de la signature au bas de ce bout de papier en apparence insignifiant, le cœur de Maxine se remet à battre.

La délivrance, enfin.

Colbert s'effondre sur son siège et ouvre les yeux. Comme un alcoolique qui, l'ivresse passée, redécouvre la réalité telle qu'elle est, doit l'accepter et affronter la désolation autour de lui, le constat de son état que les effets euphorisants des psychotropes chimiques l'ont aidé à enjoliver, à fuir, ou pis, à enterrer dans sa mauvaise conscience. La signature l'a dégrisé. Et aucune emprise de stupéfiant ne pourra plus le délivrer de cette vérité. Le voile de son insanité se lève. L'ignominie de son acte lui apparaît sans filtre. Un gouffre s'ouvre sous ses pieds. Il prend conscience de ce qu'il a infligé à sa fille. Sa fille qu'il aimait tant. Pour le reste de sa misérable vie, il va devoir faire face à ce qu'il est réellement.

Un monstre.

— Pardon, Maxine, pardon…

Le notaire tend une copie signée à la victime. Les précieux aveux dans la main, Maxine ravale peu à peu ses sanglots et se lève. Fragile, mais fière. Zack glisse son bras valide dans son dos pour la soutenir. La lutte désormais finie, elle relâche toute résistance et s'abandonne au creux de celui qu'elle commence à envisager comme son homme. Zack sent le poids de son soulagement. Des tonnes de souffrance qui se dévident entre ses bras.

— Maxine… Ma petite… Pardon… Ma toute petite…

Avant de partir, la fille se penche sur son père aux yeux hagards. Elle lui crache dessus. Le glaviot échoue sur la joue du roi décapité sans qu'il ne réagisse.

Soutenue par Zack, Maxine s'éloigne, emportant avec elle cette image qui remplacera à jamais le souvenir de celui qui l'a vendue à un ogre.

De Gore scelle le document, à l'abri dans son attaché-case, et, avec un grand professionnalisme, avant de s'en retourner à son cabinet y archiver l'acte, salue son client qui se désagrège en lamentations.

Colbert reste seul, sa complainte pour unique compagne.

Et sombre dans la folie.

L'aube. La timide éclosion des rayons du soleil traverse les feuillages des bois qui entourent le manoir. Le brouillard du matin se réchauffe d'une teinte orangée enveloppante. Emmitouflée dans des couvertures à carreaux que Baloo conserve dans son coffre en cas d'excursion impromptue, l'arrière-garde se tient en alerte en attendant la résolution de la castagne qui sévit derrière les remparts.

Respectivement debout appuyé contre le flanc du pick-up et assis à même le capot, Baloo et Jean mènent une partie d'échecs endiablée. Ils expirent de la buée à chaque parole et se frottent les paluches entre les déplacements de pions. Malgré le froid, tous deux aiment ce moment de calme et de partage. Ils sont bien, là, ensemble.

— J'ai rencontré Zack à l'école. Un gamin plus grand lui collait des patates. Les mecs balèzes qui s'en prennent aux plus faibles, ça m'a toujours révolté. J'ai un bon gabarit alors j'en fais profiter les plus démunis.

Jean boit les paroles de son héros, les prunelles pétillantes d'admiration. Il ne se laisse pas amadouer pour autant et, dans une offensive éclair, lui bouffe sa reine. L'ennemi est traître, même quand c'est un ami.

— Ah bah merde..., dit Baloo qui n'aurait pas dû baisser la garde.

— Prochain coup, t'es mat si tu fais pas le bon *move*.
— Putain, t'apprends vite toi.
— T'es un bon prof, faut dire.

Baloo ferme son poing et en tope la mâchoire du gamin roublard d'une pression douce et complice. Ce qui l'amène à se demander ce que donnerait cette brindille sur un ring. Probablement pas grand-chose au début. Du haut de son poids superplume, le gamin intello ne pourrait pas se cacher derrière son QI de compétition. Va falloir pas trop traîner à le mettre à l'entraînement, s'il veut survivre dans la jungle.

Mais pour l'instant, c'est Baloo qui est en difficulté. Le petit génie belliqueux a coincé son roi. Baloo se creuse les méninges, et roque avec sa tour, en espérant que l'esquive le sortira de ce guet-apens.

— J'ai collé des tartes au roquet qu'est retourné à sa niche, puis j'ai filé un mouchoir à Zack. Il avait le nez qui pissait le sang. On aurait dit un pauvre chat de gouttière tout pelé, alors je l'ai adopté. Et depuis je veille sur lui. Vu que j'avais perdu toute ma famille, j'voulais pas que ça recommence.

D'une diagonale du fou virtuose, Jean met le roi noir en échec et mat, sans l'ombre d'un état d'âme. Baloo n'en revient pas de l'impitoyable de l'exécution et se dit qu'il va entamer l'entraînement du moineau déplumé par une série de pompes, histoire de rééquilibrer les comptes.

— Et moi? demande le gamin vulnérable malgré sa victoire flamboyante.
— Toi?

Baloo enroule son immense pogne autour du maigre cou de son protégé.

— Bien sûr que j'vais veiller sur toi.

L'ours jovial met sa bonhomie de côté.

— Elle te fera plus jamais de mal.

Il ne veut pas mentionner la mère. Pas besoin. Lorsque Jean lui a révélé son histoire, Baloo l'a écouté, en silence. Et il a su. Il avait enfin trouvé une raison de vivre : il prendrait soin de cet enfant. Coûte que coûte.

— Promis ?

— Promis.

— *Il en faut peu pour être heureux*, hein ? chante l'enfant rassuré.

— Tu m'ôtes les mots de la bouche.

Baloo se redresse en voyant se dessiner au loin deux silhouettes. Les ombres fantomatiques des rescapés vacillent à travers la brume du matin. Zack soutient Maxine qui semble vidée de ses forces. Au bout de son bras libre, il tient le sac de sport. Il n'a pas omis d'embarquer le magot en quittant le manoir. En plus de la signature, le demi-million d'euros revenait à la fille victorieuse, il n'a pas eu besoin de menacer maître de Gore pour qu'il le certifie.

Maxine s'agrippe à la précieuse feuille qu'elle serre contre sa poitrine comme une mère son enfant sauvé des flammes. Zack se dit que ce n'est pas prudent, ce bout de papier, il faudrait le ranger, le mettre à l'abri, mais elle n'est pas encore prête.

Zack relève les yeux et connecte avec son coéquipier qui fait le guet derrière la grille. À sa question muette, Zack confirme d'un hochement de tête qui, par sa pudeur, résume tout ce qui vient de se passer. Baloo n'a pas besoin de plus. Il tend l'étui en cuir du plateau à son jeune poulain avant d'aller chercher deux couvertures supplémentaires.

— Range l'échiquier, le jeu est fini.
— Avec ces deux-là ? À mon avis, il fait que commencer.

Baloo jette un œil attendri sur ce gosse, bien trop malin pour son âge, et devenu comme le sien en l'espace d'une nuit.

Quelques kilomètres plus tard, loin de ce qui ne sera plus pour eux qu'un mauvais souvenir, le Tundra garé sur un bord de route déserte surplombe un panorama majestueux. Debout côte à côte, Baloo et Zack se soulagent à l'unisson sur la rosée du matin. Pause technique. Le calme après la tempête. Une image d'Épinal accompagnée par la roucoulade de quelques piafs matinaux et le ronflement réconfortant du moteur au repos. La fraîcheur de l'air campagnard leur chatouille les naseaux, ils savourent cette brise d'accalmie. Baloo en profite pour rappeler à son pote sa promesse.

— T'as pas oublié, hein ?
— Tu me charries, j'espère ?
— J'ai l'air de rigoler ?

Non, il a l'air plus sérieux qu'Ebola. Ne voulant pas réveiller leurs passagers épuisés, Zack hausse tout de même le ton au milieu de leurs messes basses.

— Quoi, tu lâches pas l'affaire ?
— On a commencé un truc, faut le terminer.
— Baloo, on va peut-être se calmer avec les expéditions punitives. On en a déjà éliminé un, c'est plutôt bien, non ?

— C'est pas assez. Tu m'as promis, Zack.

Et une promesse, entre frères de sang, c'est sacré.

— On peut savoir de quoi vous parlez ?

Maxine se joint à eux, sans se formaliser qu'ils aient encore la queue à l'air, et s'accroupit à leurs côtés. Les deux hommes soufflés l'observent en silence.

— Quoi, ça vous gêne ?

Les gars mal à l'aise se raidissent et admirent l'horizon pour respecter la pudeur qui leur semble de rigueur. Maxine poursuit sa besogne en leur donnant une leçon de sexisme ordinaire :

— Pisser sur le bord de la route n'est pas le monopole des hommes.

Les deux couillons interdits se ressaisissent. « Merde, elle a raison. » Zack se rebraguette et, suite à cet intermède éducatif, lui donne quelques éclaircissements.

— On va vous déposer à l'aéroport. Nous, on a un dernier truc à gérer.

— À l'aéroport ?

— Destination le Mexique, non ?

— Quoi, sans toi ?

— C'est pour la bonne cause. Je te rejoins, promis.

Zack la prend dans ses bras pour l'embrasser, espérant ainsi éviter de s'embourber dans les explications. Il a encore des choses à apprendre en matière de communication féminine.

— Tu te fous de moi ?

Maxine apprécie le baiser, pas l'attitude.

— Bon, trêve de romantisme suranné, explique-moi ce que vous tramez.

Déculotté, le Prince Charmant. Baloo étouffe un ricanement puis, en quelques mots, lui fait le topo : Krako, son pedigree d'être abject et de vil proxénète, la mission qu'ils se sont fixée, le buter. Il faut rester cohérent, quitte à lyncher un mec comme Colbert, ils ne peuvent pas prendre la tangente en laissant derrière eux cette ordure de fin de niveau continuer à sévir. L'argument se tient, ne peut que juger Maxine d'une moue d'appréciation.

Tentant de ménager son histoire d'amour naissante, qu'il aimerait ne pas voir exploser en pleins balbutiements, Zack prend Maxine à part.

— On n'en a pas pour long. Enfin j'espère… Garde-moi une place au chaud dans un bungalow sympa à Cancún ou ailleurs. T'as qu'à me dire où tu seras, et…

— Et tu crois que je vais t'attendre bien sagement pendant que vous jouez les justiciers ?

Elle s'oriente vers Baloo.

— Vous comptez vous y prendre comment ?

Le géant noir toise la frêle Boucle d'Or du haut de son mètre quatre-vingt-quinze et hausse un sourcil.

— Suis-moi.

Il la guide jusqu'à l'arrière du véhicule et ouvre la trappe. Là, reposent le fusil à pompe et un flingue en rab. Les deux armes perdues dans l'immensité de la benne vide font peine à voir. Pas vraiment de quoi mettre la cellule antiterroriste sur les dents, d'autant que ces criminels-là ont plutôt dans l'optique de rendre service à la société. N'empêche, Maxine semble déçue.

— C'est tout ?

— Ben, tu t'attendais à quoi ? Des bazookas ?

— Non, je sais pas. Mais là, ça paraît un peu léger pour s'en prendre à un boss de la mafia, non?

— Tu t'es crue dans un Marvel? se moque Baloo.

— Ça te va bien de dire ça, le chambre Zack qui connaît la propension de son pote à la grandiloquence en matière de défonçage de tronches.

Maxine soupèse le fusil.

— Je veux bien qu'on vous ait fait croire que la taille importe pas, mais quand même.

Zack pouffe devant la déconfiture du Punisher d'opérette. Baloo reprend le fusil à pompe modèle safari des mains de Boucle d'Or.

— Bon écoute, on n'a pas eu le temps de passer chez un trafiquant d'armes pour faire le plein en fusils d'assaut avant de visiter ton père, se vexe gentiment le justicier émasculé. Et puis on se lance pas dans une guérilla, on veut juste buter un gars. Après ça, on plie.

— Te vexe pas, je te taquine. C'est une noble cause et s'il y a bien quelqu'un qui peut comprendre votre démarche, c'est moi, dit Maxine avec une sincérité qui ne peut qu'émouvoir le gros ours. D'ailleurs je vous accompagne.

— Quoi? s'étrangle Zack.

— On va mettre Jean à l'abri, mais moi, je viens avec vous.

Devenu bien précautionneux depuis que lui ont poussé les ailes de la responsabilité, Zack voudrait freiner son allant.

— Euh… T'es sûre?

Le silence inquiétant à l'intérieur du Tundra réveille Jean dans un sursaut. Il écarquille un œil englué et observe par la fenêtre sa famille d'adoption qui papote tranquillement. Rassuré, se sentant à l'abri comme jamais, l'enfant se rendort en toute sérénité.

— Les hommes se demandent souvent pourquoi les filles ne dénoncent pas leur viol, s'explique Maxine en sortant de son sac son revolver calibré pour elle, celui-là. Peut-être parce que quand elles en ont le courage, neuf fois sur dix, le mec est pas condamné. Faute de «preuves». Je parle même pas de la prescription. Genre au bout de dix ans, le traumatisme s'efface de lui-même, comme une mauvaise grippe. La loi aide pas les victimes d'agressions sexuelles, la société encore moins, alors oui, votre initiative, elle me plaît bien.

Baloo jubile, il est chaud. Son combat à lui, il ne l'a pas encore eu, il est prêt à monter sur le ring.

— On va lui faire la misère, à ce pervers, dit-il en se frottant les mains.

Zack se masse les tempes. Il aime son pote de tout son cœur, mais parfois, il le fatigue.

— On a quand même le droit de se prendre un petit déj' avant ? La nuit a été longue, ronchonne le défenseur de la veuve et de l'orphelin qui aimerait bien se pieuter.

— D'accord, lui octroie Maxine.

— Yesssssssssss !

Zack exhale un râle de béatitude à la perspective d'un bon croissant et de draps douillets.

— Mais après votre Krako, y en a un autre à qui il faudra que je rende visite, dit Maxine en vérifiant son barillet.

La béatitude se dissipe dans la brume évaporée. Zack se fige, il se frotte les paupières. «Et merde...»

— Ce cher Jean-Hubert. Depuis tout ce temps, je me demande s'il m'a oubliée…

Cette étincelle dans le regard de Maxine, ses deux partenaires de futurs crimes commencent à la connaître. Zack avait raison, ils ont intérêt à reprendre des forces, elles sont encore loin, les vacances au Mexique. Ils auraient pu repartir sur la route de la liberté, vers un destin plus beau, plus lumineux, chacun délivré de ses chaînes, avec ses forces et ses fêlures rafistolées, une belle famille recomposée.

Mais on n'est pas chez Disney.

La lumière printanière fait scintiller les bouclettes dorées de Maxine alors qu'elle recharge son élégant revolver chromé.

— … Moi pas.

DU MÊME AUTEUR :

*Cabossé*, Gallimard, Série Noire, 2016.
*Mamie Luger*, Les Arènes, 2018.

Le Livre de Poche s'engage pour
l'environnement en réduisant
l'empreinte carbone de ses livres.
Celle de cet exemplaire est de :
**250 g éq. $CO_2$**
Rendez-vous sur
www.livredepoche-durable.fr

Composition réalisée par Soft Office

Achevé d'imprimer en février 2021, en France sur Presse Offset par
Maury Imprimeur – 45330 Malesherbes
N° d'imprimeur : 251948
Dépôt légal 1re publication : mars 2021
LIBRAIRIE GÉNÉRALE FRANÇAISE – 21, rue du Montparnasse – 75298 Paris Cedex 06

35/7034/2